U0530251

How Much of
These Hills
Is Gold

金山的成色

C Pam Zhang

[美] 张辰极 著

陈正宇 译

上海译文出版社

献给我的父亲张洪俭，
被爱，但远不够被了解。

这片土地不是你的土地。

目　录

第一部……………001

金……………003
李……………024
盐……………039
骨……………046
风……………054
泥……………058
肉……………063
水……………074
血……………080

第二部……………083

骨……………085
泥……………088
肉……………097
李……………113
盐……………127
金……………136
水……………149
泥……………150
风……………162

血 ………………………… 166
水 ………………………… 172

第三部 ……………………… 179
  风风风风风 ………………… 181

第四部 ……………………… 217
  泥 ………………………… 219
  水 ………………………… 225
  肉 ………………………… 233
  骨 ………………………… 246
  李 ………………………… 252
  风 ………………………… 257
  血 ………………………… 262
  金 ………………………… 271
  盐 ………………………… 278
  金 ………………………… 288
  金 ………………………… 298

致谢 …………………………… 308

第一部
XX62

金

爸夜里死了,为此他们得去找两块银圆。

早晨到来时,萨姆的脚愤怒地拍打着地面,但是露西感到,在他们走之前,有必要说点什么。沉默于她而言压力更甚,最终迫使她开口。

"对不起。"她向床上躺着的爸说。这间满是灰尘的昏暗棚屋里,一切都沾上了一层煤黑色,唯一干净的便是裹着他的那条被单。爸生前对这个烂摊子视而不见,死后他那凶狠的睥睨也径直越过了它,越过了露西,直指向萨姆。最受偏爱的、圆滚滚的萨姆,正穿着大得不合脚的靴子,在门口不耐烦地转着圈。萨姆在爸生前对爸唯命是从,现在却不愿直视他的目光。就在这一刻,露西意识到:爸真的走了。

她把一只光着的脚趾插进泥地,翻找着能让萨姆听进去的话语,试图给多年来受的伤害以祝福。光从唯一的窗户射进来,灰尘像幽灵一般悬浮着,没有风将其吹动。

什么东西戳了一下露西的后背。

"砰。"是萨姆的声音。萨姆十一岁,她十二岁。妈以前总爱说,萨姆是木,露西是水。萨姆比她矮了整整一英尺。年幼的萨姆,比看上去更柔嫩。"太慢了。你死了。"萨姆用胖乎乎的手指在拳头上扣好击锤①，吹了吹想象中的枪口，像爸曾经做的那样。在爸看来这才是像样的做法。可当露西指出，利老师说这些新式手枪的枪管不会堵塞，因此不需要吹时，爸认为像样的做法是给她一巴掌。她感到眼冒金星，鼻子一阵剧痛。

露西的鼻子再没有长直。她用拇指拨了拨鼻子，回忆着。爸说，像样的做法，是让鼻子自愈。露西脸上的瘀青消退后，他看着她的脸点了点头，仿佛这一切都是他早就计划好的。"给你留下一个顶嘴的教训，这才像样。"

尽管萨姆棕色的脸上有泥巴，还抹了些火药，（萨姆觉得）像印第安人作战时涂的颜料，但掩盖在这一切之下的萨姆的脸，是完好无损的。

也许因为爸的拳头此时在被单下已无力挥舞，也许因为她确实是个乖孩子，一个聪明孩子，她有一丝相信，激怒爸能让他活过来揍她，露西做了一件她从未做过的事。她也用手扣下击锤，把手指戳向了萨姆那没有颜料、有些婴儿肥的下巴。如果萨姆不是刻意把下巴突向一边，有人可能会说这下巴很精致。

"砰你自己吧。"露西说。她把萨姆像一个亡命之徒那样朝门边推去。

太阳把他们抽干。旱季正盛，雨水已是遥远的记忆。他们的

---

① 扳下击锤是转轮手枪开枪前经常会做的一个动作，目的是使其处于待击发状态，有时也能起到震慑敌方的作用。——译者注，全文除特别说明外均为译者注

山谷全是荒芜的泥地，一条蜿蜒的小溪将其一分为二。一边是矿工们摇摇欲坠的破棚屋，另一边则是有钱人的房子，有像样的墙和玻璃窗。而环绕着这一切的，是被炙烤成金黄色的丘陵，无穷无尽。藏在那高大、枯干的草地里的，是探矿人①和印第安人脏乱的营地，巴克罗②、旅人和亡命之徒在其间穿梭，还有矿，和更多的矿，以及远方，和更远的远方。

萨姆挺了挺娇小的肩膀，开始朝小溪的另一边走去。红色的衬衣在这一片荒芜之中有如一声呐喊。

他们初抵之时，山谷里的黄草地还很茂盛，山脊上还长着矮栎，雨后还能看到罂粟花。但是三年半之前的那场洪水把矮栎全冲走了，一半的人口或被淹死，或被迫搬离。但他们一家留了下来，定居在山谷的远端。爸就像一棵被闪电劈开的树：内在已经死了，根还扎着。

可现在爸走了。接下来怎么办？

露西赤脚踩在萨姆的脚印上，为了节约口水而沉默不语。水早就没有了：洪水过后的世界，不知为何变得更干渴了。

同样早就没有了的，是妈。

在小溪的另一边，主街连绵地铺陈开，像蒙着灰的蛇皮，闪

---

① 探矿（prospecting），有时也被称为"淘金"。
② 巴克罗（Vaquero），指骑在马背上的放牧人，起源于伊比利亚半岛，后在墨西哥发展壮大并传入北美，成为北美牛仔（cowboy）的先驱。

着微光。假立面①高耸着,有酒馆、铁匠铺、商栈、银行和旅馆。人们如蜥蜴般在阴影中游荡。

吉姆坐在杂货铺内,在账本上写写画画。那账本和他一样宽,有他一半重。据说这里每个人都在他的账本上。

"不好意思。"露西小声说着,艰难地在一群围着糖果打转的孩子中穿行。他们的目光饥渴地寻找着摆脱无聊的方法。"不好意思。麻烦让一让。"她又缩了缩身子。那群孩子懒洋洋地让出一点空隙,他们的胳膊撞着她的肩膀。至少今天他们没有伸手去掐她。

吉姆仍只顾着看账本。这次她大声了一些:"先生,打扰一下。"

十几双眼睛这时刺向了露西,可吉姆仍不理会她。露西慢慢地把一只手挪到柜台上,希望引起他的注意。她知道这是一个坏主意。

吉姆的眼睛猛地一抬。红色的眼睛,眼圈红肿。"去。"他的声音就像猛划过的钢丝。他的手继续在账本上写着。"早上刚擦过的柜台。"

锯齿般的笑声从身后传来。露西不为所动。在像这样的镇上生活了多年之后,她身上已经没有柔软的部分可受伤害了。真正让她感到心里被掏空的——正如妈死的时候那样——是萨姆的眼神。萨姆的睥睨和爸一样凶狠。

---

① 假立面(false front)建筑是美国旧西部典型的一种商业风格建筑,一般是两层楼,有一个竖着的门面和方形的顶,往往用于遮盖原本的三角屋顶,目的是让门面看起来更气派。

"哈！"露西只好开口，因为萨姆不愿说话。"哈！哈！"她的笑声保护着他们，让他们得以融入人群。

"今天只有整鸡。"吉姆说，"没有爪子给你。明天再来。"

"我们不需要食物。"露西撒了谎，她已经在舌尖尝到鸡皮融化的味道了。她强迫自己站得高一些，双手在两旁紧紧抓着。她要说出自己的诉求。

"我来教你唯一有用的魔法。"爸在把妈的书全丢进湖里时曾这么说。当时他给了露西一巴掌，让她别哭了，但那一巴掌并不狠，甚至近乎温柔。他蹲下来看着露西把脸上的鼻涕抹去。"Ting hao le①，露西丫头：赊账。"

爸的魔法似乎真的起效了。吉姆停下了笔。

"再说一遍，丫头？"

"两块银圆。赊账。"爸的声音从她身后传来，在她耳中震动着。

露西能闻到他嘴里的威士忌味。她不敢回头。如果这时他那铁铲般的双手拍在她的两个肩膀上，她不知道自己是会尖叫还是笑出声，是逃跑还是紧紧搂着他的脖子，不论他怎么咒骂都不松手。爸的话语从她的喉咙里翻滚出来，就像一个幽灵从黑暗中爬出："周一就发工资了。我们只是需要周转一下。真的。"

她往一只手心吐了吐口水②，伸出手去。

---

① 原文多次出现拼音，用以表示书中人物在用中文对话，故不译出。
② 据说19世纪美国有这样的习俗：双方各自将口水吐在手心然后握手，表示达成约定。

这种陈词滥调吉姆自然已听过多遍。矿工和他们干瘪的老婆孩子，都说过这话。都是些像露西一样穷，一样脏的人。众所周知，吉姆会先不耐烦地嘟囔几句，然后拿出对方要赊的东西，最后在发薪日到来时收取双倍的利息。有一次矿难之后，他不是还赊了不少绷带出去吗？就是赊给像露西这样走投无路的人。

但露西和他们又都不太一样。吉姆的目光打量着她：赤脚，穿着沾满汗渍的、不合身的深蓝色连衣裙，是用爸的衬衣碎料做的；瘦长的胳膊，细铁丝网一样硬的头发；还有她那张脸。

"我能赊给你爸的只有谷物。"吉姆说，"还有任何你觉得能吃的肉。"他的嘴唇卷起，露出一片湿乎乎的牙龈。这个表情在其他人身上可能会被称为微笑。"如果要钱，让他去找银行。"

露西的口水在她那没人碰过的手掌里干了。"先生——"

露西的声音渐渐弱了下去，并被萨姆的靴子后跟踏在地板上的响声盖过。萨姆挺直了胸膛，迈着大步走出了铺子。

萨姆还小。但萨姆穿着那双小牛皮靴子，却能迈出男人的脚步。萨姆的影子向后舔舐着露西的脚趾。在萨姆心里，那影子才是自己真正的高度，当下的身体不过是暂时的不便。"等我成了牛仔"，萨姆会这么说。"等我成了探险家"。最近则变成了"等我成了让人闻风丧胆的亡命之徒""等我长大了"。萨姆年轻得以为光靠渴望便能塑造世界。

"银行是不会帮我们这种人的。"露西说。

她还不如什么都不说。灰尘让她鼻子发痒，于是她停下来咳啾。她的喉咙里波涛翻滚。她把昨天的晚饭吐到了街上。

一群流浪狗立马围了上来,开始舔食她的呕吐物。露西犹豫了一会儿。萨姆的靴子不耐烦地敲打着。她想象着自己抛下唯一的亲人,蹲下来加入这群流浪狗,和它们争夺属于自己的每一滴残渣。它们的生活只关乎肚子和腿,觅食和奔跑。如此简单。

她让自己站直了身子,用两条腿走路。

"准备好了吗,搭档?"萨姆说。这是一个实打实的问题,而不是一句陈词滥调。萨姆那双黑色的眼睛今天第一次不再眯着。在露西影子的庇护下,它们睁得很大,里面似乎有什么东西正在融化。露西走过去摸了摸萨姆斜戴着的红色方巾下露出的黑色短发,回忆起萨姆还是个宝宝时,那头皮上的味道:那是发酵的面团的味道,就像油和阳光一样实在。

但她一移动,阳光又打了上来。萨姆的眼睛又眯着闭上了。萨姆走开了。露西通过萨姆隆起的口袋,猜到那双手已又扣好了击锤。

"我准备好了。"露西说。

银行的地板是闪闪发亮的木板,和柜员小姐的头发一样,是金黄色。露西踩在上面,一点不觉得扎脚,非常光滑。萨姆的靴子踏在上面,发出的摩擦声就像枪声一样清脆。萨姆抹着作战颜料的脖子红了。

"嗒——嗒。"他们往银行里面走去。柜员盯着他们。

"嗒——嗒。"柜员把身子往后靠了靠。一个男人出现在她身后。男人的马甲上晃着一条链子。

"嗒——嗒，嗒——嗒，嗒——嗒"。萨姆踮着脚往柜台上凑，把靴子的皮革都弄皱了。萨姆之前穿着靴子迈步时，总是非常小心。

"两枚银圆。"萨姆说。

柜员的嘴抽动了一下。"你们有没有——"

"他们没有账户。"这次说话的是那个男人，他像看一只老鼠那样看着萨姆。

萨姆沉默了。

"赊账。"露西说，"拜托了。"

"我见过你们两个。是你们父亲派你们来乞讨的吗？"

从某种意义上说，确实是的。

"周一就发工资了。我们只是需要周转一下。"这次露西没有说"真的"。她不认为这人会听。

"这里可不是做慈善的。赶紧滚回家去，你们这两个小——"这人的嘴唇在说完话以后还会继续嚅动一阵子，就像露西见过的一个说方言①的女人，有一股并非她自己的力量在推动着她的双唇。"——乞丐。再不滚我就要报警了。"

恐惧伸出冰冷的爪子，在露西的脊柱上游走。她并非害怕这个银行家，而是害怕萨姆。她认得萨姆眼中的神情。她想到爸僵直地躺在床上时，那双眼睛也是这样眯成一条缝睁着。今早她是最先醒的。在发现爸死了以后，萨姆醒来之前，她坐着守了几个

---

① 所谓的说方言（speak in tongues），一般是指基督教徒"在圣灵的感动下"，飞快说出一般人无法理解的、类似方言的声音。

小时的灵,并尽她所能地去合上爸的眼睛。她本以为爸是含愤而死。现在她知道并非如此:他的睥睨其实是猎人在追踪猎物时盘算的眼神。她已经看到了鬼魂附身的迹象。爸的睥睨出现在了萨姆的眼中。爸的愤怒体现在了萨姆的身上。除此之外爸在萨姆身上还留有其他的影响:那双靴子,以及爸的手在萨姆的一边肩膀上经常搭的那个地方。露西知道事态将如何演变。爸的身体会在那张床上一天天腐烂,而他的灵魂会慢慢渗出,钻进萨姆的身体,直到有一天露西醒来,发现爸从萨姆的眼睛后面望向她。萨姆将永远消失。

他们需要一劳永逸地把爸埋葬,用银币的重量锁上他的双眼。露西必须让银行家明白这一点。她鼓起勇气,准备向他乞求。

萨姆说,"砰。"

露西想让萨姆不要胡闹了。她伸手想去摸萨姆那胖乎乎的棕色手指,却发现它们变得异常闪亮。是黑色。萨姆正握着爸的手枪。

柜员吓得晕了过去。

"两枚银圆。"萨姆压低了声音。那声音里有爸的影子。

"实在抱歉,先生。"露西说。她的嘴唇往上抬起。"哈!哈!您也知道这些小孩玩起游戏来是什么样,还请原谅我的小——"

"趁我还没把你们绞死,快给我滚。"那人径直望着萨姆说,"快滚,你们这两个肮脏的小中国佬。"

萨姆扣动了扳机。

一声咆哮。一声撞击。一阵慌乱。露西感觉像有个巨大的东西从她耳旁掠过,并用粗糙的手掌拍打了她。她睁开眼时,空气中弥漫着灰蒙蒙的烟雾,萨姆已经跟跄着往后退去,一只手捂着被手枪后坐力震伤的脸颊。那个男人躺倒在地。露西人生中第一次不去理会萨姆的眼泪,把萨姆放在了第二位。她从萨姆身旁爬开,耳朵仍嗡嗡作响。她用手指摸了摸那人的脚踝,大腿,还有胸膛。他的胸膛仍完好无损地起伏着。他的太阳穴附近有一处红肿,是躲闪时头撞在架子上磕的。除此之外,那人没事。那一枪哑火了。

在火药和烟雾之中,露西听到了爸的笑声。

"萨姆。"她克制住哭泣的冲动。现在她需要比平时更坚强。"萨姆,你这个笨蛋,bao bei,你这个小王八蛋。"甜蜜混合着酸楚,爱护混合着咒诅,就像爸。"我们得走了。"

说起来几乎有些可笑,爸最初来到这片丘陵,是要做探矿人的。和许多人一样,他以为这里的黄草地和它在阳光下发出的闪闪金光,预示着更为耀眼的应许。可这些来西部挖掘之人未曾料到的是,这片土地竟是如此干渴,他们的汗水和力量竟会这样被吸干。他们没料到这片土地有多吝啬。大部分人都来晚了。财富已经被挖干了。溪流里已淘不到金子,土地里也长不出庄稼。不过,他们在丘陵地上找到了一个要无趣得多的替代品:煤。人无法通过煤致富。煤也无法让人感到赏心悦目,滋养人的想象。不过它多少可以用来养家糊口,尽管是混着鼻涕虫的饭和全是边角料的肉,直到男人的老婆厌倦了做梦,并在生一个男孩时死去。

之后她的口粮被换成了他的酒。数月的积蓄和希望，最后只剩下一瓶威士忌，和两个挖得让人找不到的坟墓。说起来几乎有些可笑——"哈！哈！"——爸带他们来这里，是想发财，可现在他们为了两枚银圆，却要拼死拼活。

于是他们只能去偷东西，为逃离镇子做准备。萨姆起初不愿意，一如既往地执拗。

"我们又没伤到任何人。"萨姆嘴硬道。

"可你确实开枪了，不是吗？"露西心想。不过她说的是，"要对付我们这样的人，他们能安任何罪名。有必要的话，他们甚至会专门制定一条法律来针对我们。你难道忘了？"

萨姆翘着下巴，但露西从中看出了动摇。尽管万里无云，两人却都回忆起了暴风雨来袭的那一天发生的事，那一次就连爸都无能为力。

"我们不能再等了，"露西说，"连埋葬爸的时间都没有了。"

最终，萨姆点头了。

他们肚子贴着泥地，往校舍爬去。成为别人口中的样子未免太容易了：畜生，下贱的小偷。露西绕着校舍偷偷爬到一个地方，她知道那里刚好被黑板挡着，别人看不到。教室里泛起响声。朗诵课文的旋律近乎神圣：利老师低沉的声音带起，学生们异口同声地呼应。差一点，差一点露西就要开口加入他们了。

不过她已经好几年上不了学了。她曾经坐过的那张桌子，现在坐着两个新学生。露西紧咬着内颊，直到咬出血来。她解开一匹灰色母马的绳索,那是利老师的马,叫内莉。临走前,她把内莉的鞍囊也带走了,里面装满了喂马的燕麦。

回到家,露西让萨姆在屋里把需要的东西收拾好。她自己则在屋外,把工具房和园圃里的东西再检查一遍。屋里传来一阵阵的撞击声,或沉闷或铿锵,带着悲伤,还有愤怒。露西没有进屋,萨姆也没有叫她帮忙。自从露西在银行爬过萨姆身旁,伸手去查看银行家的伤势时,两人之间就立起了一道看不见的墙。

露西在门上留了一张字条给利老师。她费力地回想着几年前利老师教她的那些华丽的词句,仿佛这张字条除了证明她偷东西,还能证明别的什么似的。可她失败了。最终字条上只潦草地写满了"对不起"。

萨姆带着铺盖卷、少得可怜的口粮、一个炖锅和一个平底锅,还有妈的旧木衣箱出来了。木衣箱在泥地上拖着,差不多有一个人那么长,皮扣绷得紧紧的。露西猜不出萨姆在里面装了什么纪念物,再说他们也不该让马负担过重,可两人之间的隔阂让她头皮发麻。于是她什么也没说,只是递给萨姆一根干瘪的胡萝卜——这可能是他们接下来一段时间里唯一可口的食物。这也是一份表示和好的礼物。萨姆把半根胡萝卜喂给内莉,剩下半根放进口袋。这份善意鼓舞了露西,尽管善意的对象是一匹马。

"你说告别的话了吗?"露西问。萨姆把绳子甩到内莉背上,打了几个活结,接着哼了一声,开始用肩膀顶着木衣箱往上抬。因为用力过猛,萨姆的脸由棕色变成了红色,后来又变成了紫色。露西也把自己的肩膀凑了上去。木衣箱滑落进绳套中时,露西仿佛听见里面传出"砰"的一声。

在她身旁的萨姆猛地转过头来。黑乎乎的脸上,露出白色的牙齿。露西感到一阵恐惧。她后退了几步,留下萨姆独自将绳索系紧。

露西没有进屋去和遗体告别。今早她已在它身旁待得够久了。其实妈死的那天,爸就已经死了。这三年半来,爸不过是行尸走肉。现在他们终于可以跑得远远的,逃离这个恶灵。

"露西丫头,"爸一瘸一拐地走进她的梦中,说道,"ben dan。"

他难得心情好,说着自己最喜欢也是露西从小听到大的那句骂人话。她想转身去看他,但她的脖子动不了。

"我教过你什么来着?"

她首先想到了乘法表。可她的嘴动不了。

"你不记得了,是不是?总是搞得一团糟。Luan qi ba zao。"爸嫌恶地吐了一口唾沫。他的两条腿,一坏一好,前后踩着发出不对称的脚步声。"什么事都做不好。"随着她逐渐长大,爸的生命日益萎缩。他吃得很少,吃进去的东西似乎也只滋养了他的坏脾气。那坏脾气像一只忠心耿耿的恶犬,总在他左右。"Dui。没错。"又是吐唾沫的声音,他似乎走远了一些。因为酗酒,他已有些口齿不清。"你个吃里爬外的。"他不再教他们数学,而是用"语文"填满了他们的棚屋。那都是些妈听了要皱眉头的词语。"你这个懒骨头——gou shi。"

露西在一片金黄中醒来。丘陵地上干枯的黄草摇摆着，有长耳大野兔那么高。这里离镇子已有几英里远。风让草地泛起粼粼的微光，就像阳光照在软金属上。在地上睡了一晚，她感到脖子有些抽痛。

是水。爸教过她的。她忘了把水煮沸。

她摇了摇水壶：空的。也许她只是梦到自己灌满了水壶？可并非如此——昨晚萨姆因为口渴一直哀号，露西确实是去溪边打水了。

"软弱，愚蠢，"爸低声道，"你这么爱惜的脑子去哪了？"太阳无情地照耀着，爸消失前最后又说了一句，"真是的，一害怕你的脑子就无影无踪了。"

露西找到的第一摊呕吐物，竟像黑色幻影般摇曳着：一大群苍蝇懒洋洋地变换着阵型。她顺着一摊又一摊的呕吐物，来到了满是污泥的小溪旁。阳光下的溪水是褐色的。与矿区的所有溪流一样，它因沉淀物的堆积而变得污秽不堪。她忘了把水煮沸。再往前走，她发现了倒在地上的萨姆：眼睛闭着，拳头松着，身上的衣服又脏又臭，围满了嗡嗡响的苍蝇。

这一次露西把水煮沸了。她把火生得很猛，直烤得自己头晕目眩。等水没那么烫时，她开始清洗萨姆发烧的身体。

萨姆的眼睛摇曳着睁开了。"不要。"

"嘘。你生病了。让我来帮你。"

"不要。"萨姆这几年来都是独自洗澡，但这次实在是情况特殊。

萨姆的双腿无力地踢着。露西忍着恶臭，屏住呼吸，把萨姆那沾有秽物的衣服剥下。萨姆的目光由于发烧而异常闪亮，几乎像是带着仇恨。萨姆的裤子是爸留下的，用一根绳子绑着，很容易就脱下来了。在萨姆的两腿之间，裹在衬裤的褶层底下，露西摸到了一个突出的粗糙硬物。

露西从妹妹两腿之间的凹陷处抽出了半根胡萝卜：那是个可怜的替代品，用来代替爸希望萨姆拥有的那个器官。

露西的手不禁颤抖起来，但她不能半途而废，于是继续用毛巾擦洗着萨姆的身体，有时不小心过于用力了。萨姆没有哀号，也没有看她，而是把目光转向远方。每当真相已无法回避时，萨姆都会假装这身体与她自己无关：这仍是孩童的身体，尚未能明显分辨男女，被想要儿子的父亲视为宝贝。

露西知道自己应该说点什么。可要怎么解释萨姆和爸之间，这种对露西来说不可理喻的默契呢？露西的喉咙里仿佛升起了一座大山，无法逾越。露西把那半根胡萝卜扔掉时，萨姆一直在看着。

萨姆吐了一天的脏水，又发着高烧躺了三天。露西往火里添枝条、煮燕麦粥时，萨姆始终闭着眼睛。在那些慢下来的时刻，露西仔细观察着这个快被自己忘记的妹妹：花蕾般的双唇，黑蕨般的睫毛。萨姆的圆脸因生病而变尖了，变得更像露西：更瘦长，更憔悴，气色更差，更接近黄色而非棕色。这是一张展现出自己弱点的脸。

露西拨开萨姆的头发。三年半前削短的头发，此时刚长到了萨姆的耳朵底下，显得丝滑而又炽烈。

萨姆的伪装曾是如此天真、幼稚：留短发，往脸上抹泥巴和作战颜料，穿爸的旧衣服，学爸的派头。哪怕萨姆不听妈的话，总爱跟着爸出去干活，和爸一起骑马外出，在露西看来，那都不过是小孩子过家家。她从没想过萨姆会做到这个地步，会用上胡萝卜，会逼自己去做如此内在的改变。

萨姆在宽松的衬裤底下缝了一个隐藏的口袋。这很巧妙。对一个拒绝做女红的女孩来说，可以说是很厉害了。

营地里的恶臭久久不散，尽管萨姆的屎尿已经控制住了，也有力气自己洗澡了。成群的苍蝇挥之不去，内莉的尾巴也总扫个不停。萨姆的自尊心已受够打击，露西决定不再提臭味的事。

某个晚上，露西抓回了一只松鼠，那是萨姆的最爱。当时它的一只爪子受伤了，正要往树上爬，就被抓了。可萨姆不知去哪了，内莉也不见了。露西急得团团转，手上还沾着血，心怦怦直跳。于是，她唱起了一首关于两只老虎捉迷藏的歌。几年来，这里的溪流早已萎缩，这片土地已孕育不出任何比胡狼更大的动物。这首歌来自一个更繁茂的时代。如果萨姆是因为害怕而躲起来了，那这首歌萨姆一定能认出来。露西两次像是看到灌木丛中有条纹闪过。"小老虎，小老虎。"她唱道。她身后有脚步声逼近。"Lai。"

一个影子吞没了露西的脚。她感到有什么东西顶着她两个肩膀中间的部位。

这一次萨姆没有说"砰"。

露西的思绪在沉默中旋转,然后慢慢下落,几乎归于平静,就像空中盘旋的秃鹫——事已至此,急也没用。她在想:他们从银行逃跑后,萨姆把枪藏哪儿了?枪膛里还有几颗子弹?

她叫了萨姆的名字。

"闭嘴。"这是萨姆继"不要"之后,说的第一句话。"在我们这儿,叛徒是要被击毙的。"

她提醒萨姆,他们是搭档。

顶着露西的那个东西这时滑到了她后腰的位置。这是萨姆胳膊的自然高度,萨姆似乎是累了。

"别动。"顶着的东西挪开了。"我盯着你呢。"露西应该转身的。她应该转身。可是……"你知道自己是什么吗?"萨姆左眼肿得像李子似的从学校回来那天,爸吼着问露西。露西那身干净的衣服,就是她的罪证。"懦夫。胆小鬼。"其实露西并不知道,那天面对那群欺负他们的孩子时,萨姆的怒吼是否是出于勇敢。奋起反抗,或者像露西那样沉默地站着,低着头任由吐向他们的口水往下流,到底谁更勇敢呢?那时她不知道,现在仍不知道。她听见缰绳的拍打声和内莉的嘶鸣声。马蹄踏在地面上,每一步都让她的赤脚随之震颤。

她说:"我在找我的妹妹。"

正午时分,一个只有两条街和一个十字路口的小村落。酷暑当头,所有人都在午睡,除了一对兄弟俩。他们不断踢着一个罐子,直到这廉价的金属被踢爆。这时他们又盯上了一只流浪狗,想用背包里的食物引诱它。那只狗记得之前挨过的打，虽然饿，却很警觉。

接着，他们一抬头看见了她，简直像从天而降来给他们解闷的。

"你们见过她吗？"

两兄弟先是吓了一跳，这时凑近去打量她：一个有着长脸、歪鼻子、高颧骨和奇怪眼睛的高个女孩。这张脸配上那笨拙的身体，愈发显得怪异。还有那打着补丁的连衣裙，和身上隐约可见的瘀青。两兄弟看到的，是一个比他们更不被人爱的孩子。

胖一些的男孩先是说没有。瘦一些的那个戳了戳他。

"可能见过，也可能没见过。她长什么样，啊？她的头发也和你一样吗？"一只手猛地抓起她的黑辫子。另一只手拧了拧她的歪鼻子。"鼻子也和你一样难看吗？"现在两双手都来抓她的手腕和脚踝，又把她那细小的眼睛拉得更细，把她脸颊上的皮肤用力地往外扯着。"眼睛也像你一样奇怪吗，啊？"

狗远远地看着，松了口气。

她的沉默让他们不解。胖男孩抓着她的喉咙，仿佛要从她喉咙里挤出话来。她见过他这种人。不是那种直奔目标而去的恶霸，而是另一种：有些迟钝，或者弱视，或结巴，只能勉强跟在人后面。那种人的仇恨里也交织着感激——因为她的怪异，他们反而显得合群了。

这时胖男孩盯着她，心里感到疑惑，但仍抓着她的喉咙，可能比他预想的抓得久。她开始喘不上气。谁都不知道他还会抓多久,直到一个圆滚滚的棕色身影突然撞向他的后背。胖男孩倒下了,喘着粗气。

"放了她。"撞上他的那人怒睁着细小的眼睛,说道。

"就凭你?"瘦男孩不屑地笑道。

露西在这猛烈的撞击过后总算缓过气来,抬头去看萨姆。

萨姆一声哨响,从栎树后唤出内莉,接着伸手要去取马背上捆着的一个东西。没有人知道萨姆要取的是什么。露西觉得眼前闪过一个又黑又硬,像是最纯的煤一样的东西。不过最先从木衣箱里扑通一声掉落在地上的,是一种脂肪似的白色物体。

露西感到一阵眩晕,心想:是大米。

这是些像大米一样的白色颗粒,但它们会扭动,会爬,并且像迷路了似的,向四周散去,就像在寻找方向。萨姆面无表情。一阵微风在他们中间悄然生起,散发出了令人反胃的恶臭气息。

瘦男孩赶紧跑开,边跑边大喊:蛆!

内莉这匹生性温顺、血统良好的母马,整整五天都背负着这可怕之物,始终颤抖着睁大了眼睛,已处在崩溃的边缘,此时听到这一声喊叫,就像听到信号似的,终于抑制不住地猛冲出去。

萨姆拉着缰绳,内莉没能跑远。她挣扎着,驮着的两个锅叮当直响。这时一个绳结松了,木衣箱滑了下来,盖子也被撞开了。从箱子里掉出了一只胳膊,还有原本是脸的一些器官。

爸成了半肉干、半烂泥。他细瘦的四肢已干得像棕绳,而更软些的器官,如阴部、胃、眼睛等,则泡在青白色的蛆群里。那两兄弟没有真的看到这一切。他们刚看到一点苗头就跑了。只有露西和萨姆完全看见了。说到底,那是她们的爸。不过,露西觉得这张脸并不比爸喝得烂醉或暴怒时的那张脸更可怕。她走近了几步。萨姆的目光在她背后,让她感到压力。她小心地把木衣箱从系着的绳索上取下,把尸体推回了箱里。

但她不会忘记。

比起喝得烂醉或暴怒,爸的脸更多的是让她想起,她看见他哭的那一次。当时他的五官几乎因悲伤而溶化,以至于她不敢上前去,怕自己善意的触摸反会让那张脸彻底溶解,露出底下的头骨来。如今,那尸骨就裸露在那里,似乎也并不那么骇人。她合上盖子,把锁扣上,转过身去。

"萨姆。"开口的那一瞬间,还未从爸的样子里回过神来的她,仿佛看到萨姆的脸也一样溶化了。

"怎么了?"萨姆说。

这时,一股柔情从露西的记忆深处涌起。她原以为在妈死时,那柔情也随之死去了。

"之前你说得对。我应该听你的。我们必须埋葬爸。"

她看到的多过以为自己能承受的,在那两兄弟落荒而逃时,她忍住了。他们跑了,可想象的画面会萦绕他们一辈子。而她选择了面对,阴魂也便开始要消散。她心里涌起一阵对萨姆的感激。

"我没想打中他,"萨姆说,"我只是想吓吓他,那个银行家。"

露西低下头,她总是低头,去看萨姆那闪着汗珠的脸。那是张像泥巴一样棕色的脸,也像泥巴一样容易改变。露西羡慕这张脸可以如此轻易地变换情绪。那么多情绪,唯独没有恐惧。可如今那张脸上现出了恐惧。她第一次在妹妹身上看见了自己。而这,露西意识到,比在学校操场上被人欺负,或被冰冷的枪口顶着背时,更让她感到是需要她拿出勇气的时刻。她闭上眼睛,坐下,把脸埋进胳膊里。她认为,像样的做法是沉默。

一阵阴凉向她袭来。她没有看到,却能感觉到萨姆弯下腰,犹豫了一会儿,然后也坐下了。

"我们还需要两枚银圆。"萨姆说。

内莉在卸下重担后平静了下来,在一旁吃着草。很快那重担又会回来,但先不管它。先不管它。露西想去抓萨姆的手,却在泥地上摸到了一个有些硬的东西。那是两兄弟丢下的背包。露西想起背包打到她时曾发出的叮当声,于是轻轻晃了晃它。她把手伸了进去。

"萨姆。"

里面有一大块腌猪肉,渗出不知是猪油还是奶酪的油脂。还有硬糖。而在背包的最底下,藏在布料缝里,她摸到了几枚硬币。这是只有身为探矿人女儿的她才能找到的。爸曾经对她说过:"露西丫头,你能感觉到它埋在什么地方。你就是能感觉到。"里面有铜币和刻着猛兽的镍币。还有银币,可以用来盖在那爬满白蛆的眼睛上,以像样的方式让它们合上,让灵魂最终得以安息。

李

埋葬死者的规矩是妈立下的。

露西遇见的第一个死物是一条蛇。那年她五岁，一心只想破坏。她在水坑里跺脚，只为看洪水泛滥。她跳起，又落下。积水退去后，她发现自己正站在一个排干的沟渠里，而在沟渠底部，蜷缩着一条已被淹死的黑蛇。

地面冒着刺鼻的湿气。树上的花蕾绽放着，露出更浅的颜色。露西两手捧着蛇跑回家，感到这世界隐藏的一面正向她展开。

妈见到她，露出了微笑。露西摊开双手，那微笑仍在继续。

后来，在追悔莫及之时，露西会去想，换作别的母亲，也许会尖叫，会责骂，或者骗她。如果当时爸在，也许他会说蛇睡着了，然后编一个故事，把死亡的事糊弄过去。

可妈只是举起平底锅里的猪肉，并把围裙系紧了一些，说道："露西丫头，埋葬 zhi shi 另一种料理。"

露西把蛇放在猪肉边上，开始做准备。

第一条规矩，要有银，用来镇魂。妈边把猪肉上的那一层脂肪剥下，边说道。她让露西去她的木衣箱里找。露西打开厚重的箱门，一股奇特的味道散发出来。在一堆布料和干草药之间，她找到了一个银顶针，大小刚好能盖在蛇头上。

第二条规矩，要有流动的水，用来洁净灵魂。妈边在桶里洗着肉，边说道。她纤长的手指把蛆挑得干干净净。露西在她边上，把蛇的身体浸入水中。

第三条规矩，也是最重要的，要有一个家。妈边用刀剁着软骨，边说道。银和水只能暂时封印灵魂，让它不受玷污。可只有家，才能让灵魂安息。有了家，灵魂才能不再躁动、徘徊，不会像候鸟那样，去了又来。"露西？"妈停下刀，问道，"你知道是哪里吗？"

露西的脸一热，仿佛妈问了一个她还没学过的算术题。"家"，妈又说了一遍。露西咬着嘴唇，也跟着说了一遍。最后，妈伸出一只手抚摸着露西的脸，她的手温暖而又光滑，还带着一股肉香。

"Fang xin，"妈说，让露西别担心，"这不难。蛇是住在地洞里的。懂了吗？"妈让露西别管埋葬的事了，让她跑去玩吧。

她们现在就在跑，像妈说过的那样，不过这次的感觉一点都不好玩。

这么多年过去了，露西还是搞不懂那个叫家的东西。不管妈怎么夸她聪明，一到重要的事上，她就成了笨学生。没有答案，她只能拼写[①]。H，黄草沙沙作响。O，她将脚下的茎碾压。M，她划破了脚趾，鲜血像在表示谴责似的涌出。E，她急忙爬过下一座山丘，追赶着在山坡另一头渐行渐远的萨姆和内莉。

在爸让他们过那样动荡的生活时，家又意味着什么呢？他总

---

① 以下四个字母，即为英文中"家"（HOME）的拼写。

想着一夜致富，一辈子都在推着一家人前行，仿佛他们背后的狂风。永远追逐更新、更蛮荒之地。那应许着暴富和闪耀之地。有好些年，他都在追逐金子，打听哪里有未认领的土地和未开发的矿脉。每次等他们到了那里，见到的都是同样已被破坏、挖空的丘陵地，和同样已被碎石堵塞的溪流。探矿和爸喜欢的赌博一样，都是需要运气的游戏。可运气总不在他这边。哪怕后来妈表明立场，坚持让一家人通过煤矿去脚踏实地生活，运气也没有好转。他们坐着篷车在丘陵地上穿梭，从一个煤矿到下一个煤矿，就像用手指在桶里刮着最后一点糖的甜味。每一个新煤矿都以高薪的应许吸引人来，可来的人多了，薪水就降下去了。于是一家人只能不断赶往下一个矿区。他们的积蓄来了又去，就像天气一样不断反复。如此频繁地在仍散发着别人汗臭的棚屋和帐篷里搬进搬出，家又意味着什么呢？露西又要如何为这个她所不能理解的男人，找到一个能将其埋葬的家？

带路的是萨姆，最小却也最受宠爱的萨姆。萨姆往东边内陆的方向跋涉。她们最初走的，正是把他们一家四口带到镇上的篷车土路。那条路上的土是被比他们早到的矿工、探矿人和印第安人踏平的。而据爸说，比所有人都要早的，是那些早已灭绝的野牛。可上路没多久，萨姆就调转了方向，踩着牛仔靴往漫无边际的草地和郊狼灌木①走去，一路荆棘。

---

① 郊狼灌木（Coyote Brush），属于菊科，原产北美，又名小球花酒神菊，拉丁学名Baccharis Pilularis。

她们脚下出现了一条新的、更不显眼的小路。这条路狭窄难行,不易追踪。爸曾说自己知道像这样的小路,并说是镇子外那些和他做交易的印第安人告诉他的。露西觉得爸不过是在吹牛。爸曾给她们看腿上的伤疤,信誓旦旦地说自己那条腿是被老虎抓瘸的。但他从未带她们看过他说的那些小路。

至少,他没有带露西看过。

她们在一条干涸的河谷边走着。露西一直低着头,盼望着水壶喝干之前,河谷里能涌出水来。她差点因此错过那些野牛骨。

巨大的骨架浮现在眼前,就像一座白色的小岛。在它周围寂静加深了——也许是因为被它压在身下的草已变得沉默。萨姆的呼吸急促起来,近乎于啜泣。

她们也曾在篷车土路上见过小块的野牛骨,但从未见过这样完整的。数年来,旅人们或出于需要,或出于无聊,不断挥舞着木槌和刀子,把容易找到的那些骨头或用来生火,或用来搭帐篷,或用来雕刻,以打发时间。而这座骨架却是完好无损的。它的眼窝因光影的错觉像在闪烁。萨姆可以在它那完整的肋骨架中自如穿行。

露西想象着那骨架披上皮肉,站立起来的样子。爸曾说,这些巨兽一度遍布丘陵、高山和远方的平原。它们的身高是人类的三倍,难以置信地温顺。"成群的野牛,就像河流一样连绵",爸曾说。露西让自己沉浸在那古老的画面之中。

她们渐渐对骨头习以为常,不过一路上除了木衣箱旁围绕的苍蝇,难得能遇见活物。有一次,她们远远地像是看见一个印第

第一部　XX62　　027

安女人在挥手。萨姆紧张地站在原地,只见女人举起一只手,接着两个孩子跑向了她身边。他们的小部落到齐了,便走远了。河谷依然干枯。露西和萨姆节俭地抿着水壶里的水,每到小山丘的阴凉面就休息一会儿。翻过一座小山,总有另一座。太阳也总是那么大。她们偷来的食物吃光了,就开始吃马吃的燕麦。她们吮吸卵石上的水珠,嚼植物的茎,直到把茎嚼烂。

露西尤其还要忍受对答案的饥渴。

萨姆一开始只说爸喜欢旷野。荒凉的旷野。可要多荒凉?又要走多远?露西不敢问。萨姆屁股后面挂着那把沉甸甸的枪,走路也带上了爸的那种派头。妈死了以后,萨姆就告别了系带帽、连衣裙和长发。不戴帽子的萨姆在阳光下晾晒着自己,直到自己变得像风干的木头,一点就着。而在这儿,没有什么能平息萨姆的火焰。

能改变萨姆的,只有爸。"我的丫头在哪呢?"爸忙完一天回家时,会在棚屋里张望着说道。萨姆会躲起来让爸找,这是一个只属于他们的游戏。最后爸会大吼一声:"我的小子在哪呢?"这时萨姆才会跳出来,说:"我在这儿!"爸会给萨姆挠痒,直挠出眼泪来。除此之外,萨姆不再流泪。

走了五天,河谷里出现了细流。水有了。银也有了。露西环顾四周:除了丘陵,什么也没有。够荒凉了,能埋爸了吧?

"这里行吗?"露西问。

"不行。"萨姆说。

"这呢?"几英里后露西又问。

"这呢?"

"这呢?"

"这呢?"

她的声音逐渐被草淹没。周围的丘陵起起伏伏。往东边的地平线望去,内陆的高山不过是一片模糊的蓝色。H,她边走边想。O.M.E。高温和饥饿让她头晕眼花,"家"这道题她还是不会解。妈警告过她们要小心孤魂野鬼,而她们却像孤魂野鬼似的漂泊了一个星期。接着便发生了手指掉落的事。

它就像一个褐色的大蝗虫,趴在草地上。萨姆跑到远处小便去了——远离苍蝇和恶臭的好借口。露西弯下腰仔细看着那昆虫。它一动不动。

两个关节弯曲着,已经干了。那是爸的中指。

露西开始喊萨姆。接着她像挨了一记巴掌似的突然想到:手指掉了,那手就不能甩巴掌了。她深吸一口气,然后摔开了木衣箱。

爸的一只胳膊掉了出来,像在控诉。内莉不安地踏着步。露西捂着嘴想吐,但稳住了。那只手掉了不止一根手指,是两根。两个裸露的指关节骨像两只瞎了的眼睛一样向外望着。

露西在草地上寻找着,越走越远,直到内莉和木衣箱都消失在了视野外。这时她抬起头,往上看。

这是爸在露西三四岁时教她的一个诀窍。那天她玩着玩着,渐渐远离了篷车。巨大的天空向盖子一样向她压来。草像浪花一样不断翻腾。她不像萨姆那样天性勇敢,喜爱游荡。她大哭起来。几小时后,爸找到了她。他摇晃着她的身子,让她抬起头,往上看。

在这片地区,只要你在天空下站得足够久,就会发生一件神奇的事。一开始,云朵只是漫无目的地飘荡。后来,它们会开始围绕着你旋转。只要站得足够久,你会发现,不是丘陵缩小了,而是你变大了。仿佛只要你愿意,只需往前迈一步,就能伸手碰到远方那蓝色的高山。仿佛你是一个巨人,而这一切都是你的土地。

"要是你又迷路了,记住,没有人比你更属于这片土地。"爸说,"不要惧怕这片土地。Ting dao mei?"

露西选择放弃寻找。那根手指可能掉在几英里之外了,已无法和野兔、老虎还有胡狼的骨头区分开。这想法给了她勇气。她回到木衣箱旁,抓起了爸的那只手。

爸生前,那只手又大又凶狠,要摸那只手,就像要她摸响尾蛇。爸死后,这只手萎缩了,变得湿黏。她把手推回去时,只感到它的绵软无力,还有像干树枝燃烧时发出的啪啪声。露西离开时,爸那只缺少指头的手已被藏好。

她在溪边洗着手,又端详起仍在她口袋里的那根手指。这样去看时,它又变得像一只昆虫。一只猛禽的爪子。一根细树枝。她把它往泥地上一扔,想再看它像什么。一坨卷曲的狗屎。

草摆动起来,宣告着萨姆的归来。露西赶紧伸出一只光脚丫盖在那根指头上。

萨姆哼着歌从小溪那头走来,一只手正系着束带裤。裤子顶端露出了一小块灰色的岩石。那岩石其余的部分被裤子遮着,呈现出长条状。

萨姆停下了脚步。

"我……"露西说,"我口渴了。内莉还在那边。我……"

露西盯着萨姆的裤子,萨姆盯着露西伸出的脚丫。她们的秘密都藏得太糟糕了。有那么一瞬间,两人中仿佛随时会有一人开口提问,接着众多答案将翻滚而出。

可萨姆只是匆忙地从露西身旁走过。空气中仿佛出现了一条巨缝。萨姆开始拔草,为篝火腾出地方。露西转身要去帮忙,脚下的手指陷进了泥土里。这片贫瘠的土地渴望肥沃。她又更用力地往下一压,然后把边上的泥踢过去。最后她用脚把那块地方拍平。妈提醒过她们,要小心闹鬼。可一根手指能干什么?它没有手,也没有胳膊和肩膀可以把它甩出去,没有身体的力量去支撑它。"要这样甩出去才像样。"爸在教萨姆怎么甩巴掌时,曾这么说。当时露西就在房间的另一头看着。

这天晚上,露西用一只手搅拌着燕麦,碰过爸的那只手放在一边。那种黏糊糊的感觉挥之不去。思此及彼,她想起了妈的手指。想起妈死的那晚,那些手指曾怎样紧握着她。

萨姆在说话。

夜晚,只有夜晚才能让萨姆开口。逐渐拉长的影子将草地染成蓝色，然后是黑色，这时萨姆便开始讲故事。今晚讲的是一个男人，骑着野牛，出现在远方的地平线上。萨姆第一次提到追捕者的那晚，露西整夜没合眼。可并没有老虎向她们扑来，没有拴着绳的胡狼，也没有治安官的手下出现。这些故事对萨姆来说是一种安慰，就像别的孩子有着最爱的被子。大多数夜晚，露西会为听到萨姆的声音而心存感激，哪怕萨姆会像爸一样大声嚷嚷。可今晚，她无法感到安慰。

"荒谬，"露西打断道，"毫无史实依据。""老师发话了。"爸曾这么嘲笑她。露西喜欢用这些"大词"，因为这让她不再一心想着她那只脏手。"书上记载，这里的野牛早已灭绝。"

"爸说过，男人真正的知识不是从书本上得来的。"

平时露西会就此打住。但今晚她说："可是，你又不是男人。"

火光阴影下的萨姆将手指关节掰得咔咔响。露西咬紧了嘴唇。

"我是说，你还没长大。我们还是孩子，不是吗？我们需要房子和食物。不过我们要先把爸埋了。已经两个星期了，他——"

萨姆跳起来去踩灭冒到外面的火星。那火星把一丛草点着了。她们本该多花些时间，本该把防火隔离带做得再大一些。本该，本该。眼下的情形，任何小差错都可能酿成大祸——闪烁的星光，可能是搜捕队的提灯；马蹄的声响，可能是击锤在扣动——可露西却越发无力顾及。她已被掏空，一阵风便能将她带走。萨姆仍在踩那火星，踩得过于用力，过于久了。就让这片丘陵燃烧吧，她心想。每当露西快说出那个词时，萨姆都会想办法转移注意力。

"死了。"露西把话闷在了心里。"死，死亡，死了。"她边想着这些词，边想象着妈的木衣箱被放入土中。土落在皮扣和木头上，先是一捧一捧的土，接着是一铲子一铲子的土，直到填满、压平。银有了。水有了。萨姆还在找什么呢？

"家之所以是家，靠的是什么？"露西说完，萨姆几天来第一次直视她的脸。这要从那只三条腿的狗说起。

露西第一次看见那只狗，是在妈死后第二天。暴风雨让溪流的水位高涨，变成了湖泊。在蓝灰色湖水的另一头，闪现着那只白狗的身影。露西一开始以为是遇见鬼了，直到它跑起来——没有鬼会像那样一瘸一拐。那狗的一条后腿只剩下残肢，向外伸着，红彤彤的，像被嚼过似的。它像爸一样跛脚。露西没有去追它。她在找爸埋葬妈的地方。

第二天，那狗还在那儿，而露西仍未找到妈的墓。第三天，它还在，它那残疾的身体在空中划着完美的弧线。露西徒劳地寻找着爸不愿提起的那个坟墓，而那狗就在那儿，在那儿，一直在那儿。那狗学会了走路，奔跑，还会追逐落叶，而家中的爸却日渐笨拙。他会磕到自己的脚趾，踩空楼梯，摔向露西坐着的板凳。两个人和板凳一起摔得稀里哗啦。那是妈死后露西第一次和爸离这么近，近得能闻到他呼出的威士忌味。他们跌跌撞撞地爬起来。爸一把拽起她，一直把她拽到墙边，他的拳头抵在她肚子上。

露西日渐地花更多时间观察那只狗，观察它在破败之中展现的优雅。在湖泊干涸那天，积水退去的山谷仍找不见坟墓的痕迹，露西终于放弃了寻找。就在那天，那狗向她走近。凑近看，露西发现它的眼睛是棕色的，充满哀愁。凑近看，露西发现它是一

第一部 XX62　　033

个"她"。

露西偷偷在房子后面喂那只狗。爸酗酒成性,吃得不多,剩下的露西便拿去喂狗。爸的眼里只有酒,而萨姆的眼里只爸。露西不怕被发现。

直到有一天,酒喝完了。早上去工作的爸,在露西意想不到的时候回来了。他一手提着面粉和猪肉,一手拿着酒。萨姆跟在爸身后。萨姆的手和爸一样,被煤尘染黑。露西干净的手上捧着昨晚的剩饭,在喂狗。

"辛苦工作了一天,"爸举起酒瓶说,"要有像样的犒劳。"他一拳朝狗两眼之间的地方挥去。

那狗晃晃悠悠倒下去,但露西并未轻举妄动。她已学会分辨哪些伤害是真的,哪些是假的。果然,那狗在爸转过头时一跃而起,叼走了一块猪肉。

尽管萨姆的颤抖该引起露西的警惕,但露西还是忍不住笑了。爸看见了。那一天,在妈留下的园圃里,有什么东西被种下了——是某种痛苦、酸楚的作物。

那是一种新平衡的开始。连着几天,爸保持着足够程度的清醒,去煤矿上干活。早饭时喝上几口酒,让他拿镐子的手得以保持平稳。到了发薪日,他便带回工作的犒劳,以及四处挥拳发出的叮当响。露西学会了如何用悄无声息的灵敏脚步,来让自己脱身。只要她躲得足够快,爸的拳头就打不到她。萨姆则学会了如何在爸和露西的舞步变得过于激烈时,用自己的脚步将他们分开。

有一次,爸一拳挥空后摔倒在地,露西问他,她能否也去矿上帮忙。他对着她哈哈大笑。他的牙齿露出一块缺口，露西见了，感觉比挨了一拳还要惊愕。那牙是什么时候掉的？这个她认识的人身上什么时候缺了个口子，她竟毫不知情。"采矿是男人的工作。"他恶狠狠地说。萨姆将爸扶起。萨姆打扮得像男孩，干起活来像男孩，拿的工钱也和男孩一样。萨姆的双手布满茧子和划痕，强壮得足以支撑起爸的身体。

这个家也学会了用三只脚继续前行。接着狗回来了。

那晚，爸把她们叫到房子后面。露西和萨姆发现爸在抚摸那狗从猪油桶里冒出的后半边身体：一条好腿，一条残肢，还有中间的尾巴。爸摸了摸那尾巴，然后突然站起来，用靴子猛地踹向它那条好腿。

"狗之所以是狗，靠的是什么？"爸问道。这一次，当那狗想逃时，它的两条前腿拖着两条瘸了的后腿。它只能爬。爸蹲下来，把一只手指放在露西的膝盖上，说："这是一道题。像你这么聪明的孩子，不是最喜欢做题吗？"

他拧住了露西腿上的肉。萨姆往前靠近了几步，这样爸就不能使劲一直往外拧。"靠会叫。"露西回答。"靠会咬人。""靠忠心。"她小腿上的肉被越掐越紧。

"我来告诉你。"爸终于说道。不是因为露西在颤抖，而是因为他自己瘸了的那条腿在颤抖。"狗是懦弱的动物。狗之所以是狗，**靠的是会跑**。这狗不配当狗。Ting hao le。"

"我不是狗。我保证，爸，我不会跑的。"

"你知道你妈为什么走了吗？"

露西一惊。连萨姆也吃惊地叫出声来。可爸到死也不会说出答案。他摇了摇头,仿佛看到她觉得恶心似的,对着她一侧肩膀上方的空气说道:"家人排第一。你把一个小偷带到了我们中间,露西丫头,你背叛了我们。你比小偷好不到哪去。"

可笑的是,爸给她们上的这堂课,确实让这个家的一部分更紧密了。"狗之所以是狗,靠的是什么?"萨姆和露西开始改编这句话,就像一个笑话,一个谜语。通过不断重复变形,忘掉它的起源。忘掉那个寒冷的夜晚,断腿的狗。当爸摇摇晃晃地回到家,最后睡倒在水槽中时,当爸在寻找那只早已被他扔出窗外的靴子时,她们会窃窃私语:"床之所以是床,靠的是什么?""靴子之所以是靴子,靠的是什么?"两人的身高差距逐渐拉大,距离也渐渐拉远:露西总爱坐在棚屋里读书,而萨姆则总跟着爸穿梭在广阔的丘陵和捕猎区之间。与此同时,那句话却一直在两人之间流传着。

今晚,萨姆隔着篝火,看向了露西。萨姆的脚终于安静下来,不再乱踩。

有那么一瞬间,露西心里涌起了希望。

可那句话的魔力已经消失了。萨姆独自往草丛深处走去。

露西真傻,她以为爸死了,原来的萨姆就会回到她身边。以为萨姆和爸之间的那些笑话,那些游戏,那些秘密,可以填补她自己内心的空虚。露西甚至以为,她们可以聊妈的事。

那晚露西等了几个小时,萨姆都没有回来。当她最终把火熄灭时,她故意把土堆得很高。最后她的两只手都脏了,沾满了土。

她本该想到：两条腿撑不起一只狗，两个人也撑不起一个家。

　　她们逐渐和过去的自己告别。饥饿重塑了她们。两周过后，萨姆的颧骨变得像岩层的露头那样棱角分明。三周过后，萨姆一下长高了，也瘦了。四周过后，萨姆会在两人扎好营地后，独自在丘陵中游荡，并带回打到的兔子或松鼠。萨姆身后总挂着那把手枪。

　　萨姆不在时，露西也有自己的猎物要捕。说是捕猎，其实更像是淘金。她会摇晃木衣箱，收集掉落的每一个脚趾、一块头皮、一颗牙齿或一根手指，把它们埋进土里，再一巴掌把土堆拍平。那一巴掌对爸来说，应该够有家的感觉了。如果还是不行呢？恶灵之所以是恶灵，靠的是什么？她想象着一个幽灵脚趾飘浮在一群苍蝇背后。每一次小小的埋葬，都在往她内心的空洞里填上一捧土，让她获得短暂的一丝满足。

　　接着一连几天没有东西掉落。安静的那几天，几乎没有人说话。露西使劲把木衣箱摇得咔嗒响。她直摇得满头大汗，终于掉出了一块东西。那东西和手指差不多长，但要更黏稠、更软，皮皱皱的。她没见着骨头。那东西被踩在脚下时，就像李子干。

　　她懂了。

　　那东西萎缩了，并且沾满了污泥，和爸埋葬妈那晚她无意中看见的样子一点都不像。那天他从湖里上来，满身是水，脱掉了湿衣服。很快他便只剩下一条底裤。就在他伸手去拿酒瓶时，露西透过薄布瞥了一眼：暗紫色，一个沉甸甸的怪异果实。

男人之所以是男人，靠的是什么？爸和萨姆都如此看重的那个器官，即便在当时看来，也不过如此。这一次，露西在埋葬时，把土堆拍了两次。

盐

  接着便是内莉差点逃跑的那晚。

  露西永远不会知道到底是怎么回事，但她倾向于认为和大部分逃跑事件一样，这一切始于夜深人静之时。那是人们所说的"狼之时"。数十年前，那时野牛尚未被屠杀，以其为食的老虎也仍未灭绝，一匹孤马在这丘陵的夜色中必将因食肉者的垂涎而恐惧、颤抖。尽管老虎已不在，内莉仍像她的祖先那样颤抖起来。她比大部分人都要聪明，她的主人曾这么说。她知道有比任何活物都要可怕的东西。比如，她背上绑着的，那个她无法摆脱的死物。内莉一直等到星星透过夜幕开始窥探大地，两人也已沉沉睡去，才开始刨土。

  内莉从狼之时刨到蛇之时，然后是猫头鹰、蝙蝠、鼹鼠和麻雀之时，一直到了蚯蚓打洞之时，露西和萨姆才被马蹄撞击木桩的声音唤醒。

  萨姆反应快些，连迈四个大步，一手抓住缰绳，另一只手狠狠扇向内莉。

  马儿只是打了个响鼻，但露西回想起了过往的那些巴掌，那些由别人扇在别的地方的巴掌。她猛地站起身拦在了萨姆和马儿之间。

萨姆一只手悬在半空中。露西不确定萨姆是否会收手,直到内莉的脖子被松开了。

"她想逃跑。"萨姆一只手仍高举着,说道。

"你吓到她了。"

"她是个叛徒。她差点带着爸跑了。"

"她也有感情。她——"

"比大部分人都要聪明。"萨姆拉低嗓音,模仿着利老师的声音,嘲讽道。那声音和萨姆消瘦下来的脸倒挺般配,几乎让人有些信服。接着两人都沉默了。等萨姆再开口时,仍是在模仿别人的声音:既不完全是某个男人的声音,也不完全是萨姆自己的声音。"内莉要真这么聪明,她就该懂得忠诚。她要真这么聪明,她会接受惩罚的。"

"她已经不堪重负了。我也累了。你不累吗?"

"爸不会因为累了就放弃。"

也许这就是爸的问题。也许在他肮脏地死在床上,连一件干净衣服都没有之前,他本该与他们曾拥有的生活和解。露西把一只手按在自己发烫的头皮上。她感到头晕目眩。一些奇怪的想法近来开始占据她内心的空洞。有时,就连晚风似乎都在向她低声倾诉着什么。

"我们让她休息一会儿吧,"露西说,"再说了,我们应该也不需要再走多远了吧。"她环顾四周的丘陵。自一个月前的那两兄弟之后,他们再没遇见过可以说话的人。她必须问清楚,为了内莉,也为了自己。"对吗?"

萨姆耸了耸肩。

"萨姆？"

还是耸肩。不过这一次露西感到萨姆的动作中有了更多不确定。

"我们继续往前走，"萨姆说，"可能会找到更好的地方。"

"下一个地方可能会更好。"每次他们收拾行李去往下一个矿区时，爸都这么说。从来没有更好。

"你根本不知道自己要去哪。"露西说。接着，她不禁大笑起来。爸死后她还没有真正大笑过。这不是她之前硬挤出的"哈哈"笑，而是某种挣脱而出的、生猛得让人感到刺痛的笑。如果萨姆是想追随爸那狂野的梦，她们将永无安生之日。也许这正是萨姆想要的：永远背负着爸。

"别傻了，"露西喘过气来后说，"我们撑不下去的。"

"要是你坚强些，我们就可以。"这是爸会说的话。萨姆像爸那样冷笑一声，接着又像爸那样举起手，准备再次朝内莉扇去。

露西抓住萨姆的手，吃了一惊：蛮横如萨姆，手腕却如此细嫩。萨姆使劲往回一拽，露西失去了平衡，胳膊猛地一甩，指甲划破了萨姆的脸颊。

萨姆往后缩去。萨姆从未畏缩过，不论是面对朝她们扔石头的那些孩子，还是面对醉得一塌糊涂的爸。可萨姆有什么理由畏惧爸呢？爸甚至从未像露西刚才那样打过萨姆。此时晨光已变得刺眼，萨姆忿恨的双眼像两个太阳一样圆睁着。

懦弱如露西，转身逃离。拍打声又在她身后响起。

第一部　XX62　｜　041

她朝目之所及最高的山坡爬去。干渴的植物直往她裙子下伸去。那裙子已经显短,并在路上褪了色。草干得可以吸血,在她腿上划出一道道美丽的图案。到了山坡顶上,她把两个膝盖收进胸前,把头埋了进去,并用双手捂住耳朵。"Ting dao mei?"妈曾把双手盖在露西的耳朵上,问道。最开始是一片寂静,接着露西便听见自己血液跳动、汹涌的声音。"它就在你体内。你的故乡。大海的声音。"

海水,对饮用它的人而言是毒药。据利老师的历史书记载,这片西部地区连着海洋,陆地到此中断。再往西只有一片蓝色,波浪之中画着海怪。"未知的野蛮人",老师曾这么说。露西不懂,为什么妈提到那里时竟如此渴望。

这是第一次,露西开始懂得想要逃离已知生活的那种渴望。她和萨姆逃离镇子时,她是想让两人远离萨姆的暴力行为。可那暴力也存在于露西体内。

"对不起。"这次露西是对妈说。她没能按妈叮嘱的那样照顾好萨姆。她不知道自己是否有这个能力。接着,因为萨姆不在,也没人能看见她的软弱,露西终于让自己哭出声来。她边哭边舔眼泪。盐过于昂贵,他们家的餐桌上已好多年没有盐了。她一直哭到舌头都皱了。接着,她嚼了一片草叶,想冲淡嘴里的咸味。

那草嚼起来也是大海的味道。

第二片草也是一样地咸。露西站起来,从山坡顶上远眺。远处似乎有什么白色的东西在闪耀。

她一直走到一个巨大的白盘边上。她的脚踩在上面嘎吱作响,伤口像在灼烧。旱季正盛,丘陵地上所有的浅池和溪流都已蒸干。在她眼前的,原是一个湖泊,现在蒸发得只剩下一片盐滩。

露西就那么站着,直到云朵朝她聚拢过来,世界开始围绕她旋转。她想起妈用盐腌过的李子比原先更结实。想起爸会腌制猎来的食物。想起盐会被用来清洗铁器。想起盐也被用来净化伤口。盐能用来清洁,也能帮助储存。她想起每周日某个富人餐桌上的盐,标志着又一周过去了。盐能让水果和肉都缩干,产生某种变化,争取更多的时间。

露西从山坡上下来时,太阳已经西沉。萨姆的脸显得斑驳,但并非因为光影。萨姆愤怒的外表下藏着恐惧。这片旷野之中,能有什么让萨姆感到害怕?

"你抛下了我。"在一连串的咒骂之中,萨姆吐出这句话来。露西可以理解。是她违背了他们之间的默契:萨姆是到处跑的那个,露西是坐着等的那个。萨姆从没这样被人抛下过。

露西开口了,像安抚受惊的马那样充满温柔。她说起盐,还有猪肉、鹿肉和松鼠肉,但萨姆高喊着拒绝接受。

"这样的话我们就能继续寻找了,"露西说,"内莉没有你那么坚强。"她停了一会儿,又说:"我也没有。"

这句话让萨姆平静了一些,可真正说服萨姆的,是悄然在他们之间游走的风,以及随风而来的苍蝇和爸的恶臭。两人的脸色都一阵苍白。最终,当露西说到某些印第安部落会通过这种方式来纪念他们的勇士时,萨姆总算松口了。

谎言若能换来同意，又有什么关系呢？

她们终于将内莉背上的绳索解下。被解放了的内莉瘫倒在草地上打滚，留下一堆黑乎乎的苍蝇。

人之所以是人，靠的是什么？她们将木衣箱翻倒。是靠一张能展现给世界的脸吗？是靠一双能塑造世界的手与脚吗？是靠两条行走于世的腿吗？还是靠一颗能跳动的心脏，能歌唱的口舌？这一切，爸已所剩无几。他甚至已不具人形。他的形状由木衣箱决定，正如炖肉的形状由炖锅决定。露西腌制过边角发绿的肉，也腌制过冻了好几天的肉。从没见过像这样的。

萨姆跑着来到了盐滩。夜幕降临，仿佛一个巨大的白色月亮落在了地上，而升上星空的不过是一个无法令人信服的残次品。萨姆高高跃起，然后用靴子重重地踏在地上。盐滩上裂开了一条缝，有两个萨姆那么长。那巨响就像近处的一声惊雷。露西抬头望了望已经黑了的天空：果然云都聚拢过来了。

她肩上扛着铲子。萨姆每在一个地方跃起、落下，露西就跟上，挖出整块整块的白色物质。尽管天气炎热，露西却起了一身的鸡皮疙瘩。这是一种熟悉的节奏：炎热的天气，挖掘的动作，就连那巨响都像某个男人发出的大笑声。露西抬起头，发现萨姆正回头望着她。

"这简直美得像金子。"看来萨姆也有一样的想法。接着，"真希望他能看见这一切。"

盐撒在爸的身上后，看起来就像灰烬。苍蝇们纷纷逃离这场屠杀，蛆虫们却无处可逃。它们垂死挣扎，仿佛一个个白色的小舌头，痛苦地蜷曲起来。

经过四天的腌制，爸终于完成了某种变形。内莉也终于能好好休息、吃草了。萨姆用铲子翻弄着爸的器官，让盐分布得更均匀，还时不时把一个关节或缠在一起的肉剁开。从远处看，萨姆就像在拿着一个大勺子。

"埋葬只是另一种料理。"妈曾这么说。

爸缩干后比露西还小，比萨姆还小。她们把他倒进空背包：骇人的棕色花朵般的肋骨，蝴蝶般的骨盆，以及总像在露齿笑的头盖骨。还有一些她们无法辨认的零散器官，硬化了的谜团，也许它们能解开露西始终不敢问的那些问题。为什么他要喝酒？为什么他有时候像在哭？他把妈埋在哪儿了？

她们丢下了那个被玷污的木衣箱。妈曾带着它漂洋过海而来。如今，它成了给苍蝇们的礼物。露西对这些苍蝇突然产生了一阵意外的同情，它们忠诚地跟了她们几个星期，嗡嗡响着，交配，生育下一代。爸的尸体慷慨地喂养了数不清的生命，而爸活着时从未这么大方。它们注定要大批死去。每个清晨到来时，草地上都会有更多冰冷的黑色尸体。如果露西有一把银，她会撒在它们中间。

骨

利老师曾说内莉是百英里内跑得最快的马,她的血统比这片西部领地的历史还要悠久。他从未让她参加过赛马。他说如果让她和那些牛仔的小马比拼,实在是不公平。

现在她们要试试真相如何。萨姆先上马,露西坐在后面。她们俩,加上装着爸的背包,也比之前的木衣箱要轻。内莉刨着地,尽管草料供应不足,她却仍渴望奔跑。露西以为萨姆也会同样急不可耐。

相反,萨姆探身低语起来。内莉的两只灰耳朵往后抽动,像在认真听着。

接着萨姆大喊一声。

只见内莉向前伸展开她那纤长的腿,迈着巨大的步子,在草地上飞驰起来。风声呼啸着,萨姆发出生猛兴奋的喊声,爸的豪情和妈的沙哑嗓音以及某种完全属于萨姆自己的东西全汇聚在了一起,像野兽般狂野——这时露西突然意识到:这声音并非来自萨姆一个人,也来自她。

如果这也算某种阴魂不散,那么这次的感觉很棒。

如果坐篷车穿越西部地区,要一个月的时间。她们一开始走的那条篷车土路是一条主线路,始于西部海岸,先朝东边内陆的高山开进，接着往北拐去，贴着山脉前行，直到地势逐渐平坦，再往东边绕去，最终进入柔缓的平原地区。这条路线清晰，走过的人也多。如果她们想再回到那条路上，也很容易。可那晚在地上画着路线的萨姆，另有打算。

"大部分人会这样走。"萨姆说着用一根枝条在地上画出了篷车土路的开头部分。萨姆画的高山和妈画的一样：三个山峰连成一片。

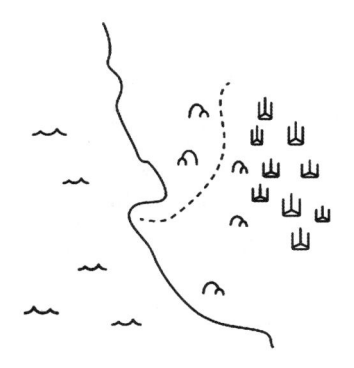

"接着。"露西也拿起一根枝条说道，"大部分人会继续这样走。"她画出路线的剩余部分，向下一个地区拐进。

第一部　XX62　047

萨姆瞪了她一眼,敲开她的枝条。"但是没有人会往这儿走。"萨姆拿起一根更细的枝条,又画了一条线。这条线偏离了原来的篷车土路。"或这儿。"这一次的路线直接穿山而过。"或这儿。"现在那条线像被人胡乱推了一把似的跳到了另一边。"或这儿。"萨姆画完后,那路线看着就像一条蜷曲的蛇,兜兜转转,穿山越岭,往南走,向北跳,最后往西边的海岸远端拐去。

露西皱起眉头看了看。萨姆新画的路线绕来绕去,最后好像回到了原点。"没有人会这样走。这样走没有任何道理。"

"没错。就是要没有人。这些地方都很荒凉。"萨姆望着露西。"爸说过,在这些地方能找到野牛。"

"这都只是传说,萨姆。野牛已经灭绝了。"

"你只知道书里是这么写。你并不知道真相。"

"这么多年来,都没有人在这些地方见过野牛。"

"你说过我们可以继续寻找的。"

"可也不能一直找下去啊。"萨姆的路线意味着要在最崎岖难行、未经开拓的地方跋涉几个月,甚至几年的时间。

"你答应过的。"萨姆转过头去。萨姆背上的红色衬衣已经褪色,也比她们刚出发时更紧了。衬衣底部露出了一截腹部——萨姆又长高了。路线图的一角不知怎么出现了一个深色的斑点,而萨姆的枝条并未移动。那斑点蔓延开来,萨姆的肩膀也开始颤动。那深色的斑点是湿的。萨姆——萨姆是在哭吗?

"答应过的。"萨姆又说了一遍,声音小了一些,听不清前后说了什么,只能听见眼泪吧嗒吧嗒的声音。接着露西终于听清了:"他答应过不会死的。"

露西几年前就知道爸要死了。她只是不知道他什么时候死罢了。尽管他连四十岁都没有活到,妈的死却让他一下老了。爸不再好好吃饭,开始把威士忌当水喝。他的嘴唇深陷进粗糙的面孔里,牙齿也变得松动、斑驳。他的眼睛先是变红,接着变黄,最后变得红黄混合,就像肥牛肉一样。露西发现他的尸体时,并不真觉得意外。她几年前就知道,爸答应过的那件事是办不到的。她早已不再为此哀悼。

可萨姆不一样。爸把自己仅存的一点温柔都给了萨姆。

"嘘,"露西说道,尽管萨姆并不在说话,"Hao de,hao de。我们会去的。我们会找的。"

露西知道她们什么也找不到。一只野牛都不会有。那些蛮荒之地的真相在书本中已经写明。可萨姆只相信两样东西:爸,和萨姆自己的眼睛。其中一个已经不在了。另一个很快就能看到,那些高山里什么也没有。也许还要几周时间,但露西希望,萨姆不久就能让爸入土为安。

骑着内莉飞奔在丘陵地上,呼啸而过的黄草仿佛变成了液体,让她们想起妈提到过的大洋。远方的高山也越来越近,直到有一天露西终于看见:它们竟然并非蓝色,而是由绿色的灌木和灰色的岩石构成,山脉深处则是紫色的暗影。

大地也重获色彩。溪流变得宽广。能看见香蒲、矿工生菜①,以及一丛丛的野蒜和胡萝卜。丘陵越来越崎岖,山谷也越来越深。有时在小树丛的树荫下,甚至能看到成片的青草。

那么,这是否就是爸寻找的荒野呢?这种随时可能在大地上消失——让他们的身体归于无形,或者说得到宽恕的感觉。露西体内的空洞缩小了,在高大的群山面前,她整个人都更渺小了。金色的光芒游走在栎树的绿叶之间。沐浴着虽有沙尘却充满生机的风,就连萨姆也变得温柔了。

有一天,露西伴着鸟鸣声醒来,发现梦中不再是过往的束缚,而是未来的新愿景,如露珠般落在她身上。

矿工的妻子中有这样一群人,她们整日望向内陆哀叹,文明。这些妻子来自山脉另一头肥沃的平原,被她们的矿工丈夫用信拖来了西部。那些信并没有提到煤尘。这些妻子穿着靓丽的连衣裙

---

① 矿工生菜(Miner's Lettuce),属于水卷耳科,原产北美,又名穿叶春美草,拉丁学名Claytonia Perfoliata,据说是因加州淘金热时矿工们爱吃,故得名"矿工生菜"。

来到这里,在西部猛烈的阳光照射下,她们的连衣裙就和她们的希望一样,很快便褪色了。

"软弱,"爸曾嘲笑道,"Kan kan,她们很快就会一个个死去。"他说得对。当咳嗽来临时,这些妻子就像被扔入火中的花朵一样,香消玉殒。鳏夫们重新娶了强健的女人,那些女人只专注于要干的工作,从不望向内陆哀叹。

可露西喜欢听东边的消息,往东再往东,一直到东部地区。那里有广袤的平地、充足的水源和一望无际的绿色。那里的城镇有能遮阴的树木和铺设好的道路,那里的房子由木头建造,还装有玻璃。那里并不只有旱季和雨季,而是有着名字美如歌的四季:春、夏、秋、冬。那里的商店卖着各种颜色的布料和各种形状的糖果。"文明"这个词,让露西想到那里的孩子有着漂亮的衣服和更漂亮的言谈,那里的店铺老板会面带微笑,大门常开而非猛地关上,并且所有的东西——手帕、地板、言语——都是干净的。一个新的地方,在那里,两个女孩可以变得完全不引人注目。

露西做过最美的一个梦,也是她最不愿醒来的那个,并不需要她面对恶龙、猛虎,也不用找到金子。在那个最美的梦里,她只是远远地观望这奇妙的世界,毫不起眼地淹没在人群中。当她走在回家的长街上时,没有任何人会注意到她。

一星期后,她们几乎快到高山脚下了,此时天空中的银盘愈加浓厚。那是最罕见的狼月,亮到在日落星出之外,还能看见月升的华景。银色的月光将她们的眼睛唤醒。草叶、内莉的鬃毛,还有她们衣服上的褶子,全被月光照得发亮。

在草地的另一头,有什么东西在闪着更亮的光。

她们俩半睡半醒地从被子里爬起来,往那边走去。她们的手碰在了一起。是萨姆伸出手了吗?还是因为萨姆近来长高了,她们的步幅变得更为接近,才不小心碰到的?

那闪光来自一具老虎的头骨。

完好无损的头骨,仿佛仍在咆哮。这一切并非偶然,头骨的周围并没有其他骨头——它并非丧命于此。空荡荡的眼窝望向东北方向。顺着它的目光,露西看见了高山的尽头,在那里,篷车土路转入了平原。

"那是——"露西感到心跳加速。

"路标。"萨姆说道。

大部分时候,露西都读不懂萨姆那双深色的眼睛。可今晚,月光穿透了萨姆,让萨姆的想法变得和草叶一样清晰。他们俩一齐站在那儿,仿佛站在门槛前,想起了妈每次搬新家时都要在进门的地方画一个老虎。妈画的老虎和露西见过的其他老虎都不一样:一共八笔,只有斜睨着眼看时才有一点像老虎。就像一个暗号。妈画的老虎是用来抵挡厄运的。边画边唱:"Lao hu, lao hu。"

妈在每个新家都画了老虎。

露西触摸那头骨上完整的牙齿时,感到有歌声穿过她体内。那牙齿是在发出威胁,还是在微笑呢?那首歌的最后一个字是什么来着？是对老虎的呼唤："Lai。"

"家之所以是家，靠的是什么？"露西说。

萨姆望向高山，发出了咆哮。

风

风沿着斜坡向下吹，空中的气息在变换。在明亮的月光照耀下，萨姆预备着埋葬的场地。

萨姆围着老虎铺了一圈石头。萨姆称之为"家"。在石圈的一边，放着她们的炖锅、平底锅、长柄勺、小刀和汤勺。萨姆称之为"厨房"。在另一边，放着她们的被子。萨姆称之为"卧室"。在石圈边缘，戳着一排排树枝。萨姆称之为"墙"。在树枝上方，顶着用草编织的席子。萨姆称之为"屋顶"。

萨姆把中间空着，直到最后。

等到萨姆忙完这些，已经快拂晓了。草屋顶编得很笨拙，口子豁开着。平底锅上还粘着燕麦。萨姆因为缺少练习，家务做得很糟糕。尽管如此，萨姆还是把想帮忙的露西赶走了。只见萨姆走到老虎头骨处，举起了铲子。铲子插入土中时，萨姆的手是在颤抖？

萨姆停下铲子。颤抖仍在继续。也许是睡眠不足。也许是因为别的。萨姆的脸是干的。萨姆望着那头骨，仿佛是在期待一个答案。

露西走上前，握住了萨姆的手。她帮萨姆躺下，给颤抖的萨姆盖好被子。今天萨姆没有抵抗。现在不着急了。她们可以等天亮再埋葬爸。在那之前，露西要为爸守夜。

那一晚余下的时间里，风刮得异常猛烈。风刮倒了萨姆的房子，穿透露西破旧的衣服和被子，灌进她的喉咙，直抵她内心的空洞，让她感到彻骨的寒冷。那是巴掌般的风，急速又猛烈地打在脸上。这意味着，雨季就要来了。

不过用"就要"这个词，也许太过了，除非它的含义是像爸在说"我今晚就要回来了"时那样，实际意味着明早、明晚，或下周一才回来，红着眼睛，一身酒气。雨就要来了，正如爸就要回家又不回家，仿佛远方徘徊的乌云。萨姆睡了，但风声响得露西无法入睡。那风与白天不同，发出非常低沉的声音，在草地上呼啸。"啊啊啊。"风说道。有时则是"呜呜呜"。有时是"吟吟吟吟吟"，有时则是"哎哎哎哎哎，ben daaaaaan"。一个人无法和风争辩，也无法向风求饶，于是露西做了她已学会做的一件事：保持沉默。她任由风打在她脸上，刺痛她的双眼。她任由风吹来远方的礼物。风吹来枯萎的树叶，有如一只大手。吹来细土将她的头发染黄。是馈赠还是警告？一股腐烂潮湿的味道。风还吹来了蝉壳，她一开始以为是手指或脚趾，后来又以为是手指或脚趾的幽灵。那风像阴魂般萦绕着她，猛灌进她的喉咙，在她耳旁咆哮着她第二天不敢想起的话。"啊啊啊啊"，大风呼啸着，用冰冷将她包围。"Eeeeeer。"大风呼啸着。"Nu eeeeeer。"风吹了又吹，萨姆睡了，露西却坐着倾听着。倾听着。倾听着。

接着白天到来。

萨姆拿着铲子，露西拿着长柄勺。

"埋葬 zhi shi 另一种料理。"妈曾说。

"准备好了吗？"萨姆说。

"夫呜呜呜呜。"风声说。

接着，露西对自己说："可记得他曾教我们探矿？可记得他的手腕曾布满热油烫的伤？可记得他讲的那些故事？可记得他咬指甲一直咬到肉里去？可记得他喝醉后怎么打鼾？可记得他的白发？可记得他的大声嚷嚷？可记得他如何爱吃辣椒炒猪肉？可记得他身上的味道？"

她们挖了一个坑。够埋一把手枪。她们接着挖。够埋一个死婴。她们接着挖，够埋一只狗。她们接着挖，够埋一个只想躺下休息的女孩。她们接着挖，很快够埋一个背包，两个背包，四个背包，还在挖。她们接着挖，直到那墓穴变得像露西心里的空洞，充满壤土的味道和晨起时的口臭。她们接着挖，直到太阳在丘陵背后缓缓落下，在墓穴的边缘投下阴影。

"懦夫呜呜呜呜呜呜。"风哀号道。

露西知道这时不回嘴为好。

萨姆打开了背包。

爸散落一地。想把他弄齐整是不可能了。干渴的大地已经开始吞食他。他沉入土中。他会去哪呢？是否会去往那黑暗交汇之处，与露西从未见过的墓穴里的妈的尸骨团聚？

萨姆把手伸进了口袋。有那么一瞬间，鼓起的拳头让露西想起了萨姆在银行里掏出的枪。为了这两枚银圆，她们放弃了太多——她希望这块墓地值得她们为之偷窃。

"可记得他教你骑马？可记得他那双维持着脚形状的空靴子？可记得他身上的味道，不是他不再洗澡后的味道，不是他酗酒后的味道，而是在那之前的味道？"

可露西仍一言不发。萨姆也一动不动。萨姆拿着那两枚银圆，直到露西反应过来：萨姆希望她离开。

正如露西在许多个夜晚曾做过的那样，她让萨姆和爸独处。露西没有见到父亲与女儿之间，父亲与假儿子之间最后的交流。

泥

她们睡了。并非睡在墓穴里,而是睡在掘墓生出的松软土堆上。坑已被填上、压实,可还有一些土装不回去。这是她们出逃近两个月以来,露西第一次深沉地睡去,没有梦。她不记得萨姆是何时来的,早上醒来萨姆已躺在她身边,脏兮兮的身上满是生命的恶臭。

雨在一夜之间降临了,远方的云吞吐着潮湿的气息。萨姆脸上是湿的。灰尘在她们身上凝结成了泥。露西伸出一只手指,本想擦干净萨姆的脸,却留下一道更深的褐色条纹。

她歪了歪脑袋,又伸出一只手指,画了与之平行的第二道条纹。

两道虎纹。

"早上好。"露西对守护墓地的老虎头骨说道。当然,它无视了她,正如它无视身后的西部丘陵。它面向的是群山的尽头。今晨的空气预示着新季节的到来,露西似乎比之前看得更远了。眯起眼,她能看见最远端那座高山的山峰,不是吗?眯起眼,那一片片云朵就像花边,不是吗?眯起眼,她能看见一件白色的新裙子,宽阔的街道,以及一座由木头和玻璃建造的房子,不是吗?

露西用手指捏了捏手腕,又捏了捏大腿,然后是脸、脖子和胸口，以缓解身上的酸痛。从外表上看，她与前一晚相比既未变胖也未变瘦，但她内心有什么东西改变了，与爸的尸体一同安息了。雨水落在了她干裂的嘴唇上。她先是微微一笑，唯恐撕伤干燥的皮肉，然后慢慢露出更大的笑容。她舔了舔嘴唇。

水再次回到了这个世界。

为了不吵醒萨姆，露西在营地里静悄悄地穿梭着。她要拆掉萨姆为埋葬爸而搭建的房子。她解开草席子，把草叶盖在墓地上将其遮住。她把石块扔回小溪里。她将树枝一根根拔起，并用泥巴将戳出的洞填平。她收拾好行李。她给内莉备好鞍。

等萨姆醒来，坐起身，一脸困惑地望向四周时，露西已经把爸的墓地变回了荒凉的样子，正如他喜欢的那样。

"起床了，瞌睡虫。该走了。"

"去哪？"萨姆迷迷糊糊地说道。

"去前方。去有热饭，有白面包，有肉，还能好好洗个澡的地方。"露西拍了拍手。"那里有干净的新衣服。合你身的裤子和方巾。还有属于我的新裙子。"她朝萨姆咧嘴一笑，萨姆眨了眨眼，露出反对的神色。露西转身指向老虎头骨，接着把手向上一抬，像在瞄枪管似的眯着眼顺着它看去。她瞄向了远方的地平线。"只要我们翻过这些高山，我们有大把时间找一个新家。"

可萨姆说道："我们**有**家了。"

萨姆站起身，如露西所愿地往东走去，但很快就停下了。萨姆把一只脚搭在了老虎头骨上。

"就是这儿。"这次萨姆清楚地说道。

抬起一只脚，向后仰着头，双手叉腰：萨姆没有意识到这画面意味着什么。露西的历史书里充满了以这种方式站着的征服者。他们背后插着旗帜，飘扬在一片不再有野牛和印第安人的土地上。

露西跪下身来，试图把萨姆的靴子推开。萨姆纹丝不动，这次不再不耐烦地敲打地面。

"马刺！"露西说，"一个像样的镇子，会有像样的马刺。"

"内莉不需要什么马刺。我们也不需要什么破镇子。"

"我们在这里是活不下去的。这里什么也没有。没有人。"

"从始至终，有人为我们做过什么吗？"萨姆把靴头在虎牙骨上蹭了蹭。从那死了的嘴里发出了诡异的音乐。"这里有老虎，有野牛，还有自由。"

"死了的老虎。死了的野牛。"

"很久以前。"萨姆说道。露西只能听着。

很久以前，这片丘陵上一片荒芜。那时这里甚至不是丘陵，而是平原。没有阳光，只有冰。这里寸草不生，直到野牛到来。有人说，它们是跨越西边大洋上的一座陆桥而来，那桥后因不堪野牛的重负而沉没。

野牛的蹄子耕开这里的土地，它们的呼吸让这里变暖，它们嘴里带着种子，它们的皮毛上有鸟筑巢。它们的蹄子踩出沟壑，从而生成溪流。它们的翻滚形成了山谷。它们往东走，又往南去，穿越高山、平原和森林。它们的脚步几乎踏遍了这个国家的每一寸土地,并且一代更比一代壮大,向着天空的方向不断生长。

可是后来,在印第安人出现很久之后,从另一个方向又来了一群不同的人。这些人带来的不是种子,而是子弹。他们虽然弱小,却把野牛逼得连连后退,直到他们把最后一群野牛围困在了离这儿不远的一个山谷里。那是一个美丽的山谷,有很深的河水流过。那些人想给野牛套上绳索,而非杀死它们。他们想驯服野牛,把它们和自己的牛群混合,让它们缩小到合适的体型。

可当太阳升起,那些人发现丘陵一夜之间变高了。

只见成千上万的野牛尸体堆积成了小山:它们一夜之间全走进河里淹死了。

高耸的尸山恶臭无比,那些人只好离开。即便是在飞禽把野牛的尸体啃食干净以后,那条河流也再未流动。尸骨之间重新长出的草也不再是从前的绿色,而是变成了干枯的黄色,是被诅咒了的。这里已不适合栽种。在野牛们决定回来之前,没有人能在这片丘陵地上过像样的生活。

这个故事露西听过十几遍了。这是爸的最爱。但利老师听了哈哈一笑,拿出一本书,向她展示最后一群野牛的真相:它们被养在一个富人的花园里,在离这儿很远的东部。书里画的野牛并不像这些古老的骸骨那样高耸向天空。长期的圈养让它们变得和

温顺的奶牛一样大小。"真是矫情，"利老师批评道，"美丽传说不足为信。"

从那以后，不管爸说什么故事，露西看见的都不再是野牛用宽阔的肩膀在草丛中开路，或暗影中一闪而过的虎纹。她只能看见爸那骗人的嘴里，那个少了一颗牙的缺口。

"就像你说的，"露西提醒萨姆，"这片土地是被诅咒了的。"

"也许**我们**没有被诅咒呢？野牛来自大洋彼岸——我们也是。老虎还曾给爸留下过一个特殊的印记。"

"爸的话你不能全信。再说现在情况不同。这片土地已经变得文明了，改进了。我们也可以。"

萨姆发出了老虎的咆哮。这一次，是对着露西。

肉

萨姆不再说饿,也不再说冷,不再提及地平线上蠢蠢欲动的低矮乌云。萨姆似乎觉得,只要自己足够固执,就可以无视现实:她们的房子经不起吹打,她们的燕麦和子弹都已耗尽,无论老虎头骨怎样做出咆哮的样子,都无法保护她们免于饿死。露西想讨论她们的未来,而萨姆只会讲述早已逝去的过往。

尽管天气阴沉,萨姆却日益闪耀。每天早上,她会在溪边欣赏自己的倒影,就像所有女孩一样——但又有些反常。萨姆不扎头发,也不梳理。萨姆会把她的短发剪得更短,直到能看到她裸露的头皮。萨姆会因体重减轻以及手肘与脸颊变尖而感到高兴。

然而,在这些虚荣之中,露西看到了妈的影子。

曾经,萨姆也像现在端详她自己一样,端详过妈。妈每天早上和爸一起去矿上之前,都会先"变形"。她会把长发藏在帽子底下,用长袖遮盖自己白嫩的手臂。妈弯腰穿靴子时,她的脸几乎碰到了煤灰。就像那个从煤渣中被解救的女仆的故事——只不过情节颠倒了。"这是一种装扮,"妈这样解释道,"等我们存够钱就好了。"当萨姆也吵着要有装扮时,妈打开了她那混合着甜蜜和苦涩香味的木衣箱。她从一件红裙子上撕下一块布,做了一条方巾。

那天萨姆因为喜悦而无比闪耀,耀眼到露西不得不转过头去。

一路走来,在所有那些褪色、磨损的衣服里,唯有那条方巾保持着它亮丽的色彩。有时萨姆会边系它,边哼歌。两人都已忘了那首歌大部分的歌词。但那旋律,是妈的旋律。

露西已筋疲力尽,争论也逐渐被饥饿侵蚀,她日夜打起瞌睡来。她梦到有着沉甸甸果实的绿树和能涌出鸡汤的喷泉。她的四肢开始悄悄长出浅色的皮毛。她感到牙齿疼痛。她颤抖着咬紧牙关,梦到一只动物在火上烤着,肉烤焦了,盐也放多了,被烤得就像肉干一样——

这天下午她眨着眼醒来时,肉的味道并未散去。一缕青烟从山脚的矮林处升起。露西流出了口水,先是甜的,随即因恐惧而变得苦涩。熟肉意味着捕杀,还有携带刀枪的人。她叫醒瞌睡中的萨姆。"快跑。"露西小声说道,指了指那烟,内莉,以及她们可以潜逃的路线。萨姆缓缓打了个哈欠,又伸了个懒腰。萨姆身上的衬衣由于磨损过度,看上去一动就要开裂。

萨姆伸手去拿平底锅,仿佛这只是平常的一天,仿佛她们还能煎培根和土豆,仿佛直到如今,萨姆仍对独自在这片丘陵地上生活抱着不切实际的幻想。

"用你整只胳膊的力量去挥打。"萨姆说着把平底锅递给露西。萨姆则拿上一支削尖的鱼叉,往冒烟的地方冲去。边冲边喊:"我们要保卫自己的土地。"

她们在黄昏时分的矮林里发现了以下东西:

一个快要熄灭的火堆。

一匹拴着的马。

一个半埋在树叶堆里的死人。

尽管苍蝇已围着他的胡子嗡嗡作响,但他还未发臭。他身穿一件由许多皮毛组成的大衣,就像某个童话里的人一样。此时是胡狼之时,正是边界消散,真实与虚幻的分割线变得模糊的时刻。

"看那儿。"萨姆低声说道。萨姆悄悄穿过树丛,往那人的包和包上摆着的一只肥鸟走去。

露西则留在原地,面对着那死人。这是她第二次在死人身旁跪下:这次要更容易些。至少他的双眼是合上的,而非睁眼着;他身上的皮毛是干净的,哪怕胡子和指甲是肮脏的。露西忍不住去抚摸那皮毛,上上下下,上上——

只见死人突然抓过她的手腕,说:"别喊,小姑娘。"

露西把手往回拽着,那人坐起身来,蜕去身上的树叶,露出了一把来复枪。胡狼之时。原本盖在他身上的叶子遁入了黑影之中。但抓着她手腕的那只手,是真的。他的呼吸,他那明晃晃的武器,还有他嘴角的唾沫,都是真的。他的眼睛也是。怪异的圆眼睛,眼白比虹膜要大得多。那双眼睛向上一翻,视线越过了露西。

"还有那边那位,别再靠近了。"

萨姆停下脚步,手上还拿着那人的削皮刀。被洗劫过的包在萨姆身后,足以表明他们的意图。

"你骗了我们。"萨姆在原地跺着脚,怒吼道,"你故意让我们以为你死了,你这个骗人的 hun dan 小人——"

"求求你了,先生,"露西低声说道,"不要伤害我们。我们没有恶意。"

那人把目光缓缓从萨姆身上移开,转向露西。那是一种打量的目光,先看向她的嘴,接着望向胸脯、肚子和腿。他的目光让她感到像被针扎了一样。她舔了舔嘴唇,准备开口。没有声音。

他向她眨了眨眼。

"别做会让自己后悔的事。"那人向萨姆喊道。他不该说这句话。"你给我听好了。"萨姆刚剪过的短发因愤怒而竖了起来。

接着那人说:"小子。"

萨姆两眼闪着光,在黄昏下显得比那小刀更亮。露西又想起了煤灰里的妈,以及萨姆当时着了迷的眼神。那种"变形"时的神情。

萨姆放下了刀子。

"还有那个。"那人朝萨姆的手枪点点头,说道。

萨姆放下了爸的空手枪。在露西心里如此沉重的一个东西,落在地上竟没有多少声响。

"我没想伤害任何人,也许除了这些臭苍蝇。"那人说。"你们明白的,对吧?"他向露西说道。露西正使劲想挣脱自己被困的手腕。他突然把手一松,露西猛地摔倒在地。"别激动。"他的目光望向她裙底下新裸露出的腿部。"别激动。"

"我们也没打算伤害你。"萨姆虚张声势道。

"当然。我们都只是路过,不是吗?这里不属于我们任何一个旅人。"

萨姆神情一紧。露西猜萨姆会反击说,"这是我们的土地。"然而萨姆却说:"没错。这片土地属于野牛。"

"很高兴它们愿意分享这片土地,"那人严肃地说,"说到分享,我这儿有一对山鹑,如果你们不介意没有盐的话。"

"我不需要盐。"萨姆话音未落,露西说道,"我们有很多。"她们之前从盐滩那里拿了一大块盐来吃。

"一个人有需要的东西,也有喜欢的东西。"那人拍了拍自己的肚子,那肚子和他的眼睛一样圆。"比如说同伴。在这里难免会孤单。我将心怀感激地从你们这里拿一些盐。我还需要一个小姑娘。"

他那空盘子似的眼睛,一下转向了露西。

她表示自己可以帮他洗衣、做饭。他瞪大了双眼,最后放声大笑。他用两个肮脏的手指把嘴角的唾沫星子擦去。

"我需要一个小姑娘,但你还是个小姑娘,是不是?"

露西不明白他的意思,但她点了点头。

"你比同龄人高,我误会了。你几岁?十一岁?十岁?"

"十岁。"露西撒谎道。萨姆没有纠正她。

后来,露西会明白。当时她还太小,不懂得那人打量她时的含义。尽管当晚的山鹑肥得萨姆直吹口哨,露西却始终保持着紧绷的神经。她紧靠向烧得炙热的山鹑肉,给双手取暖。

"你来自矿工家庭。"那人说着伸出了自己的两个手掌。他的皮肤底下布满了蓝色的斑点,就像浅滩上的一群小鱼。露西只有一个这样的斑点,来自一处伤口里落入的煤尘。"怎么这么干净漂亮?"

"我只负责开关门。"露西望向别处说道。她为自己的双手感到羞愧。萨姆的双手布满了蓝色的伤口,爸也是,妈脱了手套也是。露西在去上学之前很少工作,后来妈死了,爸也不再需要她帮手。

"我们不是矿工。"萨姆说。

有一天晚上爸喝醉了,把两个手掌放在炉子上,想把上面的蓝色印记烧掉。过了一个星期水疱才破,又过了一个星期死皮才脱落。新长的皮肤上仍能看见蓝色。煤藏得深。"我们是探矿人,"爸坚持道,"眼下只是暂时的生计,过去就好了。Ting dao mei?"

"我们是探险家,"萨姆继续高声说道,"我们和其他人都不一样。"萨姆把身子往前一倾,眯了眯那双深色的眼睛。"我们是亡命之徒。"

"当然,"那人用他那和蔼的语气说,"亡命之徒可是最有意思的一种人。"

他接着又说了其他一些有意思的人。萨姆坐在火势较旺的那一边,脸上开始熠熠生辉。露西坐在另一边,能感觉到风在她背后吹着。那人让萨姆尝一口山鹑,并郑重其事地对萨姆的选择点头称赞,让萨姆来切肉。一直到她们吃完了,那人才问:"所以你们是从哪里来的?是不是什么杂种狗?"

萨姆一下僵住了。露西靠近前去,准备要伸出一只安抚的手搭在萨姆肩上。尽管这人比大部分人都更晚才说出这句话,他最终还是说了。露西从来不知道该如何回答这个问题。爸和妈也从没给出过清楚的答案。他们像讲神话故事一样绕来绕去。那些半真半假的内容,是利老师的历史书上找不到的。它们在妈那充满渴望的叙述下,越飞越高。"这里没有像我们这样的人。"妈说这话时带着哀愁,而爸则带着自豪。"我们是从大洋彼岸来的。"她说。"我们是最早来的。"他说。"与众不同。"他说。

让露西没想到的是,萨姆给出了唯一正确的回应。

"我是萨姆,"萨姆高抬起下巴,"她是露西。"

萨姆的回复很直接,但那人看上去挺满意。"嘿,"他说着,举起了双手,"我最喜欢狗了。我自己就是个杂种狗。我不是那个意思。我的意思是,你们这次是从哪边过来的?你们看上去像是奔波了一路,而且有些惊慌。"

露西和萨姆交换了一个眼神。露西摇了摇头。

"我们是在这片丘陵地区出生的。"萨姆说。

"从没离开过?"

"我们在各种各样的地方都生活过。我们走过很多的路。"

"那你们肯定知道这些大山里都有什么,"那人的脸上浮现出一抹微笑,"都有什么样的动物为了躲避矿工而藏在那山上,不需要我多说了吧。肯定知道,翻过这些大山,在平原和更远的地方都有什么。肯定也知道,还有比野牛更大的东西。比如铁龙。"

萨姆听得着了迷。

"满肚子的铁和烟。"那人低声说道。他和爸一样擅长讲故事,也许比爸还会讲。"火车。"

露西也专心听着,但没有表现出来。利老师提到过火车。根据这个山民①的说法,火车在过去几年里又往西部延伸了不少。

"就在大山另一边的山脚下有一个镇子,那里就有一个车站。传闻有人要越过山脉铺设铁轨,但我不亲眼看到是不会信的。这片大陆上没人能做到这事。我把话放这儿了。"

火势渐渐微弱。两只山鹑已吃得只剩下骨头,可萨姆仍感到体内有一种饥饿感。那人于是很配合地把一个接一个的故事投喂进萨姆张开的嘴里。他给他们讲火车和其他奇妙的钢铁装置的故事,讲那像巨兽一般冒着烟的大烟囱;讲遥远东方的野生森林,还有北方的冰雪。当他讲到沙漠时,露西打了个哈欠。那是一个她控制不住的大哈欠。当她重新睁开湿润的双眼时,那人正怒视着她。

"我是不是让你觉得无聊了,小姑娘?"

"我——"

"我还以为你们两个爱听我这老头子讲故事呢。谁不知道西部已经没什么好冒险的了。就那破地方?"他的语气变硬了,"那些丘陵还有什么值得人去的吗?矿工们早把那里挖干净了。多走两步路就要掉到那些没完没了的傻瓜挖的坑里去。"

萨姆一言不发。

---

① 所谓山民(mountain man),历史上主要是指十九世纪活跃在北美落基山脉一带,以捕猎动物毛皮为生的一群人。

金山的成色

"东边才真叫人大开眼界,而且比这鬼地方有更多的空间。只有最差劲的那些人,才会爬到西部来淘金。"

"哪些人?"萨姆说。

"杀人犯、强奸犯、被唾弃的人。要么太没用,要么太蠢,在家乡活不下去的那些人。"

"我爸说——"萨姆的声音因激动而有些变形,"我爸说西部地区曾是史上最美丽的一片土地。"

"我是不会再往西边多走一步了,不管给我多少钱,"那人把一块山鹑骨头朝西边扔去,"那里已经完了,那些人还一个个从矿井里伸出头来,互相讲着不着边际、自欺欺人的话。"

他的话里充满嘲笑的语气。可他没有在那片土地上生活或劳作过,没有见过早晨的太阳照在丘陵上,给一切镀上一层金色的景象——否则他怎会如此轻易地跨过它们?

"我爸——"萨姆说。

"也许你爸也是那些傻瓜中的一个。"

有些人沉醉于威士忌,这位山民似乎沉醉于自己的侃侃而谈,变得漫不经心了。他的削皮刀就放在火边,刚好在他和萨姆中间的位置。

露西看见萨姆看见那把刀了。

她本以为自己希望爸的阴魂已经散去。可在那个瞬间,她渴望那有仇必报的睥睨回到萨姆的眼中。

山民拍拍萨姆的背,咯咯一笑,说自己刚才是开玩笑,又"小子、小子"地称呼萨姆,说萨姆很像他某个冬天留下帮忙布置陷阱的一个印第安小子,问萨姆想不想听听那个故事。萨姆不再打小刀的主意。"愿意,"萨姆说,"愿意,愿意。"

萨姆讨厌女人的工作,并任性地以松垮的针线活和烧焦的食物为荣。可那天早上在阳光下站着做早饭的却是萨姆。阳光穿过树叶落下来,这画面美得像是露西的一场梦——可惜那山民一直在指手画脚地喊着。

萨姆出锅的那一摊东西看起来像泥巴,吃起来像肉。那人称之为培美根①,是由鹿肉干和浆果捣烂混合而成。露西因为吃得太快噎住了,想吐却又不敢吐。

这天早上轮到萨姆说个没停,那人睁着餐盘般的圆眼睛,尽情吸收着萨姆的故事,如同在享用盛宴。萨姆说了她们在银行里开枪的事,还有那两兄弟和他们包里的食物。那人哈哈笑着,摸摸萨姆的头,然后跟着她们回到了她们的露营地。

露西有什么权利去怀疑一个会帮内莉检查肿胀的膝盖,并送给她们燕麦和一袋培美根的人呢?一个会在兽皮上画地图,并把另一边山脚下的那个镇子圈出来的人呢?

"我打赌你会喜欢那里的,小子。那里马上要办一个商品交易会,是方圆百里内最大的一个。那个镇子很大,你不仅能遇见漂亮小姐,还能见到印第安人、巴克罗和亡命之徒——各种各样比我还要厉害的人物。"

---

① Pemmican,一种源自美洲原住民的干肉饼。

面对他，萨姆不再说"我们就留在这儿"。萨姆说，"那**你**要去哪？"

"那个镇子叫什么？"露西插嘴道。

"甜水镇。"那人说。

哦。

露西流出了口水。即便是在比较艰难的岁月里，她们多少还能尝到糖和盐的滋味。可在矿区，多少钱都买不到清澈的饮用水。"甜水"两个字在露西的脑中就像那个老虎头骨一样闪闪发光。当那人把一只手搭在内莉身上，准备多留她们一会儿时，露西几乎毫不在意。

"你们记得我之前收留过的那个印第安小子吗？我在想，也许我可以再找个小子帮忙。我这双手"——他摊开两只手——"手指不像以前那么灵活了。我可能需要一双更小巧的手帮忙，并且把我会的传承下去。"

沉默如乌云向他们压来，已近在眼前。

"感谢你的好意，"露西胃一紧，说道，"不过我们已另有计划。为了我们的家。"

那人最后一次把她从头到脚打量了一遍。"最好在下雨前赶紧出发吧。"

水

  暴雨下了好几天。她们离开那个山民后，天空仿佛裂开了一道巨缝。大雨倾盆而下，一落到地面便激荡起白色的薄雾，仿佛形成了一片结界，给雨中的世界包裹上参差不齐的胎膜。内莉有两次踏进看着像是小水坑的地方，结果她的整个前胸都陷了进去，好在她立刻跳了出来。如果换一匹反应慢些的马，她们可能已经淹死了。

  野牛骨是唯一能提供坚实支撑的东西。她们在一块特别巨大的野牛骨架前停下，准备在此过夜。萨姆像是在寻求许可似的，先摸了摸野牛的头骨。接着她们把那些又硬又脆的肋骨从脊柱处掰下来，把它们堆成牢固的托架。

  到了第四天，雨暂时停歇了。她们抵达了山脉的尽头。内莉踏着蹄子，爬上一处低矮多石的山麓丘陵。这是最后一片丘陵了。她们从那里向平原俯视。

  只见一片低矮、平整而又翠绿的草地在她们眼前展开，仿佛是为她们疼痛的双脚而铺设的优质天鹅绒。远处是一弯河流，以及一块模糊的黑点，想必那里就是甜水镇了。露西面对着这新的世界，深深地吸了一口气。她感到舌尖上的香气是如此湿润而又厚重。

她往前走了几步——

风轻拍着她的肩膀。不是过去几天暴雨时那样猛烈的狂风，而是带着一丝哀怨和温柔。正是风中的这种哀愁让露西回头望去。

从远处望去，她童年的那片丘陵像是已被冲洗干净。她经历过不少的雨季，但她经历的都是淤泥。贫瘠的土地一经冲刷便成了汤，每一天的生活都是浸泡在泥汤中的往复潮汐。从远处望去，她无法看见西部多么危险，多么肮脏。从远处望去，雨后的丘陵像金锭一般闪亮，西边地平线上尽是层层叠叠的金光。她感到喉咙一紧。在她鼻子上方、眼睛后面的位置，一阵刺痛向她袭来。

这种感觉一闪而过。她想，应该是旧日的干渴又涌上心头的缘故。

看那条河——

露西的一生中，"水"意味着矿区下游流出的壅塞的细流。可眼前这条河竟如此宽广，仿佛是有生命的活物。它拍打着河岸，咆哮着。妈曾说爸也是"水"，露西对此始终无法理解。今天她终于懂了。

那晚她们在河岸边露营。明天一早，就到甜水镇了。露西拉近被子闻了闻，立刻瞥过头去：一股土和汗的恶臭，数月来煎熬而成的味道。清澈的河水更是让那被子相形见绌。

"我要把你丢在这儿了。"她对着被子说。

萨姆扭过头来，说："什么？"

露西踢开被子，站了起来。她感到自己更干净了。这夜凉爽而湿润。

"水有洁净的作用。"妈曾说。

"等我们到了那儿。"露西朝着甜水镇的灯光方向点点头，说，"不会再有人知道我们是谁、做过什么。我们也不需要告诉任何人。要是有人问我们从哪里来，我们想怎么说都行。我在想，我们可以把过去的历史都抛在身后。"

萨姆抬起头。

"这是一次重新开始的机会。你难道不明白吗？我们不再必须当矿工了。"或失败的探金者。或亡命之徒，或小偷，或被抛弃的学生，或畜生，或猎物。

萨姆把头靠回胳膊上，非常从容地说："如果他们不需要我们，那我们就走。我们也不需要他们。"

露西惊愕地低头看着萨姆。匪夷所思的是，萨姆竟咧着嘴笑了。

三个月来，她们一路上担惊受怕、东躲西藏，而萨姆却把这一切当做游戏。萨姆这个人，到哪都像在家一样自在，迎着逆境发光。露西突然意识到，萨姆画的那张地图，要走的那条路，并非是几个月、几年的路。那是另一种人生的开端。

"我做不到，"露西说，"我必须停下。"

"你要抛下我？"萨姆的脸扭曲了，仿佛说要走的人、不愿停下的人，不是萨姆自己，"你真的要抛下我。"

毫无疑问，萨姆开始愤怒了。这一次露西没有让步。这一次她选择挺直腰板。萨姆总把愤怒当做自己天生的权利。谁给了萨姆这样的权利？

"你太自私了。"露西感到心提到了嗓子眼，猛烈跳动着。她的声音也跟着颤动起来。"你只知道索取，索取！你有问过我想要什么吗？你不能指望我永远跟着你那些不切实际的想法走下去。"

萨姆也站了起来。露西过去总要低头去看妹妹的脸。现在她们一样高了。这是一张陌生的脸。对着这张脸，她不能说：她当然想要干净的水、漂亮的房间和连衣裙，好好洗个澡——这些都只是外在的东西。除此之外，她不知道。她内心的空洞不再容纳曾容纳的东西，正如她们挖的墓穴无法将挖出的旧土全部装回去。矿工们知道，挖得太深，铲走太多好土，就容易坍塌。爸的尸体、妈的木衣箱、棚屋、溪流，还有丘陵——抛下这一切她都是自愿的，想着至少还有萨姆陪她跨向未来。

露西不能问，也不能说。她自己身上的臭味让她窒息。她把连衣裙拉过头顶，挡住了萨姆的脸。接着她把衬衣也脱了，跳入河中。

河水一下冲走了她的各种想法。一阵冰冷的拍打，河水令人愉快地包裹着她。她先把脚上的沙子踢掉，接着开始搓自己的脖子、肩膀和腋窝，那被山民抓过的手腕和那碰过爸手指的手指。她足足搓下六层的污垢。她在搓到胸部时放慢了速度，那里的皮肤有些胀痛。她不太能够到自己的背，于是呼唤萨姆帮忙。

萨姆转过头去。那件褪色的衬衣上方的脸变得通红。萨姆竟然脸红了。露西游回岸边，再次请萨姆帮忙。萨姆又一次拒绝了。

"自私。"露西透过翻滚的波浪说。她伸手抓住萨姆的靴子，将仍穿着衣服的萨姆拖下水去。露西猛拉过萨姆的衣领，搓下一层层结块的污垢，任由萨姆口中不断吐出气泡。萨姆所有的倔强，在这里都化成了泡沫。"现在把背转过来，"露西说道，就像妈当初摆弄浴盆里的她那样摆弄着萨姆，"你就需要好好管教。"露西说着，一边脱下萨姆的裤子，这时她才想起这话是谁说的——是爸——以及他为何说这句话。

有什么东西被撕破了。露西的手轻划过某种陌生的硬物。萨姆赶紧向水底潜去，只留下裤子的一角仍握在露西手中。水可是露西的元素。她轻松赶上了萨姆，捡起那块原本被藏着的灰色长石头。可萨姆仍径自往前游去，仿佛那块石头无关紧要。

就在那时，露西发现萨姆还掉了别的东西。那东西沉得很快：毕竟银要比普通的石块重。河底闪着两道光。没有埋，没有沾泥，也没有和尸体在一起。

那是爸的两枚银圆。

露西反身往水面游去，与萨姆擦身而过。有那么一瞬间，她们的距离近得能够到对方。只要一个人伸出手就能拉住另一个人，让两人在河面与河底之间僵持。可两人都没有这么做。萨姆径自潜入河底，露西则往河对岸游去，爬上那片覆盖着青草的新天地，躺着喘粗气。

"家人排第一。"爸曾这么说。这话妈也说过。无论爸扇过她多少巴掌，脾气有多坏，他的这一信念露西始终是尊重的。这个信念也是她唯一从爸那里继承的东西。

可现在呢?

萨姆终于浮出了水面。萨姆的头发打湿后油光发亮,瘦削的骨头从湿透了的衣服底下显露出来。黑暗中站着的,是一个露西无比陌生的人,手中拿着从死人那里偷来的银币。

血

第二天早上,萨姆挺直肩膀坐在露西身边,一脸严肃。萨姆开口说话时,仿佛话语是一枚私藏了三个月的硬币。

"埋着对谁都没好处。"萨姆在露西叠被子时说。

"愚蠢的迷信。"萨姆在露西摘去裙子上的草时说。

"这根本就无关紧要,"萨姆在露西吃力地用手指梳头、扎辫子时说,"你还记得那条死掉的蛇吗?爸后来把顶针拿回去了。我看见的。一点事都没有,是不是?是不是?"

一星期前,露西也许会把这些话照单全收。可现在,这些话让她恶心。

"他和我说过活人比死人更需要银子。"萨姆在露西收拾东西,为前往镇子做准备时说,"他老早就和我说过,不要用像样的方式埋葬他。"萨姆说着,声音小了下去,"他说自己不配。我发誓,我本来想无论如何,还是让那些银币留在他身边,但是那天晚上就好像是他自己和我说的,他透过坟墓让我不要这么做。你没听到吗?"

露西换着角度打量萨姆。可不管她如何使劲眯眼睛,都看不出萨姆的故事是从哪一句开始变成了谎言。如果这二者对萨姆来说还有区别的话。

"等等,"萨姆紧抓着露西的手肘说,"还有妈。他说妈——"

露西一把推开萨姆。"够了。不要把妈扯进来。"

萨姆没有再往前靠近。露西往后退去。她们瞪着对方。露西往后退着,退了一步,又一步。她感到几分高兴,仿佛自己的一部分已身在甜水镇,在排练自己作为孤儿的故事——那凝结的一小部分,庆幸萨姆不会出现在那里,自己也不需要为萨姆的奇怪言行做解释。

露西转过身去。

萨姆最后一次喊道,带着明显的恐惧:"露西——你在流血。"

露西把一只手伸向裙子后面,手湿了。她掀起裙子,衬裤上也有血。但不知为何,衬裤底下并无伤口。尽管她两腿之间湿溜溜的,却一点也不感到痛。她闻了闻手指,除了一股像铜钱的血腥味,还有股更浓郁的腐臭味。

妈曾说这天到来时,露西会收到庆祝的蛋糕、腌李子和一条新裙子。妈曾说这天将是露西成为女人的一天。血肆意流淌着,留下空洞的疼痛。不过是又一件露西几乎没有痛苦地失去了的东西。尽管没有蛋糕,没有庆祝,她仍在体内感到一种沉甸甸的确信,妈说得对:她不再是一个小女孩了。

萨姆的脸因恐惧而显得幼小,仿佛露西掌握了一种骇人的新力量。露西看着妹妹,除了体内涌动的鲜血,还第一次感到了怜悯。这是另一种意义上的抛弃。

"我很快就会回来的,"露西心软了,"我会给你带吃的。等我找到工作。"

在露西清洗血渍时，萨姆渐渐走远了。露西洗干净衣服（干净得不能更干净了），拧干（只比这潮湿的空气略潮湿），然后往衬裤里塞了些草，又喝了冷水来缓解胃痛，最后才眯着眼往河岸的远处望去。她在树丛中看见了萨姆的身影。

"我现在要去镇上了。"露西喊道。

那身影抬起头。

"你留在这儿？"露西说道。

露西的本意是让萨姆留在那里等她。可因为离得远，加上河水猛烈的拍打声，她的意思被扭曲了。她说出的话变成了一个问句。

第二部
XX59

骨

妈是她们的太阳,也是她们的月亮。她站在新房子的门口,脸庞憔悴,把房子从里到外,从亮处到暗处都打量了一遍,为老虎的到来做着准备。

门外,一家人在等待。

说是房子,其实是个棚屋,孤零零地立在山谷的远端,从小溪那儿要走很长的一段上坡路才到。墙是裂的,屋顶是铁皮的。由于只有一个窗户,露西只能窥见屋内昏暗的暮光。没有窗玻璃——只支了一块油布,一块不透明的黄色油布,勉强透进微弱的光线和模糊的影像。经过两周的奔波,在见到这一幕时,露西的心一下就沉了。可领她们来这里的矿老板没给她们多少选择的余地。"要么住这儿,要么你们就和镇子外的垃圾一起露营。"他说道,吐了口痰。他本来还要再多说几句,但妈把一只手放在了爸的胸前,说道:"没事的。"

妈的嗓音低沉而沙哑,像是燃烧的柴火声。那粗犷的声音和她优雅的举止、柔和的脸庞形成了奇异的反差,有一种摄人心魂的美。矿老板面红耳赤地走了。"Ying gai 在意别人怎么看你。"妈在矫正露西的姿势,梳直萨姆的发辫,责备爸老爱去赌窟,爱和镇子外露营的印第安人打交道时,都会这么说。"别人怎么看你,就会怎么对你,dong bu dong?"

可矿老板一走,妈的精气神一下萎靡了。棚屋里的阴影笼罩了她。她的美貌为长期的奔波所损耗,她还患上了一种让她总在饭后呕吐的病。如今她的美貌只是勉强还能包住骨头。妈在屋里走动时,露西可以看见她头骨的形状。

"姑娘们。"妈一边打扫着泥地上的灰尘一边说道。她的呼吸在喉咙处颠簸跳动,像是要刺穿皮肤。"给我拿根枝条来。"

萨姆往棚屋的一头跑去,露西去另一头。

露西去的那头半笼罩在阴影之下,因为在这山谷的远端,还矗立着一座高原。她用脚翻弄着垃圾堆:枯草,烧焦的金属丝,盖满灰的枝条。在最底下,有一根看上去不错的木条。她往外一拉,一块牌子掉了下来。

"**鸡舍**",她把煤灰拂去后,露出了这两个字。

她以为是烧过的枝条,其实是鸡毛。这里不是给人住的房子。妈又叫唤了一声,露西赶紧把那块牌子踢回垃圾堆里。

"Hao de,"妈在露西回来后说道,"我们人齐了。"

妈虽然身体抱恙,却面带微笑。她握着萨姆找到的枝条,仿佛那是个宝贝。尽管他们一路上有无数的烦恼,此时空气中却弥漫着希望的气息,正如每次仪式开始时那样。"一个像样的家,"爸在出发前说,"这次会是一个可以安定下来的地方。"

妈开始画她的老虎。

妈的老虎和别人的都不一样。总是八笔:有曲线,有直线,还有些像尾巴一样的钩。每次落笔的顺序都不变。只有当露西斜睨着眼，从侧面的某个角度望去，在某个瞬间，妈画的老虎才会像真的老虎那样，有一丝摇曳。

虎

妈画完最后一笔，痛苦地弓着腰，头皮下的头骨再一次凸起。不过守护符总算画好了。

爸顾不上自己的瘸腿，赶紧上前扶着妈的胳膊肘，把她稳住。他让她们快去拿摇椅。萨姆急忙去把摇椅从门外抬进来。这时还摆在摇椅上的盘子开始往下滑落，露西便冲上前去抓着。可她不小心把脚下画的老虎的最后一笔给踩糊了。

她想坦白。可这样，妈一定会把整个仪式重做一遍，而爸则会皱着眉头骂露西"da zui"，并说大嘴巴也要注意场合和时机。于是露西什么都没说，正如她面对这臭烘烘的房子和明显是鸡屎的痕迹时，什么都没说。她学会了保守自己的秘密。

泥

露西每周有六天是最早起的。那时天还是一片漆黑,那是鼹鼠之时。她要悄无声息地从沉睡的家人身边穿过。

萨姆和她一起睡在阁楼床上,妈和爸则睡在梯子脚下的床垫上。与其说她是凭借视力,不如说是依据记忆,在成堆的衣服、袋装面粉、床单、扫帚以及木衣箱之间绕行。屋里有一种不透气的动物地穴的酸臭味。上周屋里还打翻了一盆溪水,可谓雪上加霜。

要在以前,妈可能会把这儿收拾得舒服些。这里放上些香草,那里再巧妙地铺上一块布。如今她唯一的工作就是睡觉。她的脸颊看上去越来越像是被凿过或被咬过,仿佛有什么东西在夜里啃食着她。她已经几个星期没好好吃饭了。她说自己只吃得下肉,可他们没钱买肉。

他们刚来到这片新的大矿区时,爸许诺会有肉、花园、好衣服、好马,还有学校。可太多人比他们早来了。工钱比原先承诺的低。妈病了,露西上学的事只能先放一放。她得陪着爸去矿区,得第一个起来做早饭。

她把锅放在炉子上。太响了——妈听到声音,挪了挪身子。如果妈醒了,就会和爸吵个不停。"姑娘们都在挨饿。""要是我们早点到这儿来，我会赚更多钱。""可我们没有。""不能怪我。""你什么意思？""我只是说带着病人真的很不方便。""你觉得我是故意要这样吗？""有时候，qin ai de，你真的很固执。"

轻轻地，轻轻地，露西把土豆按进了锅里。油溅到她手上把她烫伤，但至少这样可以压低油在锅里的嗞嗞声。两块土豆拿布包着，给她和爸。一块放桌上，给萨姆。她在炉子上还留了一块，希望妈会吃。

距离下一个山谷有两英里的路。他们到达矿区后爸便和她分开，和其他男人一起下到主矿井去，留下露西独自面对她的隧道。

她望向东边。天空仍是瘀伤般的深蓝色。她徘徊着，仿佛在奢望可以等到日出。她爬下井去。颜色消失了，接着声音也消失了。她爬到门口时，四周彻底黑了。接着是漫长的虚无，直到第一声敲门声响起。

露西拉开沉重的门，用胳膊支撑着，让矿工们通过。在提灯映照下，又能看见井壁了。她几乎感觉不到前臂的肿痛，因为和矿工们走后那伸手不见五指的黑暗相比，这根本不算什么。

在接下来漫长而无聊的时间里，她用身体摩擦着井壁，或试探地大喊。等到她觉得差不多到中午了，她便咬上五大口土豆。食物尝着也是一股泥土味。

"不会一直这样的。"爸在白天忙完后向她许诺道。这白天的结尾和开头并无二致，都是一样的昏暗。习惯性的悲伤像远方丘陵上悬着的最后一丝阳光那样笼罩着露西。别的矿工都是三五成群的,彼此勾肩搭背,交换着问候和牢骚,只有爸和露西是分开走。他摸了摸她又粗又硬的头发,说:"Ting hao le。我想好计划了。你如果想上学,很快就能上了,nü er。"

她相信他。真的相信。但相信只会让她更痛苦。就像在隧道里时,她所渴望的灯光,反而会刺痛她的双眼。

回到棚屋,也是一样的昏暗,直到爸拿火把灯点上。妈在打着瞌睡,萨姆则不知道在哪疯跑、嬉戏。露西开始吃晚饭,爸则去帘子后面换衣服。等他急匆匆吃过晚饭后,就要到小溪的另一头去,做帮寡妇砍柴的第二份工。他们需要这额外的收入。日复一日,夜复一夜,慢慢积攒的积蓄,很快就被一家人的口腹之需掏空。

今晚,有些异样。

炉子上留的那个土豆不见了。锅里凝固的油脂上可以看到手指印。露西心中泛起一阵欣喜,仿佛看见久违的阳光般强烈:一定是妈吃了。

然而妈的脸颊看上去仍是那样凹陷。妈的手指是干净的。她呼出的仍只有呕吐物的气味。

"你看见了吗?"萨姆一进门,露西马上问道,"她吃了吗?"

古铜色皮肤的萨姆,像一束日光那样轻巧地穿进屋内。在外头晃荡了一整天后,萨姆的系带帽和丝带已不知所踪,裙角的布料也破了一块。但她收获了阳光和草地的气息。

"又是土豆?"萨姆闻了闻锅里的晚饭,问道。

"你帮我留意妈了吗？我交代过你的。"露西一掌拍开萨姆伸出的手。"还有十分钟才熟。你看着她了吗？我和你说过的。我今天就交代了你这一件事。"

"别烦了！"

萨姆闪过露西，伸手去揭锅盖，结果锅盖滑到了地上，叮当直响。萨姆伸出的手指又亮又滑。萨姆身上除了有阳光和草地的印记，还有油脂。

"那个土豆不是给你的，"露西低吼道，"是给妈留的。"

"我饿了，"萨姆目光炯炯地说道，并未试图否认，"反正妈也不会吃。"

萨姆不是骗子，也不是小偷。不过她只根据自己的荣辱观生活，拒绝向其他人的规矩低头。对萨姆的责骂会被侵蚀，直至笑声绽放，因为萨姆就连固执也显得迷人。在最糟糕的日子里，露西会好奇，比起年幼，是否这才是萨姆没被送去矿上的真正原因，一个更持久的原因：萨姆过于可爱，不该被伤害。

露西突然抓紧自己胳膊上的瘀伤。她的肩膀和背部还有更多的瘀伤，她照镜子就能发现。"我要去向爸揭发你。"可爸只会捏捏萨姆那带有婴儿肥的脸颊。"我要告诉他。"她突然灵光一现，接着说道，"看看他是不是觉得你已经长大了，能去干活了。"

"不要！"

露西交叉起双臂。

萨姆咬牙切齿地吐出一句："对不起行了吧。"

妈把萨姆的道歉比作干柴里挤出的水。露西品味着胜利，直到她的肚子发出了咕噜声。"我还是要说。"

"别说！如果你不说……我就让你看妈吃了什么。"

露西犹豫了。

"就在今晚。"萨姆咧着嘴，笑着补充道。说完萨姆就跑了，一下撞进刚换上干净衣服出来的爸怀里。爸的腰间别着斧头，皮带上还挂着手枪。萨姆像往常一样，求爸带她一起去。

那天晚些时候，妈带着梦游般的脚步，跌跌撞撞地迈出门去。

露西猜妈是要去外屋①上厕所，可萨姆却示意她跟出去。她放下手头的书，没有标记看到哪里了。不过家里的三本故事书她都快读烂了，书上的画褪色了，公主的脸也糊了。她可以在想象中代入自己的脸。

在山谷斜坡的远端，有着星星点点的亮光。妈没有往亮光处去。她走向了位于棚屋正后方的一块地里，那里看不到任何有人的迹象。她开始徒手在地里翻找，仿佛是要寻找爸尚未在这园圃里种下的蔬菜。只听见她发出了深沉的、一点也不像淑女的低吼声，接着拔出了什么东西。

露西和萨姆在一旁偷偷蹲着。那晚有些热，露西的背在流汗。她能看到妈的白脖子，看到她衣服底下隐约可见的两个肩胛骨。别的都看不到。接着她听到了咀嚼的声音。妈半转过身来，手上抓着什么——胡萝卜？山药？上面还裹着一层土，因此难以辨认。

---

① 外屋（outhouse），通常是指在小房子外面搭建的厕所。

"是什么?"露西小声问道。

"是泥巴。"萨姆说。

不可能。要是萨姆捡掉在地上的食物吃,是会被妈责骂的。妈每个盘子都要擦两遍——一遍擦干,还有一遍擦亮。然而此时妈的脸颊上分明能看到黑色的颗粒物。不过萨姆的话也不准确。妈舔着手里的东西,直到它露出边角,接着是圆形的关节,还闪着光。她拿着的是一块骨头。

"不。"露西忍不住喊出声来。好在咀嚼声盖过了她的喊声。

萨姆继续看着。在这夜色下,萨姆蹲在泥地上,连衣裙向上拉起,一条辫子拖在地上,却像在家时一般自在。露西则转过头去,不愿去看妈可能吃下的别的东西:蚯蚓,卵石,古老的枝条,埋藏的蛋和腐叶土壤,甲虫的细腿,等等。这是一次来自土地的、潮湿的秘密盛宴。

过去,妈和露西会为彼此保守秘密。坐篷车奔波的日子里,爸和萨姆每天会在黄昏时一起消失,要么去狩猎,要么去探路。露西和妈则独自留在那寂静的丘陵之中。在那广袤无垠的寂静中,露西会向妈吐露心事:自己如何害怕骡子,如何偷拿了爸的小刀,还有她如何羡慕萨姆。在那傍晚时分,妈吸收着她的心事,正如她的皮肤吸收着镀金般的落日余晖。妈知道如何默默保守秘密。有时她会低声细语,有时她会拍拍露西的头,有时则会摸摸露西的手。妈懂得倾听。

反过来,妈也会告诉露西,她如何把猪油抹在手上,以保持手的柔滑;她有哪些诀窍,专门用来和肉铺的小伙子讨价还价;以及,她是如何谨慎地选择要和哪些人来往。在那些时刻,露西知道,妈最爱的是她。或许萨姆继承了妈的秀发和美貌,但妈和露西却通过话语紧密相连。

然而今晚,露西却打算背叛。萨姆的鼾声响了又响,露西却迟迟无法入睡。她睡不着。一闭上眼,妈那闪亮的牙齿就像月光一般渗透进她的脑海。当开门声从底下传来时,露西赶紧向爸招手,让他上来。

"你再说一遍。"露西说完后爸又说道。他站在梯蹬上,脸和露西的脸齐平,两人就像在密谋。"Man man de。她当时在吃什么?"

奇怪的是,当露西问爸要不要打开妈的木衣箱看看时,爸咧着嘴笑了。妈的木衣箱里装着布料和李子干,更重要的是,还有芳香中带着苦涩的药材,是妈熬来治病用的。

"睡吧,"爸说着,往下走去,"你妈不是病了。我敢打赌。"

等爸走远了,露西才从床垫上翻下身来,把头凑到地板的孔眼上往下偷看。她看到妈蜷缩在椅子上,爸走近前去唤醒妈。妈猛地睁开眼,然后张开了嘴巴。

妈开始咒骂爸。

露西从没听过妈骂人——但她开始明白,夜晚是另一个世界。妈吞下的那些骨头,蕴含着多少年、多少个世纪的岁月呀,足够让今晚妈的喉咙里仿佛爬出另外一个东西来。一个巨大而生猛的东西。"历史",露西突然想到。她想起再往回走两个镇子,曾有一个醉汉向他们的篷车吐口水。当时那人叫嚷着什么土地，所有权，法律规定属于谁，还有要埋葬什么之类的话，而爸和妈则始终目视前方。露西已记不确切那人的话，但她从妈那唾沫四溅、大喊大叫的样子里，认出了那个可怕的生物。肯定就是"历史"。

妈问爸几点了。妈说爸是骗子。妈还问到底能有几个寡妇。她指责爸又去赌博了。

就在她停下来喘口气时，爸说："你最近在吃泥巴。"

妈把盖着的被子往上拉了拉，大概是想遮盖指甲底下的污垢。被子滑过她干燥的双手，发出的声音就像蛇在蜕皮。"你竟然让我自己的孩子监视我？Ni zhe ge——"

"你还不明白这意味着什么吗？"爸跪下身来。妈吃惊地向后一靠。"Qin ai de。"爸用双手捧起妈攥紧的双手，温柔地抚摸着。"这种控制不住的饥饿感，这种恶心想吐的感觉，还有我们之间这种紧张的关系，你一定是有宝宝了。"

妈摇了摇头。她的脸上闪过阵阵阴影。她像被吓到了。虽然露西听不清爸到底说了什么，但她辨认出了爸过去许下承诺时爱用的那种语气。妈的脸上露出了一丝微笑，可马上就又变了。变得刚硬。许多年后，露西仍将记得妈脸上的这种刚硬。她想知道，那到底是出于决心、勇气，还是冷漠。她试图在自己身上唤起这种刚硬。

"我还以为我们没法——"妈说到一半，话锋一转，"而且我怀两个女儿时，没有这些症状。我也没有这种饥饿的感觉。"

爸哈哈大笑，声音大到萨姆都醒了。黑暗中两道亮光闪过——是萨姆的目光刺向了露西。两人都听见爸说,"是儿子呀。不然怎么会这么贪吃?"

到了早上,爸带着尘封两年之久的探矿工具,往丘陵走去。此时他满怀着爱意,磨亮他的镐,举着他的锹,把他的小刷子们成扇形铺开来。

他用镐从山坡的石头上撬下埋着的骨头,然后用锹将其铲起,再用大大小小的刷子将暴露在外的白骨清理干净。爸把这些骨头磨成粉,再加水冲调。

妈躺在床上,那过于消瘦的双手颤抖着拿着玻璃杯,喝了下去。她的喉咙鼓起又缩回。爸数小时的劳动,几个世纪沉积的生命,被注入了宝宝体内。

"历史",露西想着,打了个寒战。

肉

然而骨头只是权宜之计,他们等着发薪日。一星期后,发薪日到了,隧道里挤满了人,仿佛一场地下风暴正在此酝酿。到了傍晚,矿老板出现在了山脊上,有如一颗怪异的、气鼓鼓的恒星。他摆好桌子,翻阅着文件,时不时拨弄板条箱里一袋袋的钱币。他数了又数,磨蹭了好久。

矿工们像一根线排开,队伍看不到头。几分钟过去了。一个小时过去了。那根线不耐烦地抽动着。露西紧跟着爸。她渴望把自己的劳动成果握在手中。

排到他们的时候,夜空中已经亮起了星星。矿老板瞥了爸一眼,抛出一袋钱币,立马开始看向下一位。爸当场解开绳子,数起来。矿老板一遍又一遍地清着嗓子。

"少了。"爸抛回钱袋,说道。他身后的人群躁动起来,伸长了脖子,愤怒地嘀咕着。

"扣掉你那漂亮房子的租金,"老板伸出一根手指,"煤钱,"又一根手指,"你的工具。"又一根,"矿场发的提灯,"又一根,"还有,女孩只能领八分之一的工钱。好了,滚吧。"

爸握紧了拳头。他身后那些人靠得更近了,有人开始嚷嚷:"你小子是不会数数?还是说根本看不见?这么小的眼睛能看见啥？"

有人说："中国佬的眼睛看东西，就像要把一头牛从墙缝中硬塞过去，太难了。"

这句话引来了一阵喝彩。"中国佬"这个词在人群中流传开来，直到充满黑暗中的每个角落。爸转过身去，面对着他们的侮辱。露西颤抖着。爸的愤怒完全爆发时非常可怕。在露西少有的几次被爸打屁股的时刻，他的身形仿佛变得庞大无比，几乎充满了整个房间，尽管他有一条腿是瘸的。

可那些人只是笑得更大声了。"中国佬！"许多人叫嚣道。这声音在丘陵中回响，直到这片土地都开始笑了。

爸愤怒时的睥睨，在他们看来只显得可笑。

爸一把抓过桌上的钱币，走了。他迈着狂乱的脚步，吃力地往一边甩着他那条瘸腿。露西竟几乎跟不上他的脚步。几乎可以说，爸在跑。

"Mei guan xi,"爸把工钱给妈，说道，"下一个发薪日，我们就有钱买牛排了。还有盐和糖果，和园圃的种子。还要给姑娘们买结实的靴子。我把话放这了。我保证。"

远离矿区，远离那些喧闹的矿工，爸的声音在这棚屋里显得过于响亮了。他的话里铺满过去的承诺，正如他们家的墙壁铺满了沙砾。

妈轻声说道："宝宝怎么办？"

宝宝还要在肚子里长六个月。爸突然不知道该说什么。他低头望着那些钱币,等他抬起头时,他的目光中闪现出了一丝熟悉的亮光。"我知道我答应过你不再赌博,qin ai de,但我发誓,我觉得我的好运来了。这种感觉比之前都要强烈。只要让我拿上一些钱去——"

妈摇了摇头。"我们的骡子,还有篷车,都卖了吧。"

爸非常爱那辆旧篷车,把它像活物一样悉心照料着。每到新的一站,他都会把轮子重漆一遍。他总爱说:"这就是自由。有了这车,我们哪都能去。"此时的他面红耳赤。

妈摸了摸自己的肚子。"为了宝宝。"

爸一言不发,摔门出去了。她们听见轮子碾压的声音,还有骡子的蹄声,渐行渐远。在最后一刻,萨姆也夺门而去。

卖了篷车,能买肉了——某种特殊的肉。肉铺剩下的残渣,带着骨头的碎肉。妈会把它们炖上几个小时,屋子里总弥漫着烹饪的味道。

别人不要的东西便宜。妈会把猪蹄子炖成冻,把骨髓吸干净,然后把骨头吐到盘子里,发出咔嗒咔嗒的响声。妈又开始回到餐桌上了,并且坐得比别人更久。每天晚上,她都会花上几个小时,从骨头上削肉,整个房子都能听见她啃肉的声音。每当有"咔嗒"的响声传来,露西就会抬头望向妈,半是惊恐,半是着迷。她期待妈的脸上能露出微笑。

"我们为什么要吃这个?"露西抱怨道。

"为了宝宝。"妈说。露西想象着妈肚子里的小牙齿在咯咯咬着。"他吃的肉越多，长的肉就越多。Yi ding 要让他变强壮。"

"可为什么我们都要吃？"露西说完就知道自己又多嘴了。果然，爸让她把大嘴闭上。

一贯固执的萨姆，一言不发地吞下了两盘晚饭。

妈的脸色好转了，脸颊也不再凹陷。她又开始做家务了。家里尽管还算不上干净，至少是不脏了。现在是妈一天扫两次地，是妈去店铺里和人讨价还价。是妈的声音让店老板结账时少收几分钱，或者挤眉弄眼地让他们多送一块猪蹄。

不仅如此，妈在给自己梳头的同时，又开始给萨姆梳头了。为了把萨姆之前几个星期四处游荡时打结的头发理顺，妈每晚要给她梳一百下。萨姆的头发被梳平整了，又扎好了辫子，戴上了系带帽，从此也不再成天在外面瞎跑了。在妈的管教下，萨姆变得更漂亮，也更文静了。

可宝宝不是这样。宝宝没有嘴，却可以借着妈的声音说话。宝宝可以让爸住口，让露西不再提问，让萨姆只能生闷气。宝宝想要怎样，就可以怎样。

"看看他多能吃。"一天晚上爸赞叹道。妈一边啃着鸡脖子一边露出微笑。爸像是从未见过如此可爱的景象似的，注视着妈。"他长大后一定很强壮，一个顶三个。"

"Dui，"妈说，"只要我们好好喂他。"她吐出一块嚼干净的骨头。"这些不够。Ying gai 吃红肉。不能光吃骨头。"

"我想好计划了。"爸像往常那样说道。不过这次他没有喊，而是面带愧色地嘟囔着。

那天晚上,他比平常更早出门帮人砍柴。妈吻了吻爸,和他告别,但并未从饭桌上起身。她正专注于锅里最后一层薄薄的炖肉。妈的勺子划擦时发出的声音让露西倍感煎熬。妈没有像以前那样,让萨姆或露西也吃上一口。露西问妈,这个宝宝怎么这么自私。毕竟她和萨姆都没有让妈生过病。妈听了露西的问题,笑了又笑。她非常温柔地向她们解释,男孩就是这么爱折腾。

爸夜里的活儿越做越晚。在矿上工作时他一直打哈欠。每天早上,爸的脚步起起落落,半睡半醒地行走在点缀着蓝色的丘陵中,带着强有力的节奏:"宝宝。宝宝。"

下一个发薪日早上,前一晚出门的爸仍未回来。早饭时家里充满了不安,三个人从开着的房门望出去,望向空旷的原野,其他矿工的棚屋,越过小溪,望向南边的区域,再往南。妈的目光定格在了爸昨晚忘带的手枪上,那把枪沉沉地挂在钩子上。

爸从一个意想不到的方向回来了。他从房子背后摇摇晃晃地走来,一路发出叮叮当当的响声。他把一个鼓鼓的钱袋扔到桌上。

"你从哪——"妈刚要问。

"发薪日。我提早去领了,"爸响亮的声音里满是骄傲,像那钱袋一样饱满,"我不是答应过你吗?Qin ai de。"

"不可能,"妈说,"Zen me ke neng?"可事实摆在眼前。她开始数那堆沉甸甸的钱币。妈露出了微笑。爸伸出手指,就像矿老板之前那样,开始解释。房子、工具,还有提灯——上次都付清了。

"Nü er。"妈的脸色和那钱币一样闪亮。她对露西说:"你不用再去矿上了。明天开始,你和萨姆去上学。"

早上起来,她们发现有了新的连衣裙。露西伸手想拿红色那件,但妈说服她穿了绿色的。

"这件适合你。"妈把露西拉到了锡镜前。露西目不转睛地盯着镜子,她那张长脸在变形了的镜子中显得更长了。"学校也会适合你。老师会看到你真正的价值。"

露西想起自己那八分之一的工钱。"我不是男孩也可以吗?"

大部分时候,妈的声音像缓慢燃烧的炉火,令人惬意。可此时,那炉火却一下旺了起来。"Nü er,我不想听到这种自怨自艾的话。Rang wo 告诉你一件事。我刚来这里的时候,我什么都没有,只有……"妈低头看了看自己的双手。她出门时总会小心地戴上手套,而此时,那双手是裸露的。那双手因长了老茧而显得粗糙,又因为老接触煤而布满了蓝色的斑点。"女孩也是有力量的。美貌是一种武器。而你——"

他们头顶传来萨姆下楼的声音。妈压低了声音,把自己的额头靠向露西的额头。"我说的不是你妹妹爱玩的那种武器。帮帮我,露西丫头。萨姆不一样。Ni zhi dao。家人排第一。帮我看着她点。"

仿佛露西还需要妈提醒似的。事实上,露西的目光不由自主地就被萨姆吸引,看着萨姆穿着那件红色连衣裙迈着大步走出家门,棕色的皮肤洒满了金色的阳光。所有人的目光都被萨姆吸引。

尽管她们手牵手跨过小溪，走在大街上，所有的目光都会掠过露西，径直望向萨姆。

萨姆到底有什么特别的？露西研究了妹妹很久，想知道别人眼中的萨姆是怎样的。随意游走的自信目光，永不停歇的手脚。就像一只野兽，萨姆象征着永恒的运动。哪怕只是看着萨姆在草地里横冲直撞留下的痕迹，都叫人乐此不疲。

校舍看上去像一座阴凉的白色灯塔。不过她们要先穿过一片广阔的操场，而那里只有一棵枯死的栎树可以遮阴。小男孩们在没有树叶的树枝上眨着眼，大男孩们则背靠着树干向她们张望。在斑驳的树荫底下，女孩们在草地上三三两两地围坐着。她们的目光最扎人。

露西的脚步越迈越小，越走越慢，简直要变成一只兔子，消失在这高草丛中。这些人都是矿工的孩子，穿着褪色的印花棉布和格子棉布做的衣服。妈给她们做的漂亮连衣裙可谓独树一帜。露西松开萨姆的手，把胳膊交叉放在胸前，挡住上面精美的刺绣。"站直了，"妈会说，"大声点。"妈曾多少次用自己的声音，撬开沉默的嘴。

"早上好。"露西说。

可露西不是妈。有几个人漠然地眨了眨眼。一个男孩在树上笑出声来。

一个女孩走上前来，接着其他女孩像鹅群跟着领头的鹅那样，也紧跟上来。领头的女孩有着珠子般的眼睛和蓬乱的红色鬈发。

第二部　XX59　　103

"真漂亮。"她拽着露西连衣裙的袖口说,又拽了拽萨姆的。收到信号的其他女孩也一拥而上,抚摸起露西胸前的刺绣和她头发上的丝带,猜想并讨论着每一寸面料的价格。她们的问题并不直接抛向露西,而是在她周围乱窜。她试着做出回应——"这是织锦的。谢谢。谢谢,谢谢。"甚至对一些她不确定是否出于善意的话,她也说着谢谢。她的声音慢慢小了下去。这些女孩并没指望她回应。她们并不需要她说话。她似乎看到了从她们中间穿过的新办法,一个沉默前行的办法。

露西一边在拥挤的人群中穿行,一边给了萨姆一个没有把握的微笑。

萨姆暂时还没有行动但嘴角已经浮现出了不耐烦。"随她们吧,"露西默默乞求着,"随她们摸好了。没什么大不了的。"那些女孩这时开始欣赏起萨姆本人来了。"她的皮肤看上去就像红糖,是不是?你敢不敢舔一口?快看她的鼻子!就像布娃娃一样。还有那头发——"

领头的红发女孩抓起萨姆那些松散了的秀发,轻声感叹道,"真漂亮。"她自己的脑袋上顶着一头乱糟糟的鬈发。她把萨姆的辫子举到鼻子边闻了闻。

两声迅猛的巴掌回荡在操场上。只见红发女孩空着手,嘴巴蠢兮兮地张着。萨姆一旦动起来,就很难停下。萨姆开始挥舞巴掌驱赶人群,惊呼声像鸟叫般此起彼伏。很快就只剩萨姆一人站着。

"你们都太吵了。"萨姆说。

操场里的形势变了。就像冬天来临的那天,原本流淌的溪水开始结冰。萨姆原本有机会道歉的——不对,是露西原本有机会。可露西的嘴太笨了。"你这个笨蛋,"她压低了声音说,"你这个笨蛋,萨姆。"

"不就是些破头发吗?"萨姆不屑地说着,把头发甩到肩后。

一个女孩走上前,朝萨姆吐了口唾沫。没吐中。唾沫沿着萨姆闪亮的连衣裙往下流,连衣裙的红色更深了。剩下的女孩没有再犯这个错误。她们直接伸出手,用指甲抠向萨姆。

学校似乎和矿区没什么区别。一样有嘲笑,有瘀伤,还有那咄咄逼人的目光,和地底下的黑暗一样让人倍感压迫——就连露西在发薪日时听到的冷嘲热讽的话,也由矿工们传承给了他们的儿女。

没有区别。直到铃声响起,他们走进教室的那一刻。

那种井然有序让露西心头一颤。桌子、椅子、木板、黑板、地图——全都整整齐齐地排列着。多么透亮、干净的教室。这片土地上总弥漫的尘埃在这里不见踪影。教室前方排列着真正的玻璃窗,阳光让前几排桌椅看上去就像用黄油洗过似的。每张桌子上坐着两个孩子,只有第一排和最后一排的桌子空着。露西和萨姆在后排站着,等着老师来。

有人说,他是沿着那条漫长、艰苦的土路从东边过来的。可他那单薄的白衬衫,哪经得起一路的尘土;还有他那金纽扣,就算不丢也会被偷。他的着装对于土路或矿井来说近乎荒诞。他只可能行走在这个一尘不染的地方，一边叫着学生们的名字，一边和他们打招呼。之前吐唾沫、扯头发的女孩们现在双手抱臂坐着，对着他微笑，因他的出现而改变。他专门和一个男孩聊了整整一分钟，使男孩受宠若惊。聊完后，他让男孩去最前排的空桌子上就坐。

那是胜利的脚步。露西和其他人一起，注视着男孩的步伐如何因自豪而拉大。

当老师来到露西和萨姆面前时，他晃了晃擦得锃亮的靴子。"我听说过你们两个。我一直期待有一天能在这里见到你们。欢迎来到我的校舍。因为它，文明的界线又往西边延伸了一些。你们可以叫我利老师。对了，你们来自哪里？"

露西有些犹豫，但是老师善意的目光给了她信心。她告诉老师，她们如何从上一个矿区搬到了这里，可老师却摇了摇头。

"你真正的故乡是哪里，孩子？我写过很多关于这片土地的研究，从来没有遇见过像你们这样的人。"

"我们就出生在这里。"萨姆倔强地说道。

"我们的妈说过，我们是从大洋彼岸来的。"露西不确定地说道。

老师露出了微笑。他让她们在最后一排桌子旁坐下，接着把一本书摆在了她们面前。这本书非常新，他不得不把书页压平。露西则情不自禁地凑上前去，闻那墨水的香味。

在她抬起头后，老师非常温柔地说："这不是用来闻或者吃的。我们要做的事叫阅读。"他指了指上面的字母表，那字母有他半只手那么大。

露西的脸红了。她开始读那些字母，又读了下一本书上的字母，然后是下一本书上的单词，一本接一本，字也越来越小。最后老师借来了最前排那个男孩的书。在露西读完一整页文字，并准确念出了那些她不认识的单词时，老师开始为她鼓掌。全班的人都对她刮目相看。

"是谁教你的？"

"我们的妈。"

"她一定是一位非常特别的女性。有一天你要介绍我们认识。告诉我，露西，你最想学的是什么？"

从没有人问过她这个问题。这个问题过于庞大，露西一时不知所措。在整洁、封闭的校舍里，她突然想到了那广阔的丘陵，一眼望不到边际。爸的叮嘱这时在她脑中响起："不要惧怕。"世界上到底有多少书？她从不敢想象，直到现在。接着她便记起了那个词。

"历史。"她说道。

老师露出了微笑。"'书写过去之人，亦书写未来。'你知道这句话是谁说的吗？"他鞠了一躬。"是我说的。我本人就是一位历史学者。我最近在写一本专著，可能会需要你们的协助。说说你吧，萨曼莎，你也爱读书吗？"

萨姆怒睁双眼，没有回答。萨姆棕色的皮肤仿佛在向外默默散发着怒气，老师每问一个问题，那沉默的怒火就越发浓烈。最后老师只好放弃。他把萨姆留在最后一排，但向露西伸出了手。

露西往前走去。所有人,包括萨姆,都在注视着她。她来到洒满阳光的第一排桌子那儿,沐浴在阳光之下。坐在那儿的男孩高耸起肩膀,仿佛要遮盖住她的存在。但在这里,他没法不看见她。所有人都不能再无视她。他往边上一滑,给露西让出了位置。

"他说我们很有天分。"当晚露西一边鼓捣着盘子里的牛排,一边说。妈准备了特别的晚餐,但露西只顾着讲话,顾不上吃。她没有提,老师这句话只是对她一个人说的。她没有提操场上发生的事,也没有提萨姆在教室后排的沉默。"他还想见你,妈。他说你一定也很有才华。"妈停下拿汤勺的手,脸上泛起一丝红晕。"他想见我们一家。他还想给我安排特别的课程。他说在他原先所在的东部地区,有人会想听我们的故事,还说也许我下次可以和他一起去——"

"我不赞成。"爸说道。他的牛排也没有动过。他看了一眼焦了的部分,露出不快的神情。"这老师问东问西的想干什么?"

"他在书写历史。"露西话音未落,只听萨姆说道,"多管闲事。"

"我觉得,问孩子们来自哪里也不是什么坏事,"妈说道,"Gao su wo,老师还说了什么?"

"我们自己可以给孩子们上课,"爸说,"而不是让一个满口谎话的陌生人来教。Fei hua。我都想让她们别去了。"

可那些不是谎言。那些是历史,白纸黑字写着的。露西的手里还残留着墨香。相比之下,鸡屎的味道都没那么浓了。

"她们要学习,"妈说,"而不是成为煤矿工人。"

沉默在屋里蔓延开来。在矿井里时,沉默比震动或火焰更致命。它预示着致命的毒气,看不见也闻不到,唯一的征兆就是这样的寂静。

"我们不是矿工。"爸说。

妈哈哈大笑。她的喉咙危险地发出像是柴火燃烧的爆裂声。

"我们是——"爸欲言又止。那个词是不能说的。那个词在两年前妈坚持要换一种生活时,就被这个家禁止了。爸没有说出那个词,但他们四人都能感觉到它的重量。"你就是能感觉到",很多年前,爸第一次教露西怎么探矿时,曾这么对她说。那时他还可以称自己为探矿人。

"那你说,我们这样的生活叫什么?"妈站了起来,"像 zhe yang 生活的人?住在这样的地方?"

妈把一只脚往后一抬,接着往地上踢去。不是靴子踏在木地板上的那种清脆。而是一声沉重的叹息。尘土飞扬起来,沙砾落到了牛排上。露西开始咳嗽。萨姆也是。可妈仍不停地踢着,直到整间屋子被尘雾包围,直到爸从背后抱住了她。

"Fa feng le。"爸喘着气,把妈从地上抱起来,她的两只脚还在踢着空气。"我们只是暂时在煤矿工作。不代表我们一辈子就是矿工。"他小心翼翼地把妈放下,然后伸手去摸她的肚子。"我们在积蓄,记得吗?我答应过你们。"

"跟着那位老师上课,也是一种积蓄。不像你,只会在那些肮脏的营地里赌博。别以为我不知道你平时偷溜去哪里了。Dui bu

dui，露西丫头？"妈瞥了露西一眼，这是她和露西分享秘密时的默契。

露西犹豫了一下，点了点头。

爸攥紧了妈肚子上的衣服，然后松开了手。妈轻盈地回到自己的座位，她的身体把尘土分成两边，在露西和爸之间画下一条清晰的界线。

"那老师可自以为是了。"萨姆说道。

妈咂了咂嘴，但她任由爸发出不屑的哼声，看着萨姆坐在爸的大腿上窃窃私语，没有再多说什么。那天晚上，妈不再管那些规矩，她假装看不见牛排上的沙砾，以及萨姆笑得把嚼了一半的食物喷出来这件事。露西在萨姆和爸的窃窃私语中，一次又一次地听到一个词："高原"。

妈把没吃完的牛排洗了，又煎了一下，然后夹进面包里，作为他们第二天的午饭。露西开始学会吞下生活的苦楚：无处不在的灰尘，操场上的霸凌，吐到她脸上然后流进她嘴里的唾沫，还有每次提到利老师时，爸那阴沉的脸。她的大嘴学会了别的用途。

爸领到的工钱似乎越来越多了。一家人在吃了两个月的肉以后，都变得更强壮了。妈的肚子现在呈拱形突出，园圃也被她打理得开始冒出嫩芽。爸增加了自己在矿上工作的班次，每天都很晚才回家。露西和萨姆，一个高高兴兴地，一个不情不愿地，每天上着学。

后来，露西会把操场上将要发生的那件事，归咎于她们吃的

110　　金山的成色

肉。正是因为吃了肉，萨姆的皮肤和头发才变得更有光泽，散发出无法被灰尘遮盖的光芒。露西先是归咎于肉，再后来又归咎于那肉的代价，以及为此付出的漫长而绝望的劳动，还有定价的那些人，以及建了矿区却又只肯付那么少工钱的人，那些把大地挖空，把溪流堵塞，让一切干枯的人，那些宣称自己对这片土地有所有权，只给他人留下满是尘埃的空气的人——但太多的思考让露西头晕目眩，就像在广袤的丘陵上晒了太久的太阳。那在她心头挥之不去的、冷酷的金色大地，哪里才是尽头呢？

不过无论如何，这些想法都是后来的事。萨姆上学的日子终结于那个晴朗却危机四伏的一天。那天，校舍里热得就像烤炉，而萨姆坐的最后一排是最热的。于是萨姆把辫子解开，放下了她那闪亮的秀发。

或许，如果她们俩坐在同一排的话，露西可以在萨姆被人叫出去时多留一个心眼。或许，她可以把萨姆的辫子重新扎好。可到了放学时，露西是最后一个走的。孩子们你推我搡地奔向自由，他们的衣服底下积攒了一整天蠢蠢欲动的火气。

露西走出教室时，外面已经围了一圈人。

那场面就像在玩**牛仔与野牛**的游戏。扮演牛仔的孩子们围成了一圈。被圈子围着，扮演野牛的，是萨姆。

走上前去要给野牛套绳索的牛仔，是那个红发女孩。不过她拿着的不是草绳，而是一把剪刀。她没有套绳索，而是抓住了萨姆的头发。红发女孩转过身，面对着人群，说着嘲弄的话。就在那时，萨姆发出了她想象中印第安战士的呐喊。萨姆夺过了剪刀。

人群围得更紧了。露西没法挤到前面去。她看不见里面的情况。牛仔和野牛的游戏，通常是以野牛躺倒在地死去而结束。

可当人群重又打开一道缝时，萨姆并没有倒下。泥地上躺着一条黑色的粗绳。不对，是一条蛇。不对，是萨姆的头发。萨姆手上仍握着剪刀，是她自己割下了那一大撮头发。

"给你好了，"萨姆说道，"不就是些破头发吗？"

妈会尖叫，可露西却忍不住笑出了声。萨姆用她自己的方式重新定义了这个游戏。看看萨姆那光芒。再看看那些倒抽一口气，攥紧自己辫子的女孩。只有露西明白，这是萨姆的胜利。

就在这时，利老师迈着大步往操场来了。红发女孩看到他，马上摔倒在地。她抱着肚子，一边在地上翻滚，一边指着萨姆。那把剪刀在萨姆那肉乎乎的手上，显得格外锋利。

萨姆第一次露出了不确定的表情。萨姆开始后退，但人群又围得更紧了，将萨姆困住。男孩们纷纷爬上那棵枯死的栎树。他们拿着什么往下扔。萨姆的脸上被砸开了花。他们扔的不是果实：那棵树上长着的只有石头。

李

"像颗李子。"爸检查着萨姆的脸,温柔地说道。李子是萨姆喜爱的水果,但萨姆脸上伤口肿胀后的瘀青和李子并不像。那伤口差一点就伤到眼睛了。

露西不忍心看,转过头去。爸抓起她的下巴,强迫她看。

"我不是告诉过你吗?"爸说道,"要和家人站在一起。我平时怎么教你的?怎么能这么懦弱?怎么就——"

妈挡在了他们中间。她拿肚子顶着爸的腹部,说道:"宝宝。"可今天爸不愿就此打住。

"我和你说过,"爸这次瞪着妈说道,"学校不是萨姆该待的地方。"

"Bu hui 再发生这样的事,"妈说,"萨姆以后会乖的,是不是?我会找老师谈谈。上学是有价值的。Kan kan 露西。她表现多好。"

爸完全不理会露西。他看着妈。死一般的寂静再次在屋里弥漫开。那寂静似乎是从比露西和萨姆的年岁更久远的某个历史深处渗出来的。从那个地方,传来了爸反常而又冰冷的声音:"你难道还没吸取教训吗?"仿佛妈不是妈,而是和露西一样是个小女孩。"两百人的事你忘了吗?你还觉得自己最懂吗?"

露西完全不明白这句话的意思,萨姆也是,两人的目光交汇时,同样充满了疑惑。两百人这个数字简直莫名其妙。可妈却抓紧了桌子。之前长了些肉的妈,这时看上去却又病恹恹了。

"Wo ji de。"妈用双手按着自己的脸,非常用力,仿佛要把骨头压碎,"Dang ran。"

爸虽然赢了争论,可神情比妈还要难看。他脸上的血色消失了。他那条瘸腿突然站不稳了。萨姆赶紧上前去扶他。露西则去扶妈。这个家又一次分裂。

萨姆上学的日子就此终结。

萨姆得偿所愿。红色连衣裙被收起,换上的是小号衬衣和裤子。"男孩的工钱多些。"爸说。妈没有反对,她的底线是不要再剪掉萨姆的头发。萨姆的头发被扎好,遮盖住之前剪掉的部分,然后收进便帽里。

妈自从上次和爸吵完后,一直异常地安静。她的眼神疏离。每当露西和她说话时,她都像是吓了一跳,仿佛刚从矿井里爬出来。

"我今天想待在家里。"露西重复了一遍。

"学校怎么办?"妈眨了眨眼,终于把目光从油布窗户上移开。在此之前,她一直望着窗外模糊的地平线。

"利老师说不用担心。"那天他一边穿过人群,一边大喊,"住手,你们这些野孩子!"他夺下萨姆的剪刀,又把红发女孩扶起。"回家吧,"他对露西说,"不用担心明天上学的事了。"

露西对利老师的特赦心怀感激。问题是，老师忘了告诉她什么时候该回去。过了一个星期，仍旧没有消息。萨姆脸上的李子是倒着长的：从黑色到紫色，到蓝色，再到没熟时的青绿色。爸仍是不看露西一眼。妈则不愿看爸。棚屋里比往常还要压抑。到周日这天，露西终于忍无可忍。爸和萨姆那天在矿上加班，露西决定去找老师。几周前他和她提过补课的事，还说了他家的地址。

让露西没想到的是，妈听说后突然两眼一亮，坚持要陪她去。

在沿着镇子南边的主街走了很长一段路后，一块写着"利"字的指示牌将他们引向了一条狭窄的小路。利老师家所在的那条路，开头是一段土路，接着就变成了石子路：那条路是专属于他的。很快，路的两边就出现了一排排修剪得整整齐齐的郊狼灌木。落满灰尘的叶子遮盖住了那些难看的商店背面，那是属于矿工们的那一边山谷的视野。它们也遮盖住了旁人的眼光，那些人看妈时的眼神比看萨姆还要尖锐。

他们来到老师家门前时，看见的是一栋带有石烟囱、门廊还有八扇玻璃窗户的两层楼房。房子边上还带一个马厩，里面有一匹灰色的马——肯定是老师那匹叫内莉的马。这房子整齐得让露西心跳加速。露西发现自己真希望妈没有跟来。

给老师编造妈的故事不难，可见到妈的真人，怎么藏得住她那裂开了一个脚趾还闪着油光的赤脚？更何况，不管妈怎么把她的肚子藏在裙子下，用手套遮盖她那粗糙的双手，她的声音都是藏不住的。除了历史，利老师最喜欢的科目是演说学。妈说话的方式不对。调子不对。有些声音会被她吞掉,而有些声音她又拖得太长。

"我想单独和他谈谈。"露西说。接着,为了防止妈反对,她又说:"我自己可以的。不需要你帮忙。"

妈露出了牙齿,勉强算是微笑。"Kan kan。你长大了。"她先是往后退了一步,接着突然凑到露西耳边,说,"Nü er,你让我想起了自己像你这么大的时候。"

从某种意义上说,露西一生都在期待这句话。她感到耳朵里一阵暖意,心也怦怦直跳。如果是从前,两人在篷车路上独处的时光,她可能会对着夕阳呐喊,不用在意谁会听见。可在这里,她不得不注意到那些玻璃窗户,还有长着郊狼灌木的幽静小路。她不动声色,等着妈往后退去,直到她靠着墙边,隐匿在视线外。接着,露西才敲了敲门。

"老师,"露西在门打开后说,"我是来补课的,拜托了。"

利老师皱了皱眉头,就像看到了一个愚钝的学生。"露西,未经邀请就上别人家是不礼貌的,这你一定知道吧。"

"我很抱歉。可是,有太多我不知道的东西了。要是能跟着你学习,我将非常荣幸。"

"我喜欢教导你。你是个聪明的姑娘,也很与众不同。确实非常可惜。如果我把你的成长情况写进我的专著,一定能在东部引起轰动。"露西露出了微笑。利老师把一只手搭在门框上,接着说道:"但上次发生的暴力事件是不可容忍的。你的血液中带着野蛮,我不能让其他的学生受影响。我必须为大局着想。"

露西脸上的笑容凝固了。"我没有打架，老师。"

"说谎并不能让你显得更有智慧，露西。我看到你在那群人里了。我还从其他学生那里听说，这事是萨曼莎先挑起的。不，结果怎么样不重要。我看的是你的意图。"

见老师准备关门，露西赶紧说道："我和萨姆不一样。不一样。"

露西本可以把胳膊伸到门缝里，可以伸手去抓她梦寐以求的东西。但那只会证实老师的怀疑是对的。

就在这时，妈握住了门把手。利老师看了一眼她那戴着手套的手，露出了不悦的神情。他的目光接着扫向她的胳膊，到肩膀，一直到她的脸。

"感谢你对露西的教导。"妈说。

那沙哑的声音，与妈光滑的皮肤形成了鲜明对比。妈不仅能生剥兔子皮，还能把骡子从水坑里拉上来。接着，仿佛是在回应，妈降低了语速。一把在蜂蜜中穿梭的匕首。

"我们走了很远的路过来。可以让我们进屋喝杯水吗？"

妈瞥了露西一眼，像是在说"这是我们之间的秘密"。接着她对利老师露出了微笑，那是格外甜蜜的微笑，正如她的声音也变得格外甜蜜。像是一切都没变，又像是一切都变了。老师往后退了一步，把门向她们敞开。老师和妈之间的力量此消彼长。妈迈进门去。

妈在老师的马鬃沙发上坐下，仿佛那是她每天坐的沙发。她的皮肤在敞开的窗户下闪着微光。她属于这里，这个有着蕾丝窗帘、蜂蜜色木板和带金边的精致白茶杯的地方。

露西转过头去，又转回来，每次都感到心里一阵悸动。妈坐在会客室的中央，就像一幅画被镶入框中。从老师的表情来看，他心中也有着同样的悸动。

他倒好茶，又摆上果酱饼干。"这果酱是用温室栽培的李子做的，和西部野树苗上的酸果子可不一样。这些温室果酱是我东部的家人寄来的，一路上又是火车，又是篷车的，但只要你尝一口，就知道这么麻烦都是值得的。"

妈拒绝了，并给露西又使了个眼色。"不要欠下人情。"妈总爱说。她戴着手套的双手仍整洁地摆在大腿上。露西心里虽万般不愿，也只好不碰饼干。

"和我说说你的情况吧。"老师说。

光线照在沙发上，随着时间的推移，慢慢顺着妈的身体往下游走，依次照亮每一个部位：柔嫩的脸颊，细长的脖子，手肘上的纹路，裙子底下将将露出的脚踝。萨姆的野蛮阴影在这个房间里消散了——妈证明了露西的血液里是有体面的。利老师和妈聊她的故乡，聊东部的最新消息，聊植物栽培和园艺，聊露西的阅读习惯，以及妈是怎么教露西的。

"那么你本人呢？"利老师说，"你是在哪学会阅读的？"

这个故事露西听过几十遍了。"你妈是个差劲的学生。"爸会先开口。然后妈紧跟着插道："其实是老师太差劲。你爸根本坐不住。"他们会一起回忆爸是怎么教妈阅读的，两人你一言我一语地开着玩笑，露出孩子般的傻气。

妈微微一笑。她低头看了看自己的瓷茶杯，她的睫毛在杯子上投下阴影。"我不过是东学一点，西学一点。"

"那又是哪里呢？"

妈发出了一声与这个房间相称的清脆笑声。不再是往日那种像柴火爆裂的笑声。"我觉得你要考的人是露西才对。她是个聪明的姑娘。我知道她很想回去上学。"

谁能拒绝妈呢？

她们走的时候，妈把头靠向露西，问她是否开心。

夕阳的余晖落在郊狼灌木上，闪着金光。世界看上去简直秀色可餐。利老师站在门廊处向她们挥手告别，他的头发看上去就像玉米须，妈深色的嘴唇看上去则像是骨髓。

"我很开心。但是妈，你为什么不告诉他，你是怎么学会阅读的呢？"

利老师的房子渐渐淡出视野。妈没有回答，而是脱下了手套。她把手指伸进口袋翻找，等再伸出来时，上面就像沾了泥。"试试这个。"她说着把手伸进露西的嘴。

露西尝到了一丝甜味。她小心翼翼地又舔了舔。

"这可是从大老远的东部运来的。"妈说着从口袋里掏出一把李子酱饼干。"Fang xin，露西丫头。你没看见他吃了多少吗？他注意不到。说到底他是个好人。Ying gai 会答应补课的事。"

妈吃了起来，露西却忍住了。她舌尖的甜味现在变成了酸味。

"可你为什么要说谎，妈？"

"别抱怨了。"妈擦了擦手指。"Ni zhang da le。应该可以分辨什么是说谎，什么是有所保留。还记得我教过你怎么埋葬吗？有时候，真相也需要被埋葬。"

妈吃完饼干，抹去了所有贪食的痕迹。她的脸上现出猫一般的满足神情。这一切是如此干净利落，露西忍不住心怀恶意地问道："就像两百这个数字？"

后来，露西会想，如果她当时善良一些——不那么自私，或者像妈相信她能做到的那样聪明，可以读懂妈颤抖的嘴唇没有说出的话——这一切会不会有什么不同。妈开口了，非常温柔："等你长大一些我会告诉你的。Xian zai 帮我一个忙，露西丫头。不要和你爸说我们今天去了老师家，也别说补课的事。Hao bu hao？"

露西想问："为什么不是现在？长大一些是什么意思？"可妈又笑了，那是利老师未曾见过的笑，因为这笑容不属于那个充满光亮的会客室。而这也提醒了露西，妈最动人的美，就在于她身上的种种矛盾：沙哑的嗓音和光滑的皮肤，带着悲伤的微笑——某种奇异的伤痛让妈的眼神看起来有千里之遥，仿佛装满了整个大洋的眼泪。

"我不会说的。"露西向这个保守着秘密的女人承诺道。

妈牵着她的手，她们一起往主街上走去，路两边的郊狼灌木也和利老师的那块地一同远去。镇子又出现了。

接着她们看见了乌云。

怪异的乌云，飘得太低，且来得太早了——离雨季还有几个

金山的成色

月呢。男人们从店铺和酒馆中涌出。他们瞪大了眼睛,看着乌云从矿井方向升起并迅速弥漫开来,天色都变暗了。妈紧抓着露西的手,抓得露西忍不住叫出声来。

他们上一次见到这样的乌云,还是一年前在路上时。一开始他们还以为是蝗虫群,直到一声巨响,地平线上亮起了一片橙色。远方的一个矿区起火了,大火肆虐了整整三天。而妈,面对暴风雨和干旱都毫无惧色的妈,曾自己把骨折的手指拉直的妈,竟把头埋进了膝盖里,颤抖起来。在他们的篷车早就驶远后,妈仍不肯抬起头。"她不喜欢火。"露西刚开口问怎么回事,爸急忙说道,"把你的大嘴巴闭上。"

此时妈提起裙子,拉着露西跑起来。其他女人也在跑,一大群赤脚的女人,都是矿工的老婆,纷纷跑回家去。裸露的小腿和大腿,急促的喘息,在这匆忙的奔跑之中,没有任何淑女的样子。妈的眼神狂乱,根本顾不上别的。

妈在跨越小溪时绊了一下。在妈倒下的瞬间,露西看了一眼天空,乌云已经完全遮蔽了太阳。

妈倒下前扭过了身子,让肩膀而不是肚子着地。她的裙子染上了深色——好在只是李子酱。

"Ni zhi dao 大火中的尸体会怎样吗,露西丫头?"露西把妈拉起时,妈说。她们经过其他矿工的棚屋时,看见里面点上了提灯,微弱的黄光从敞开的房门内传出,刺破这虚假的黑夜。"我知道。"妇女和女孩们站在门外,望着乌云。"大火过后,连能埋葬的东西都没有。"露西嘴里哼着什么,像是在安抚一只受惊的骡子。"Yi bei zi 阴魂不散。他们永远不会放过你。"灰烬开始落下。最大的灰烬就像飞蛾，这是妈向来厌恶的。妈曾说，飞蛾是到访的亡灵。

可他们的棚屋里并没有幽灵。有的只是爸和萨姆，摆好的饭桌，以及香喷喷的饭菜。

"你们俩好脏呀！"萨姆欢快地说。

爸拿着两个盘子站着。"Lai,"他说，"先吃饭再洗漱。"萨姆坐在饭桌旁晃着腿，哼着妈的老虎歌。

妈往后退了一步。"你们去哪了？"

"矿上。"爸拿着一只盘子向前一步。妈又退了一步。"是吗，萨姆？你告诉妈。"

"我们工作得很辛苦。"萨姆一边大口吃着什么，一边说。

"什么时候回的？"妈说。

"我们回来没多久。一定是刚好和你们错开了。"爸看了一眼妈裙子上的污渍，皱起了眉头。他伸出手，妈躲开了，像在跳舞。但此时安静的屋里已没有人在哼歌，也没有音乐。萨姆扭过头，就像一只警觉的动物那样，注视着妈。"你怎么了？"

妈打掉爸伸出的手。盘子掉在地上，没有碎，只是转啊转，发出呜呜的声音。

"别管它。"爸弯腰时妈生气地说。他伸出的那只手和他的脸一样干净，甲床是粉色的。他的手有多久没被煤染黑了？露西想不起来了。"你们去哪了？"

"矿上。"

"Fei hua。"

"我们好像在路上停下逛了逛。记不太清了——"

"骗子。"妈扯下窗户上那肮脏的油布,露出外面骇人的地平线。

"我可以解释,"爸看了一眼窗外,说道,"我们提早走了。Ting wo——"

"我还以为你们死了。"

"我们没事,qin ai de。"爸走上前要抱妈。

妈再次说道:"我还以为你们死了。"她往后退了一步。她的一个肩膀现在抵着门。这时露西第一次感到,妈的眼睛真的可以像那些小孩说的那样:细小、讨人厌、凶狠。妈看着爸,就像在看馊了的饭菜,在想哪些还能吃,哪些要倒掉。"我还以为你们死了。"这句话她已经说了三遍了,语气怪异而单调,就像咒语。"到底什么才是真的?外面 na ge 是真的。Ni ne?那你是什么?是鬼吗?"

"听我解释。我们不是故意要吓你。我们做的事是希望可以——可以让你开心。"

"让我开心?"妈的声音变得非常刺耳,"你是想怪我吗?Shi wo de cuo?我的?"地上的盘子没碎,但这场冲突已在所难免。"到底什么才是真的?你的哪个承诺是真的?Ni bu shi dong xi,ni zhe ge——"

是妈让他们艰苦的生活有了秩序。在草地和泥地之中,在篷车床铺和破房子里,妈为他们争取到了轻声细语的文明生活。那是有着扎好的辫子、打扫过的地板、修剪过的指甲，以及熨平整的衣领的生活。"别人怎么看你，就会怎么对你。"妈总是这么说。可此时，妈身上有什么东西松动了，她的头发披散在她肮脏的脸上，她的话语变成了咒骂。

爸上前一步。妈已无处可逃，除了逃出门。她握住了门把手，这时爸把一只拳头塞到她嘴边。

妈不说话了。

爸收回手时，在妈的双唇间留下了一个黄色的东西。屋里所有的光都涌向那东西。

"咬一口。"他说。

妈的手还在门把手上。只要一推，她就能跑出去。

她咬了一口。

她吐出一颗小卵石般的黄色物体，上面还能看到她的牙印。

"这是真的。"爸说，"但我要确保万无一失。我只是想在确定数量足够之前，先保密。"

"你一直在探矿。"妈说。那个被禁止的词在屋里回响着。一阵火热的焦味。"你答应过我会收手的。什么寡妇，什么砍柴，都是假的？"爸摇了摇头，"Kan kan，这就是我对探矿的看法。"

妈把"小卵石"塞进嘴里，吞了下去。正如她曾吞下骨头和泥巴，她又一次吞下了来自土地的馈赠。萨姆哀号了一声。爸也大吃一惊。但接着他却又咧嘴笑了。

"Mei wen ti，"爸说，"那儿还有很多。"

"我吃了。"妈说着猛地坐了下去。糟糕的姿势让她的肚子显得很鼓，圆滚滚的，就像那起伏的丘陵。

"是**他**吃了。"爸说。这次妈终于允许爸摸她的肚子。"哎呀，他会发财的。过来，萨姆。让你妈看看。"

萨姆拿着一个脏兮兮的旧袋子走上前去。露西认得那个袋子，就是她之前在矿上用来装破布和蜡烛的那个袋子。同一个袋子，在萨姆手中却散发着金光。露西想到了那个童话：一好一坏的两姐妹。一个从门中穿过，沾了满身煤灰，留下一辈子的印记。另一个从门中穿过，却光芒万丈。

有人说了一句："金子。"

在露西人生的头七年，爸都是一个探矿人。那七年，一家人就像被风吹着走一样，随着黄金的传闻，从一个地方飘到另一个地方。

两年前，妈决心停止这一切。一天晚上，她把露西和萨姆留在篷车里，自己和爸在开阔的丘陵地上聊了几个小时。她们只能听到只言片语：妈不停地说着诸如饿肚子、愚蠢、自尊和运气之类的话。爸则一直沉默。到了早上，探矿的工具就被收起来了。爸生了一个月的闷气，又是赌博，又是喝酒。是妈最先提到了煤矿的工作。

从那以后，爸不怎么赌博了，也不怎么喝酒了。他开始大声嚷嚷怎么通过煤矿发财，正像他曾大声嚷嚷怎么通过另一个东西发财那样。那个被禁止的东西不再被提起——直到现在。

今晚，就在煤矿焚烧的灰烬透过窗户落进屋里时，爸和她们说了金子的事。

他从老探矿人和印第安追踪者们那里听到过一些关于这片丘陵的传闻。在这儿,一座高原之上,有一个已经干涸的湖,那里有疯狂的独狼出没。爸推测,一年前的一次地震,加上一个大矿的挖掘,让某个被掩埋了十年之久的东西重见天日。于是他开始在黑夜的掩护下,用砍柴做幌子,秘密进行着探矿。

"没多久我就采到了金子。"爸一边说,一边跪在地上帮妈洗脚上的煤尘。"第二个发薪日的钱,是我用金子换来的。我往南一直走了十英里路,在一个偏远的小镇换了钱。所以那天我整晚没有回来。我不是答应过你,我们会发财吗?你想买什么都行,qin ai de。这都是我们的宝宝他应得的。我们本就与众不同。"爸转向萨姆和露西,咧着嘴说,"姑娘们,你们知道这个地方唯一比枪还要强大的是什么吗?"

"老虎。"萨姆说。

"历史?"露西说。

"家庭。"妈摸了摸肚子说。

爸摇了摇头,闭上了眼睛。"我打算在这片丘陵地上买一大块土地。一块大到不会再被任何人打扰的土地。我们可以尽情地捕猎,自由地呼吸。我希望他能在那样的环境下长大。想象一下,姑娘们。这才是真正的强大。"

接着大家都安静了下来,开始想象。最终是妈打破了魔咒。她没说好,也没说不好。她说的是:"这是你最后一次骗我。"

盐

如今的早晨，换了一副新模样。

妈从窗户上扯下的那块油布，再没被换上。不再有东西遮挡窗外的阳光，棚屋里也变得更加明亮。一家人又在一起吃早饭了：一起咀嚼，说笑，给予，争吵，规划，梦想。他们的每一个动作，都被早晨的应许点亮，闪闪发光。最后，爸和萨姆会穿好靴子，拿上藏在琴盒里的探矿工具，迈着从容的步伐往金矿走去，而不再需要假装去煤矿工作。"不再藏着秘密，"爸说，"感觉轻松多了。"

每个周日，等爸和萨姆一走，露西就会踏上属于她的旅程。她要去利老师家补课，而这件事只有妈知道。

她要学习礼仪。如何喝茶，并假装饱了。如何拒绝食物——饼干、蛋糕和不带面包皮的三明治。如何不盯着装在银盒里的盐一直看，那闪着微光的白色颗粒——如何克制想让它在舌尖融化的冲动。

学习回答问题。

"你们一家吃什么？"

"你能描述一下你母亲木衣箱里装着的药吗？"

"你们一家出来多久了？"

"你们的卫生习惯如何？多久洗一次澡？"

"你几岁第一次长恒牙？"

比起回答问题，露西更喜欢看老师把她的答案写下来。刚落到纸上时的墨水是如此优美、清新。饿着肚子的露西闻了，简直感到眩晕。

"你父亲喜欢喝什么？喝多少？"

"你能描述一下他对暴力所持的态度吗？"

"你是否会称之为野蛮？"

"你母亲是什么出身？"

"她有没有可能是皇家血统？"

老师会把露西的回答加以改良。他会皱着眉头划掉不满意的地方，重写，然后让露西再说一遍。他在空白的稿纸上用文字将露西一家的故事收拾得整整齐齐，整齐得就像他的校舍，他家的会客室，还有那用来遮挡不雅景观的郊狼灌木。露西的故事是老师关于西部的专著里的一部分。有一天她会捧着那本比吉姆的账本还要沉的书。她会把它摆在妈面前，抚平它的书页，听书脊发出噼啪声。

学习如何更好地想象自己。

晚上，是妈算账的时间。大大小小的金子，都要由她经手。她先给它们称重，记下它们的价值，接着把它们分装在不同的袋子里——有大有小，有鼓有瘪——然后藏在房子的各个角落里。

尽管他们收获颇丰，妈却越来越吝啬了。她宣布家里不再供应牛排、盐和糖，回归到啃骨头和碎肉的日子。露西只能有一件新裙子。爸和萨姆只能穿实用的靴子。萨姆听到这个消息时大发脾气，喊着要之前说好会买的牛仔靴和马。

"我们在存钱。"妈说这话时嗓门发出的爆裂声响得萨姆立马不再做声。

有的袋子藏在火炉烟囱里，有的藏在锡镜后面，有的藏在煤箱里，还有的藏在旧鞋子里。曾是鸡舍的棚屋，如今焕发了新生。露西的梦想闪着若隐若现的光。妈仿佛也总在望着远方出神。她经常坐在窗边，托着下巴发呆，像在做梦。

爸在妈肩膀和脖子连接的地方亲了一下。"在想什么呢？"

"宝宝。"妈的眼睛惬意地半闭着。他们来这里三个月了，妈最宽松的连衣裙也开始勒肚子了。"我在想象，他会怎样长大。"

某些周日，当老师的手累得写不动时，他会讲述自己的出身故事。那些故事是如此遥远，简直像是童话。

那是在东部，一个更古老、更文明的地方。那里有着七个兄弟、一个溺爱的母亲和一个从远处统治的父亲。他的王国由芳香的雪松木堆积而成，远近闻名。利老师是与众不同的那个孩子，聪明的那个。在他那些无聊的兄弟之中，唯有他胸怀远大。"有的人爱好运动和打猎，我的爱好却是行善。我的使命是在这片土地上发展教育。"他花了数月的时间，一路坐轮船、火车、篷车还有马，才来到这片丘陵，建了这座闪亮的新学校：一座面向矿工子女的慈善学校。

利老师说到这里,坐得更笔挺了。他洪亮的声音在精美的玻璃薄窗上回荡着。他扫视着他的听众,那些周日聚集在他家里的朋友。接着,他怜爱地望向露西。

"想象一下我发现露西时有多高兴。露西和她的家人在我的书里有着独特的地位,我有责任准确地记录他们。"

露西感到一阵激动,低下头去,看着盐罐。

"你们看看那些矿工,一有点钱就酗酒、赌博。还有那些印第安营地,始终不愿与文明接轨。但是这家人,他们不一样!不难看出,露西的母亲有着很好的出身。"

"我们不是矿工。"露西悄声说道,以免打断利老师的发言。

这些店主和矿老板,情妇和农场主,都是从周边地方骑马来的。利老师不在写作的时候,会把家门打开,他们就这样聊着天走进他的会客室。"那件事不会是真的吧——来,利,我一定要和你说说——你们家那匹母马怎么样了?我听说——"

学习其他人如何生活。

只是远观,露西是无法真正了解的。她总是远远看着矿工的老婆们在棚屋之间奔走,互相借用着搓衣板、顶针、食谱和肥皂。他们不懂自给自足,爸同情道。他教导露西,沉默胜过闲聊。他教露西如何站在天空下,去听风吹过草地的声音。"仔细听,你就能听见大地的声音。"

但现在,露西能听到面包师谈论肉铺老板,肉铺老板谈论在吉姆店里工作的女孩,那女孩又谈论着某个和牛仔私奔的矿工老婆。他们之间的闲聊将整个镇子编织在一起，细密得就像露西有一次见到人家门廊上挂着的壁毯。当时那家主人看见露西，赶紧把壁毯收起来，生怕她偷似的。露西只是想看一看。也许再摸一摸，让它包裹着自己，就像这甜蜜的周日，有着玻璃窗户、谈话和人群带来的温暖。

露西流着口水，心里憋着话，趁没人注意时伸出了一只手指，把掉落的盐粒舔干净。舌尖的刺痛多让人愉悦啊，转瞬即逝。

一天傍晚，在家中，露西等待着和妈在炉子边独处的私密时光。晚上吃的又是土豆，还有炖得稀烂的软骨和骨髓。才到周中，周日还很遥远，而露西已经感到厌烦了：没加盐的肉，让脚后跟变得粗糙的泥地，四处藏着金子却要省吃俭用的生活。

"妈？我们要存多久的钱，才能买那块地？"即便是对露西，妈也不愿说。妈露出了藏着秘密时的微笑。

学习去渴望无法拥有的东西。

周日的客人里，最好的要数那些真正的淑女。不是镇子上那些女人，而是利老师的旧相识。她们身上没有西部女人那种常年日晒留下的印痕。她们谈论的是火车车厢上的天鹅绒座椅，还有她们家绿草坪上种植的鲜花。这些淑女有时会招呼露西靠近。"跟我说说。"她们会说。

利老师和露西会为这些女人表演一个游戏。他提问，她回答，把她受的教育像彩球一样打来打去。"一万四千八百一十六除以三十八是多少？三百八十九余三十四。这片地区第一个文明的前哨站是什么时候建立的？四十三年前。"

这个周日，马鬃沙发上坐着的是一位年长的女士。"这是我的老师。"利老师说道，"莱拉老师。"

莱拉老师打量着露西。她的脸异常严肃，可她一开口，那声音却比她涂的唇线还要严厉。"她看上去挺聪明。你一向善于发现聪明的学生。不过，聪明不难。真正难教的是品格。是道德品质。"

"露西的品格也很不错。"

露西把这句表扬收好，晚点要转述给妈。莱拉老师的目光打在露西身上，就像她走向学校的黑板时，其他同学打向她的目光那样：那是希望她失败的目光。

"让我来演示一下，"利老师说，"露西？"

"在。"她抬起头。信念让老师的窄脸显得英俊。

"假设你和我驾篷车沿着同一条路线出行。我们出发时带的补给是一样的。一个月之后，你在过河时失去了全部的物资。那是一年中最热的时候。河水很脏，无法饮用。离下一个镇子还有几星期的路程。你该怎么办？"

露西差点要笑出声。哎呀，这问题太简单了。她一下就有了答案，这可比数学和历史容易多了。

"我会杀一头牛，喝它的血，然后继续赶路，直到找到干净的水源。"

露西对此有着刻骨铭心的经验。她曾站在岸边，闻着发臭的河水，看着妈和爸争论。她那时渴得舌头都要被粘在嘴巴上了。可利老师听完一下呆住了，莱拉老师则把手放在了喉咙上。接着两人都望向露西，就像她脸上粘了食物似的。

她舔了舔嘴唇，上面只有汗珠。

"答案当然是，"利老师说道，"你应该寻求帮助。我会拿出自己一半的物资给你，同时也传播了善意。这样，下次我遭遇意外时，也会得到帮助。"

利老师给莱拉老师倒了茶，又往她手里塞了些糖果。露西从他僵硬的背影里看到了失望。她听着他们嚼糖果发出的嘎吱声，想起了在路上的那晚，自己嘴里发出的嘎吱声。那天妈把最后一点面粉过筛，在里面发现了蠕动的象鼻虫。尽管如此，他们还是烤了饼干，并等到天黑了才吃，这样就看不到自己嘴里嚼的东西了。那次他们走了很长的路，没有一辆篷车向他们伸出援手。

露西趁没人注意，伸手拿了点盐。

学习达成共识。

学习耍花招。

露西等着，妈的视线一从锅里移开，她便赶紧打开手帕，把盐撒进去。非常麻利。

那晚，爸表示牛尾格外美味。周日吃牛尾，周一吃粥，周二吃土豆，周三吃猪蹄，然后又是土豆，土豆，土豆。露西不多撒，只撒一点。单调的食物加了盐，那滋味一下就延展开来了。露西闭上眼睛，咀嚼着，感觉整个房子都延展开了，有了许多的房间。

这滋味让她得以支撑到周日。

"露西。"妈在火热的炉子前，抓住了露西的手。她手上的手帕很显眼，一些盐粒撒了出来："你这是从哪里拿的？"

"是老师给我的。"确实，每周日他都会把盐罐递给她。她学会了说半真半假的话。"再说了，你还拿过饼干。"露西猛地抽回手帕。"这不公平。你——你——这不公平！"

她蹲下身子，因为害怕而微微发抖。比起爸，妈的怒火更罕见，却更精准，直戳她最柔软的痛处。妈会去掐露西耳垂上最细嫩的那块肉，会禁止露西做她最爱的事。

可妈并没有动手。"You shi。"她的目光越过露西，望向别处说道，"我会想，我们是不是就不应该离开家。"

露西转过头：妈望着的地方只有一堵空墙。她试着想象妈看到的家。她从记忆的荒芜中挖掘出了这些画面：窸窣作响的草地，满是灰尘的斑驳光影。脚下是一条熟悉的小路，爸拿着探矿杖，投下倒影，某个地方传来了妈的喊声，空中飘着晚饭的炊烟——

"那时我们总有盐，"妈说，"Mei tian。还有海里的鱼。露西丫头。Wo de ma——你的外婆——她蒸的鱼实在是——"

哦。妈不是在说他们探矿的日子，不是指以前的营地。她在说的是露西无法看见的家，在大洋彼岸。

"你是个好孩子，露西。你要求的不多。试着体谅一下。我在存钱，dong bu dong，能省尽量省。不过有时我会想——你和萨姆在那里也许可以过得更好。**他**也是。"

露西试着想象妈的母亲，妈的父亲，妈口中的家人们全挤在一个房间里。可她能想到的却只有利老师的会客室,以及那里周日时是如何喧嚣。

"妈——你孤单吗?"

"Shuo shen me。我有你呀,露西丫头。"

可白天没有。露西第一次想到妈一个人在家的样子,想到自己在学校读书,爸和萨姆在挖金子时,妈在窗边度过的那些漫长灰暗的日子。那是怎样的寂寥啊。唯一能听到的,是从山谷远端被风吹来的其他主妇的交谈声。

妈拍了拍露西手里的手帕。"暂时允许你用吧,nü er。我猜确实是他给你的。"

这一次,在妈的注视下,露西把盐撒进了炖锅里。这一次,妈弯腰看着锅,没有再说什么心怀亏欠之类的话。露西惊讶地在妈的脸上看到了她自己的那种饥饿的表情。

露西手一滑,一堆雪白的盐掉进锅里,化了。这下肯定放多了。可似乎没有人注意到。晚饭时,他们狼吞虎咽地吃光了碗里的饭,一碗接着一碗。妈的嘴边出现了一圈深色的菜渍。她吃得太快了,都来不及停下擦嘴。

露西自己只吃了两口,就把勺子放到了一边。她的舌头像在灼烧。盐的味道里还夹杂了其他滋味,一种让人难受的苦味。

学习羞耻的滋味。

金

然后就到了爸带露西去金矿的那一天。

他们早晨时出发,却朝着背对太阳的方向走去,走在高原的阴影之下。露西拖长了脚步,以示抗议。这天学校有课,她不该在山间跋涉的——这是萨姆该做的事。可萨姆这天生病了,是妈,总在数钱的妈,一定要露西去。

他们来到了山谷的边缘,草地在这里变成了石块,那山脊就像动物竖起的颈背毛,仿佛在说:"回头吧。有危险。"

爸跨了过去。

高原光秃秃的,一片灰暗。就连走投无路的矿工们都不会来这里碰运气——那些人在大火中丢了工作,成天像流浪狗一样四处游荡,寻找着食物、工作或任何可以让他们忙起来的事。尽管如此,爸却始终把探矿工具藏在琴盒里。

两边的岩墙越来越高,遮挡住了太阳。"这条路是河水冲刷出来的。"爸说道。他的脸被阴影分成了两半。露西听到这么赤裸裸的谎言,差点笑出声来。

路越来越深,越来越宽,往上升着。到顶了露西才发现高原并不是平的。它被挖空了。他们像是站在一个空碗的底部。抬头是一轮环形的天空。露西的腿颤抖着。他们就是为此而来?这块空石头?

爸指了指远端的一片绿地。随着他们走近,慢慢现出了更复杂的生态:棉白杨、芦苇、蓝色鸢尾和白色百合。全是渴水的植物,却看不见水。

"你看看,"爸眼中闪着光说,"这里,就是那片湖。"

很久以前,露西丫头,有一条河贯穿这片土地。这里曾是一片湖,也是那河的源头。如果我们往前数一百,一万,一百万年,哎呀,我们就能看到头顶的湖水,超过一英里深,还有水下森林,比陆地上任何的森林都要高,游荡其间的鱼儿密密麻麻,把光都挡住了。这片湖也是底下那条溪流的诞生地。

别那么惊讶。这片土地上有许多东西都曾比如今要宏伟,比如野牛。

那时很冷,经常下雪。有理由相信,随着时间的推移,气候变暖了,动物也变小了。湖缩小了一些,鱼也随之变小了,而那一大碗水里所有的盐、土和金属则装进了更小一些的碗里。

没错,还有金子,一直就在那里。

没有人见证当时的情景,但一定发生了什么,才导致了湖的消失。要我说,可能是有一场大地震。地面高高跃起,就像你妈看见响尾蛇那样,然后在回落时裂了开来。湖水便从裂缝中漏了出去。

这时，大部分的鱼、盐和金子也顺流而下，就沿着我们刚才上来的那条路。它们形成了一条贯穿镇子的河流。事实上，镇子就是因此发展起来的。它最初是一个黄金勘探点，后来才成了煤矿。人们把河里的金子淘得比你妈啃过的骨头还干净。他们把河水毁了。我告诉你，那条溪流曾经宽得多，也清澈得多，里面曾有好多鱼。这样做事是不对的。我不明白，人们怎么可以在宣称一个地方属于自己的同时，却又如此糟蹋它。除了像一群野狗那样把这片土地撕得粉碎，明明还有别的办法——算了，我说远了。

我从一些印第安商贩那里听说了湖床的故事，我就想：金子比较重，对吧？底下的水一定是从某个地方来的，而如果水是从上面来的，也许金子并没有全部被冲走。也许有些金子留在了上面。你妈不喜欢我和印第安人来往。尽管她很聪明，却始终没有意识到他们对这片土地的认识有多深。

总而言之，正是因为那片湖，这里才有金子。你仔细去看的话，还能发现鱼骨头。你今天会看到的，到处都有。有时，我夜里来这里时，会有很大的风，接着会有一阵沙沙声，我转过身，以为萨姆在那里，却什么也没有。有时我感觉像有一片海叶子在轻抚我的脸，有时能听到湿哒哒的水声，可地面明明是干的。有时，我觉得树叶、鱼和水也像其他东西一样，会阴魂不散……不过这属于鬼语了。我想说的是，这片丘陵地里一直就有金子。你只需要去相信。

这种感觉怎么形容呢？又干渴，又湿润。露西口渴得嘴唇都干裂了。但在她体内有什么在荡漾——水，妈曾说露西是水——是一种感觉：爸所说的世界近在咫尺。如果她移动得够快，也许可以打破这世界的薄膜。也许能感觉到远古的湖水将她淹没。

他们生活的这片土地是由失落之物构成的。这片土地被夺去了它的黄金，它的河流，它的野牛，它的印第安人，它的老虎，它的胡狼，它的鸟儿，它的绿色和它的生机。因此，如果相信了爸的故事，那么走在这片土地上时，经过的每一座山丘都要被看作是有着骨头花冠的坟地。谁能带着这样的信念活下去呢？谁能相信这一切，就像爸和萨姆那样，却还能避免自己不断回头看向过去呢？像这样，为其所累，带着这样的信念，让自己成了傻瓜。

因此，露西害怕那未被书写的历史。不如将爸的故事视作不足为信的天方夜谭来得轻松——因为如果相信了这些，那到哪才是头呢？如果她相信老虎还活着，那她是否相信印第安人正被猎杀？如果她相信有像人一样大的鱼，那她是否相信有人把其他人像捕获的鱼一样吊成一排？不如将这未被书写的历史抛之脑后来得轻松，只留下那干草丛中吹过的风声，已无法寻见的路线上残留的标记，无聊的男人和刻薄的女人口中的传闻，以及野牛骨头上的裂痕。更远不如阅读利老师教的历史来得轻松，那些名字和日期像砖块一样垒起，井井有条地构筑起一个文明。

话虽如此，露西却从未能真正摆脱另一个历史，那个狂野的历史。它潜行在露西视野的边缘，就像篝火照不到的角落里潜藏的动物。那个历史的语言并非文字，而是咆哮、血液和心跳。它使露西得以存在，正如那片湖使金子得以存在。萨姆的狂野，爸的瘸腿，妈提到大洋时声音里的那种渴望，都是因为它。可凝视那个历史让露西感到头晕，就像是把一个单筒望远镜拿反了，透过它看到的爸和妈比她还要小，爸和妈和爸和妈的爸和妈们一起，在大洋的彼岸，那个比消失的湖还要大的大洋。

露西深吸了一口气，抬起头来。那环形的天空，蓝得像水。她妥协了。她想象着鳞光闪闪的鱼，比树还高的海草。如果她是水，就让她成为水吧。让她荡漾。

爸走在绿地上，露西跟着。敲开基岩，可以看到泥和古老的河卵石，以及那些从湖泊最后的沉淀物中汲取养分的植物。他们把土装进淘砂盘里，一边转动一边紧盯着，寻找一丝金光。

烈日炙烤着，露西体内的水以惊人的速度流失。消失的水都去了哪儿？没有妥善安葬的湖泊，是否也会变成幽灵？一个地方能否记得伤害过它的人，并予以报复？她想这是可能的。她想："不是我。我没有伤害你。帮帮我。"

她发现了一块鱼化石。她发现了一大块石英。她发现，心怀希望比不抱希望更痛苦。她跟不上爸的速度——她好奇萨姆能否跟上。露西一着急，绊了一跤，淘砂盘撒了一地。她倒在地上，爸见证着她的失败。

她捡起那块不值钱的石英，往树上砸去。石英摔成了两半，掉进泥里。

爸把它捡起来，擦了擦，然后用凿子轻轻地把外面的石片敲掉。"露西丫头。"

她强忍住哭泣。爸却温柔地向她伸出一只手来。被敲开的石英在他的手心，露出了金黄的内核。

"你是怎么知道的？"露西小声问道。她本来都要让它长埋地下了。

"露西丫头，你能感觉到它埋在什么地方。你就是能感觉到。"他把那块金子递给她。

这是一块沉甸甸、带着阳光温暖的金块，有小鸡蛋那么大。她把它翻了翻。它中间有个洞，她的中指穿了过去。

"掰一个角。"爸说着用大拇指和食指比划着大小。露西不敢相信地看着他。"尝一口，露西丫头。"

那东西没有味道，也没有汁液，却让她泛起了口水。之前她感到干渴而又湿润，如今只剩下了湿润。她吞下的那一小块金子会改变她吗？它是否会留在她的胃部和心脏之间，在皮肤底下闪着微光？多年以后，她会在黑暗之中探查自己，看是否能看出改变。

"你现在是一个真正的探矿人了。你肚子里的那块金子，会为你吸引来更多的财富。Ting hao le。"

那天傍晚下山时，爸先把露西举过岩墙，然后自己再翻过去。他指了指东边内陆的高山，又指了指西边的海岸。爸说，天气好的时候，可以看到大海那边的雾。那些船帆就像翅膀，乘风破浪。

"你妈觉得没有比轮船更美的东西了。而我更喜欢真正的鸟。看看那两只苍鹰。"

有两个模糊的影子盘旋着,落在了一棵栎树上。"在那儿,看到了吗?"

露西什么也看不到。萨姆经常在太阳下活动,因此目光敏锐。而露西的目光一离开书本,就变得模糊。这是她又一个让人失望的地方。

令她惊讶的是,爸把脸凑到和她一样的高度,他那长满胡茬的脸贴着她的脸。如此近的距离下,他的气味仿佛也成了她的:烟草和太阳,汗水和尘埃。他带着她一起转过头去,露西终于看见了鸟巢里有两张小嘴,正嗷嗷待哺地张着。

"等这些雏鸟再大一点,我准备爬上去把它们抓来送给你们俩。你们可以训练它们捕猎,连刀和枪都不需要了。明白吗?"

爸的声音中充满了魔力。这一天,露西能看见爸眼中的景象:那两只雏鸟会长得比它们的父母还大,自由地盘旋。趁着爸还没把脸挪开,露西问:"我今天表现不错,是不是?"

"当然了。"两人都想到了露西手里的金块。刷干净尘土之后,它看起来更大了。"我敢说,这相当于平时三四个月的收入了。你妈会高兴的。好了,你知道你能帮的最大的忙是什么吗?"爸把脸收了回去,眯起了眼睛。"别把这个地方说出去。Ting dao mei?我们在这儿做的事……怎么说呢,并没有错。这片土地尚无人认领。但很多人可能不会认可。我们会招人嫉妒,dong bu dong?从来如此。因为我们是探险家。我们是怎么样的来着,露西丫头?"

"与众不同的。"她说道。此刻,她甚至相信了这句话。

他们回来时，妈正躺在床上。怀孕五个月了，妈的脚踝已经浮肿，她的背也老是痛。爸平时总小心翼翼地对待妈，仿佛她是金子做的。可今天，他却猛地扑到床垫上，床垫都被弹起来了。发烧的萨姆在妈身旁躺着，发出了呻吟。

妈推开爸，把连衣裙拉直，坐起身来。"矿老板来过了。他说如果你不在矿上工作，我们就不能住这儿。Lei si wo le，那个小矮子。"

爸妈有时会在夜里小声讨论矿老板的事，但从没这么大声地当着露西和萨姆的面说。妈的眼中此时有一股狠劲，有点像那苍鹰。

"他有给期限吗？"爸问。

"我把他劝走了。"妈的嘴像咬到坏掉的食物那样扭动了一下。"其实是把他求走的。他可以再给我们一个月。Dan shi 下次房租要加倍。"

"你怎么和他说的？"

"Bie guan——"

"你答应他什么了？"

"我赔着笑脸说好话，和他说我们会多付一点。"妈不耐烦地扭了扭头。"像他这样的男人好对付。"爸的手在背后攥紧拳头。他刚要说些什么，妈就把他的话盖过了，就像她在萨姆使性子时会做的那样。"这不重要。Gao su wo，我们要怎么办？我们的钱还没存够。宝宝过几个月就要出生了。接下来怎么办？"

"接下来怎么办？"在之前的每一个探矿地，每一个煤矿，当他们的希望和硬币都快耗尽时,妈总会这么问。有时爸会大声嚷嚷,有时会阴沉着脸,有时则怒冲冲地出门去让头脑冷静冷静,第二天早上却带着满身的酒气和悔恨回来。他从来没有正面回答过这个问题。直到现在。

"我们可以离开。"他说着把金块塞进妈手里。

妈的手因为金块的重量而往下一沉。她把颤抖的手举到眼前。

"我们的露西是一个找金子的天才。"爸说道,"进展顺利的话,再过一个月我们就能离开了。到时候我们住在自己买来的土地上,不需要与任何人有纠葛。就我们一家五口。"

妈把金块在手中掂量了一下。金块躺在妈的手掌心,看上去更像鸡蛋了。妈嚅动着嘴唇,在计算。

"我看上了一块地,在往大海的方向走八英里的地方。在两座山丘之间,四十英亩的地,有大片的空间可以骑马,还有一个特别漂亮的小池塘——"

"我们会有马?"萨姆激动地说。

"当然。当然。而且——"爸转向露西。"离学校不算太远。如果你早起骑上一匹快马的话,能赶得上。尽管我想不出你为什么还要——"他打住了自己的话。接着,他只说了一句:"你想去就行。"

露西知道要让爸说出这句话有多不容易。她握住了爸的一只手。"至于你们妈——"

妈猛地抬起头来。她计算好了。"Gou le。这些够了。"

"别着急。我知道你很兴奋,qin ai de,但我们还要再多干几星期才行。我问过价格——"

"不是那块地。"妈的嘴角浮现出了神秘的微笑,那微笑将妈的双唇逐渐分离,直到她的嘴彻底张开,露出闪光的牙齿。"是一个还要好得多的地方。这些够买五张船票了。"

爸一直是家里讲故事的那个人。妈则负责提供指导、训诫、测验,叫吃饭,唱摇篮曲,以及摆事实。她不曾说过任何自己的故事。现在,她终于把他们聚拢到了床边。

妈体内孕育的故事比宝宝更大,比西部更大,比露西从小生活的整个世界都要大。妈心里的那个地方有着宽阔的鹅卵石街道和低矮的红墙,还有着薄雾和石头花园。那里生长着苦瓜,以及辣到可以让这里的干草地着火的辣椒。那个地方就是家乡。妈的声音因充满渴望而带上了一种让露西几乎无法理解的腔调。"家乡"听上去就像那隐藏的第四本故事书,妈读着那个写在她闭着的眼睑上的童话。妈描述着星形的水果[①],比黄金还要稀有和坚硬的石头,还有她出生的那座山,那山的名字拗口得他们都不会念。

露西的手变得黏糊糊的。那种茫然的感觉又回来了。在爸的故事里,她能认出自己生长的这片土地。爸故事里的丘陵就是这些丘陵,不过更绿罢了;路也是一样的路,不过是更加充满生机。可妈的那个地方是无从知晓的。就连妈口中的那些名字都能让露西的舌头打结。

---

① 指杨桃(star fruit)。

"那学校怎么办?"露西问。

"Mei guan xi,"妈笑道,"那里也有学校。可比这乡下地方的学校要大。"

妈喊爸也一起来说说,那名为"龙眼"的水果,烟雾缭绕的高山,以及夏天海港边的烤鱼。

可爸说的却是:"Qin ai de,我们不是说好了要留在这里吗?买一片属于自己的土地。"

妈拼命摇头,摇得满脸通红。"金子无法买到一切。这里永远不会是**我们的**土地。Ni zhi dao。我希望我们的儿子在他的族人之中长大。"她把金块按向自己的胸口,仿佛那真是一颗鸡蛋,而她准备用自己火热的信念将其孵化。"Zhe ge 意味着儿子一出生我们就可以离开了。在他断奶之前我们就能到那儿了。Xiang xiang:他尝到的第一口滋味将会是家乡的滋味。你答应过我的。"她嗓音里的爆裂声更响了。"Cong kai shi,你就答应过我,我们会回到自己的族人那里。"

萨姆用发烧的沙哑嗓音问:"什么族人?"

"就是像你一样的人,nü er,"妈捋了捋萨姆那满是汗水的脸上的头发,"跨越大洋的旅行就像——像一场梦。在水上航行比坐篷车舒服,bao bei。你们会像被施了魔法的公主那样,一觉醒来就到了一个更好的地方。"

可露西把这个故事视为噩梦。她又问了一遍学校的事。萨姆问到了马。露西又问了课程和火车的事,萨姆则问到了野牛。妈像是被割伤似的皱起眉头。

"姑娘们,"妈说,"你们会喜欢那里的。"

"如果那个地方真这么好。"露西说,"那你们当初为什么要离开?你们为什么要独自来这里?"

妈打开的脸又合上了。她把两个胳膊收回到胸前,因为动作太快,她的手肘撞到了露西的肩膀。"今晚就到这儿吧。Lei si wo le。"

"嗷。"露西叫出声来,比起疼痛,她更多的是吃惊。但妈没有表示歉意。露西不喜欢妈在提到"星星果"时舔嘴唇的样子,那是露西没尝过的。她不喜欢妈在提到自己儿时家中用瓦片铺的屋顶时,还要咒骂一番露西的屋顶。再说了,有时雨水打在铁皮或帆布上发出的声音,可以弹奏出和妈提到的两弦琴一样优美的音乐。有时妈如此痛恨的灰尘给这些丘陵地镀上了一层温柔的金色。露西要求得到答案:凭什么妈的街道更美丽,妈的雨更美好,妈的食物更美味。她问了又问,嗓门越来越大,却得不到回答,所有这些问题只让妈把脸更深地埋进枕头里,就好像露西的话是一种暴力。

这时爸说了一句,"Da zui",便把露西抱走了。她一路惊叫,踢着腿,直到爸把她抱上阁楼。等爸把萨姆也抱上来时,露西在高原上感受到的体内的荡漾这时已变为了沸腾。

"我不会去的,"露西对爸说道,"我不想和那些中国佬生活在一起。"话一出口她就感到不对了。就像学校里那些男孩强迫她去舔他们捏的泥团时那样。她该被扇一巴掌。可爸只是悲哀地看着她。她得自己咽下这滋味。

"那不是你该学的词,露西丫头。也许你妈是对的,应该把你从这里带走。正确的词是这样的。"

他告诉了她们。

露西用舌尖品味着这个词。萨姆也一样。一种异域的滋味。对的滋味。这和妈说的家乡食物的滋味一样：酸甜苦辣，集于一身。

可她们还是孩子。一个八岁，一个九岁。还只会漫不经心地对待自己的玩具，自己的膝盖，自己的手肘。她们在睡梦中让那个用于称呼她们的词滑入缝隙，和所有孩子一样，她们相信第二天还会有更多。更多的爱，更多的词，更多的时间，更多可以去的地方——和父母一起乘着篷车，吱吱呀呀地摇晃着，被哄入睡。

水

露西听着水声醒来,口干极了。水轻拍在铁皮上,发出回响:本季的第一场雨到来了。她爬下楼梯,膀胱胀得厉害。雨势渐强,变成了吮吸和敲打的声音,棚屋像要被淹没了一般。月底已近,月色微薄,铁皮扭曲了光线,变幻的银色波浪拍打着墙壁。屋里就像一片海洋。船在哪呢?她在最后一格楼梯上定住了。床垫就是船,上面还有一个可怕的海怪,长着好几只手,有着湿滑的皮肤。她的喉咙干渴得喊不出声来。这时她才看清:不是一个,而是两个。妈骑在爸身上,她的肚子压着他。她的睡衣垂在两人身上,她的两条腿钩着他的腿,把他压在床垫上。她在伤害他。他快喘不过气了。——"票。"妈说道。她站起身,又往下压。她的重量让他发出了呻吟。"船票。"爸将一只手抵着她的胸口,试图阻止她。妈曾说,"美貌是一种武器",露西觉得自己可能开始懂了。妈的力量是一种夜间的力量。汗水在露西皮肤摩擦的地方聚集:她手肘弯曲的地方,以及大腿之间的部位。屋里有一股潮湿的热气:雨季要来了。爸开始翻白眼了,而妈却仍不依不饶,直到他的脑袋一松,吐出一个字来:"行。"这时妈才松手。露西感到一阵麻刺感,是她自己的尿在顺着腿往下流。她满脸羞愧地爬上楼梯。今晚不用去上外屋的厕所了。

泥

过去,妈是多么爱护她的木衣箱。里面的东西她都要省着用,但更主要的是,她要节省箱子里的香气。那是一种麝香的芬芳,既苦涩又甜蜜。那是不属于这片土地的香气,每打开一次箱子,就消失一些。

如今,这个木衣箱敞开着,连衣裙和药材随意地散落。他们下周就要丢下这个箱子,出发去港口了,没必要再这么舍不得打开。离宝宝出生还有几周的时间,妈挺着大肚子,表示要舍弃不必要的负担。这种香气在他们马上要去生活的地方很常见。

"Hao mei。"妈把一双装饰着珠子的精美白鞋递给露西时说道。这是露西期待许久的。"很适合你。"

露西按妈的吩咐转了一圈,便把鞋脱了。她不愿去承认饰珠有多美。她赤脚跑进了雨中。

"别忘了感谢他。"妈喊道。

妈的表扬对露西来说曾是止渴的甘露。如今这表扬来得就像这一季的雨水一样:太多,太早。煤矿被淹了。更多的人失业了。随着褐色洪水升起的还有流言和火气。上周矿老板没打招呼就突然来收租。他闯进屋里,目光四处打探。当时露西真庆幸妈事先把金子分藏好了。爸守在手枪边,而妈则不动声色。她用笑脸应付走了矿老板，又一脚跨过他留下的水坑。妈说，起航前最好先习惯潮湿。

利老师那整齐的房子也受到了暴风雨的侵蚀。他的郊狼灌木被风刮得东倒西歪，满是污泥。门廊前也积了一个水坑。内莉不安地嘶鸣，露西抚摸着那母马的鼻子，练习告别。

会客室里光线暗淡，气氛凝重。角落里蜷缩着一只破碎的提灯，一扇破了的玻璃窗上钉着木条。还有两位客人：肉铺老板和因天气无法按时返回东部的莱拉老师。两人正坐着讨论最近的煤矿事故。洪水冲走了支撑物，导致三个隧道坍塌。死了八个人。

"这是有记录以来降水量最可怕的一次了，"利老师说道，"我甚至碰到几个矿工，想寻求我的帮助，"他悲哀地摇着头，"当然，我不得不拒绝他们。"

"这些可怜的矿工，"莱拉老师把一大勺糖加进茶里，说道，"我听说还有更多的人被困在地底下。他们说从上面走过的人能听到呼叫声。想象一下那样的生活，只能听天由命。"她转向露西。"你们一家真可怜。"

"我们不是矿工。"露西立马冒出了爸的那句话。

"这没什么丢脸的，孩子，"莱拉老师拍了拍露西的胳膊，"不然你父亲还能做什么？"

他们看着她，眼中的善意就像这天气一样，给人以压迫感。露西想告诉他们，自己如何站在高原上，手里捧着一块小太阳般的金块。她紧咬嘴唇，想着该怎么回复，这时矿老板走了进来。

他和利老师打了个招呼,接着他看到了露西。

"你,"他迈上前说道,"你们一家人收拾好了吗?你母亲和我说,你们随时可能搬走了。"

"这肯定是有什么误会,"利老师说着伸出一只胳膊护着露西,"露西是我的得意门生。她哪儿都不会去。我和她母亲有联系。"

露西咽了下口水,说道:"老师,我有些事要告诉你。我们私下说可以吗?"

爸让她们誓要保密,但妈允许露西和老师说他们下周要走,只要不提金子的事就行。在门廊外,露西和老师说了船票的事,老师的脸色越收越紧。

"看来你母亲没有我以为的那样重视你的教育。我们在做的事意义重大,露西。"

"她说谢谢你。"妈说大洋彼岸有更好的学校的事,最好还是不在这儿提了。

"一个星期根本不够完成我的研究。你也知道这本专著有多重要。不过,要是你母亲也能来一起回答问题的话,也许——"

露西摇了摇头。没什么可以打扰妈对大洋彼岸那片土地的憧憬。老师抱怨着,说这个决定过于轻率。露西也这么认为,但她只能紧咬嘴唇。她没法在不提到金子的情况下解释清楚。

"你可以走了,"老师最终说道,"我们做的一切,现在都前功尽弃了,"他的声音里带着怨气,"你要知道,我会把你从历史中移除——只完成了一半的章节是没有价值的。还有,露西,你这周再来学校也没意义了。如果你要走,你就走吧。"

接下来的一个星期，棚屋里就像旋涡，在匆忙的准备中，里里外外都一片混乱。衣服和药材散落一地，还有萨姆的玩具，爸的工具，宝宝的毯子，用旧布料缝制的尿布，以及露西坚持要带的那三本破旧的故事书。尽管妈说以后会有新的、更好的故事书。

爸背着几麻袋的面粉和土豆，迈着沉重的脚步走进屋。这是为他们去港口的路上准备的。在宝宝出生以后，这也将作为他们在船上的补给。

"Bu gou，"妈说，"腌猪肉在哪？"

"我们到了海岸再买。最近价格涨了。几条内陆的道路被淹了。吉姆现在要价非常狠。"

"再多买一点，我们负担得起，"妈把两只手放在肚子上说道，"多花几个硬币对我们来说算什么？宝宝——"

"已经有人开始问东问西了。"

这句话一下让妈愣住了。

"我也不知道怎么回事。"爸用手指摸了摸手枪。尽管最近下雨不能打猎，他却每晚都要清理枪管。有时甚至一晚上要清理两次。他会坐在门边，一有动静就停下来。"今天还有人问我要去哪——"

"Xiao xin。"妈把一只手搭在爸的胳膊上说道。她把头朝露西和萨姆的方向靠去。爸沉默了。那晚棚屋里的窃窃私语和打在铁皮屋顶上的雨声一样，响彻深夜。

他们不能留下任何痕迹。泥地上的脚印要抹去，晾衣绳要取下，他们的园圃会被淹没或者腐烂。另一群矿工会住进这房子，也可能是另一群母鸡。从一开始，这就不是他们的房子，也不是他们的土地。雨季将会洗刷干净他们所有的痕迹：鞋印、头发、指甲、标记、咬过的铅笔、凹陷的平底锅、画的老虎、声音，以及故事。

雨水让土地变得松软，溪流汹涌，气温下降。露西听着雨声，突然感到一阵新的恐惧。一个画面反复出现：他们一家人就像一桶肮脏的洗碗水，被人倾倒出去。有什么证据能证明，他们曾在这片丘陵地上生活过呢？

她一定能留下些什么。留下某种持久的东西。

于是，露西在他们走之前的最后一天早上偷溜了出去。这将是漫长的一天：妈和露西要把房子里剩下的东西收拾好，而爸和萨姆则要最后扫一遍金矿。他们将在黑夜的掩护下出发去港口。尽管路面积水、充满凶险，爸却令人费解地说夜里走更安全。

露西瞒着爸和萨姆，往秘密地点走去——今天，也瞒着妈。她急匆匆地越过汹涌的溪流，往老师家那条小路走去，手里还紧紧攥着一个东西。那是灰暗中的一抹光亮，最小的一粒金子。这不是偷。她只是想让老师看看。再说了，他也不在乎财富——他主动放弃了丰厚的家产。他是一位学者，最看重的是证据。她可以把这一点金子以及关于西部的新信息送给他，那是任何书籍都未曾记录过的。他可以在他的专著里用墨水保存下那片消逝的湖泊，以及他们一家人的故事。

露西走到小路的最高处时停了下来。一片罂粟花田在一夜之间开放了。

有人说这些罂粟花是金黄色的,但此时露西亲眼所见的,要艳丽得多。她摘了一朵又一朵。她要给老师带去一捧花束,让他表扬她的眼光。正当她在花丛中穿行时,一个人影从利老师的屋里摔门而出。那人影迈着僵硬的大步,浑身透着一股怒气——不是金发的利老师,而是一个深色头发的男人,低压着帽子,可能是矿老板或者吉姆,也可能是某个来求助的矿工。露西急忙躲开,往坡下走去,想躲到一片郊狼灌木后面。可她不小心踩到了花丛中藏着的一块石头上。

慢,慢,然后变快——她倒下了。她顺着山坡往下滚去,身体徒劳地蜷缩成球形。泥猛打在她脸上,呼吸忽然变得急促。她停下了。她的嘴和下巴火辣辣地痛。她翻过身,视线渐渐模糊。那个人影,是在向她靠近吗?是要扶她起来吗?无辜的花瓣在她脸旁摇摆,那是她最后看清的东西。

过了一段时间,她醒了。她的下巴和舌头麻麻的,嘴里一股铜味。她把脑袋往左转了转,又往右转了转。她看了看自己的手,是张开的。

手是空的。

露西急忙在罂粟花丛中翻找,甚至不惜将它们连根拔起。直到整片花丛变回一摊泥泞,她才又蹲坐下来,喘着粗气。她受伤的下巴在滴血。散落的花瓣闪着光,但是没有金子。金子不见了。

肯定不是她掉的。她摔倒时手攥得可紧了，手掌心上还留着她的指甲印。不是她掉的。

要么就是有人拿走了。

她迷迷糊糊地拖着一瘸一拐的身体，朝利老师的门廊走去。

"对不起。"老师一开门，她便嘟囔着说道，"我带了的——真的带了——给你的研究用——我，我不知道它去哪了。我知道它是从哪来的——高原上。它有一段历史。我们找到了。水。你可以写它——拜托了。我们要走了，不过——不过你可以写它。"

"你在说什么？"老师问道。她几乎要倒在他身上了。他往后退了退，吓坏了。他干净的白衬衫染上了她的血。她发出了咯咯的笑声，又喷出一些血来。她猜得没错。他那身衣服绝对没法在土路上穿。

"金子。"她说出的话含糊不清。她的嘴里混着泥和血，她希望他能听懂，"我，我是说我。我们。你可以写它……"

她不知还能说什么，便把自己那只空空的手一遍遍地举给他看，仿佛他能看到金子留下的宝贵痕迹似的。

露西再次醒来时，四周是妈的味道。光线变了。小窗户外面的雨停了。

她躺在妈的床垫上，脸埋在平常妈休息时用的那个枕头里。她嘴边有污渍。粉色变成了褐色。这是胡狼之时，颜色变得模糊、肮脏，难以分辨什么是真，什么是假。她是怎么回来的？她想起老师双手抱着她，还有内莉温暖的脖子——肯定是老师把她送回家的。

她听见了他的声音,明白无误地刺穿这昏暗的棚屋。

"……担心,"他说道,"你们所有人。"

"感谢你的好意。"妈说。她的胳膊交叉在胸前,手埋进腋窝里,以隐藏她那满是老茧和疤痕的手掌。她从未不戴手套出门。"但住在你那儿的话,就太麻烦你了。我们可以保护自己。"

"可接下来怎么办?"从老师口中听到妈常问的问题,感觉怪怪的。"你和露西值得更好的生活。"他环顾四周,匆匆一瞥便足以将这个拥挤的屋子尽收眼底。"露西和我说过她从小生活有多艰苦。有些话不说我也能感觉到。你的影响是显而易见的。我这辈子很少遇见一个人,特别是女性,能有你这样的道德品质。露西可能和你提过我那本专著。我此生立志于研究并记录超凡之物。你的女儿确实令人刮目相看,但我怀疑,我把更值得关注的主角搞错了。"

"不。"露西想说。可她的嘴闭着,又肿又痛。

"我没什么与众不同的,"妈说,"我做的都是为了孩子。正因如此,我们要赶在下一个孩子出生前离开这里。"

"路上肯定不安全。再多待一阵子。协助我的工作。只需要回答一些问题就行。我可以付你费用。再给我三个月时间,应该够了。如果你在这里感到不安全,随时可以来找我。我有一间空房。可能住不下你们一家人,那样住着也不舒服,但你来住是可以的,也许再加上露西。另外,我和镇上的医生是好朋友,宝宝出生时也有人帮忙。"

老师向前迈了一步,他的眼神是如此真挚。妈拒绝了他的凝视。她环顾棚屋,正如他刚才做的那样。她的目光并未在藏着金子的地方徘徊,而是望向漏雨的窗户,发黑的铁皮,洗了一半的盘子。露西知道妈要看的地方——露西每次从整洁的校舍或明亮的利老师家回来时,看的也是同样的地方。那些昏暗、肮脏的地方。那是她们的耻辱。

"你依旧很美。"老师说道。妈停下游走的目光,转而望向他。他清了清嗓子。他是个讲究严谨的人。"你确实很美。"

露西沾着血的嘴变干了。她能意识到自己的干渴。但还有一种干渴,在潮湿的屋子里聚集。

妈是脸红了吗?昏暗之中,难以分辨。"谢谢。我还有很多东西要收拾,我知道你一定也很忙。感谢你送露西回来,不过我们今天不适合接待客人。你看屋里这一堆——"

妈的手在收拾到一半的行李上方划过,然后突然愣住了。她裸露的手掌上那蓝色的斑点就像有些动物身上的怪斑。她赶紧收回手,发出一阵纤细、紧张的笑声。这是露西从未听过的笑声。

"你一定想回去了,"妈话音未落,老师开口道,"我能摸一下吗?"

妈准备去开门,老师却伸出手来。一阵手忙脚乱中,妈的目光越过老师的肩膀,终于与露西的目光相遇。妈惊讶得张开了嘴。露西不知道,妈是因为老师的举动,还是因为看见她醒来而惊讶。胡狼之时,光影混乱,边界交织。露西几乎可以肯定,老师摸到了妈的手,是妈放在肚子上的那只手——但有一瞬间,那也可能是另一种温柔。

老师走后，妈拿着脸盆，轻轻地给露西擦拭下巴的伤口。血痂软化后和露西流下的泪水混合在了一起。妈弯腰拧了拧毛巾，这时露西在镜中看见了自己。她那本就不好看的脸更丑陋了。

妈直起身，镜中出现了她的倒影。她那白皙的脖颈，亮滑的秀发，让露西更加无地自容。

露西说："老师喜欢你。"

"Guai，"妈把一滴眼泪从露西的脸颊上擦去，说道，"很快就不痛了。"

"他说得对。你确实很美。"她长得一点不像妈，或萨姆。他们俩都带着光芒。

"你听见我们说话了？"

露西点点头。

"他是个好人。他很担心你。Zhi shi 想让我们觉得他欢迎我们。"

可他上周把露西赶走了。"你是说，他想让你觉得他欢迎你吧。"

"要是这样，你觉得谁能照顾你呢？Ni de Ba？"妈的嘴里飞出一口唾沫，"Fei hua。他会一边在山丘上给你们挖坟，一边让你们两个姑娘和他一起饿死。"

"他找到了金子。"露西尽量让自己显得镇定。

"Mei cuo。但他能留住吗？露西丫头，我喜欢你爸，但是运气不属于我们。这里没有我们的运气。这点我很早就看清了。"

妈的眼睛又在屋里转了一圈,动作快得就像日落时外头歌唱的鸟儿——你只能看见它们飞落时颤动的草,而永远看不见它们。她先望向烟囱,那里藏了一袋金子;接着是稻草床垫,也藏了一袋;接着是柜子,藏了两袋,那两袋子又小又薄,刚好藏在转轴那儿。最后妈低头看了看自己。她捏了捏藏在胸口的一个东西:那是露西之前并不知道的一袋金子。看尺寸,里面肯定藏着一大块金子。

"我们不一定需要你老师的帮助,但我希望保留选择的权利。Ni zhi dao,露西丫头,什么是真正的富有吗?"露西指了指金袋,妈把袋子收回连衣裙里。"Bu dui,nü er。这金子我明天就能花掉,那时它就属于别人了。不——我希望我们能富有选择的权利。这是没有人可以夺去的。"妈叹了口气,深沉而悠长。后来,每当露西听见风从过于狭小的缝隙吹过时,都会想起妈的这声叹息。"Mei guan xi,等你再长大一些,就明白了。"

这话妈以前就说过。"我不这么认为,"露西不耐烦地说道,"我认为,只有我长得再漂亮一些,才会明白。"

妈笑了,双唇微启,露出白色的牙齿。接着那笑容起了变化。只见妈的嘴唇继续卷起,露出牙龈和舌头,能看见上方那两颗虎牙中有一颗缺了个口。妈的肩膀耸起,眼睛笑得眯成了一条缝——那笑容已经变形。

之后妈的脸才放松下来,又变回露西认识的样子。"Ting hao le,露西丫头。我那天想说的是,美貌是一种不能维持太久的武

金山的成色

器。如果你选择使用它，这不是什么可耻的事，mei cuo。但是你很幸运。你还有这个。"她轻轻敲了敲露西的脑袋。"Xing le，xing le。不哭了。"

露西控制不住。她的泪水就像那高涨的溪流，已积压了数周、数月之久。泪水愈加凶猛。透过镜子，她发现下巴上的血已经不见了，取而代之的是这新鲜的眼泪。泪水落在了妈的手上。露西长得不像妈，她没有妈的美貌。然而在那扭曲的镜中，她们却又有着相似之处。妈虽然没有落泪，但她的倒影里有着同样的悲伤。妈把手举到嘴边，将露西的泪水吸干。

风

　　妈教露西说她是在收拾行李的时候摔倒了，撞在了炉子上。但这几乎无关紧要——当晚爸和萨姆回来后，先是忙着把藏在工具房后面的新买的骡子赶出来，接着还要把行李装进新买的篷车，根本顾不上别的。

　　萨姆把妈的摇椅抬出门时，突然一阵狂风吹来，差点把萨姆吹倒。这是从内陆刮来的风，带着洪水的汹涌。

　　尽管如此，他们还是迎着狂风出发了。他们路过矿工的棚屋，沿着主路走着，不时招来他人的目光。他们走到出城的那条路时，发现路已经被淹了。混着污泥的积水蔓延开，宽得像条河。像海洋。

　　几周来一直有传闻，说内陆有些山谷被整个淹没了，曾经干渴的土地正诞生出千千万万个湖泊。如今狂风已将褐色的积水吹到了这里，把进出镇子的路线都切断了。他们被困了。

　　"积水明天就会消退的。"回到棚屋后，爸向她们保证道。此时的棚屋比往日还要凄凉。空荡荡的桌上只有一根蜡烛在闪烁——他们的桌布，盘子，还有大部分行李都已经被打包装进篷车里了。"等下周，"明天到来时爸又说道，"我们就是运气不好，碰上了这天气。都会过去的。"

　　妈的眼神一下呆住了，就像被逮的兔子。一听到运气这个词，妈立刻扭过头去。

　　胡狼紧跟着洪水而来。它们很快包围了镇子，风声交织着狼嚎。人们说它们是被燃烧的煤矿吸引来的。尽管洪水泛滥，煤矿的一些部分却又死灰复燃，散发出焦味。只有爸不怪胡狼。他怪人们堵塞河道、滥伐林木，过度捕猎导致小型动物的灭绝，开采矿区使得山土像墨水般流走。"Bi zui。"妈打断了爸，让他不要再自找麻烦了。

　　露西无法入睡。她一睡就梦到丢失的那粒金子。每晚它都会在不同的地方出现：有时在胡狼张开的嘴里，有时在煤矿老板的帽子上，有时在画着她的脸的通缉令上，有时在妈的脖子上，有时在本该是爸眼睛所在的那个窟窿里闪着光，而那只眼睛已被子弹击穿，鲜血淋漓。她啜泣着醒来，之后整晚盯着门看。

　　没有人来。猛兽的威胁让镇上的人都不敢出门。煤矿无限期关闭了，所有隧道都已经被淹了。爸和妈为接下来怎么办而争吵。爸希望现在就出发，让他们的篷车涉水前行，但妈表示大风已经刮倒了好几棵栎树，很可能把他们也掀翻。妈一直说："宝宝，宝宝，宝宝怎么办？"他马上就要出生了。随时都有可能。

　　他们决定和大家一起等。山谷就像一个褐色的大碗，开始泛起泡沫。

　　贴出了告示。

悬赏

胡狼皮

赏金1美元

每晚都有成群结队的男人在丘陵上游荡。这些曾经的矿工拼了命寻找任何赚钱的机会。萨姆也缠着妈，说要加入捕猎的队伍，最后妈只能摇着萨姆的胳膊，喊道："你为什么就不能做一个乖女儿？"

胡狼在人们的围捕下，数量反而增加了。嚎叫声不绝于耳。乌云浓厚得就像天空被割开了几道口子。风吹着云往前走，那空气就像鼓，一触即发——但雨尚未落下。孩子们的户外家务活都被叫停了。

棚屋里的空气变得像汤一样阴湿。被困在家的萨姆总会不时爆发一阵躁动，要么用脚后跟踢墙，要么追着空气来回跑，闹上几个小时才能消停。妈不再责骂萨姆——反正阻止不了萨姆，再说宝宝也在踢她。妈整天平躺着，和宝宝说话，哄他留在肚子里，继续沉睡。

爸带回消息，食物价格飞涨，还有人因为肮脏的溪水生病了。矿工们在贴出悬赏的旅馆外排起骇人的长队。然而还没有人领到过赏金。

接着一个孩子被抓走了。

爸和妈窃窃私语，不让她们知道细节。他们说这件事不适合孩子们听，免得露西和萨姆做噩梦。露西没告诉他们，自己本就在做噩梦。

那晚一个男人发出了哀号，胡狼们也跟着叫了起来。如此凄凉的叫声，简直让人以为失去亲人的是它们。

血

露西知道他们能从胡狼手中逃生,因为他们之前就做到过。

那天夜里,他们正在赶往另一个镇子、下一个矿区的路上,发现有一排粪便挡在了路中央,就像一封摊开的信函。那是新鲜的粪便,还冒着烟。老骡子一下乱了脚步,一只蹄子裂开的声音刺破了黑夜。

从那骡子的喉咙里传出一声呜咽。他们养了这只温顺的动物三年了,从未听过她的哭声。她翻滚的眼珠望向了露西。

他们抛下多余的物资,继续前行。剩下的那只骡子喘着粗气,因恐惧和减轻的负重而加快了脚步。胡狼的声音越来越近,然后停下了。寂静比嚎叫更可怕。一家人急忙继续赶路。

在乌云被打开,暴雨降下的那天,汹涌的溪流里浮现出了一个孩子的尸骨。就在那一天,胡狼们终于走进了他们的棚屋。不过那些胡狼和露西想的不一样。

他们看起来就像人。一个有着褐色的胡子,另一个则是红胡子,就像被抓走的那个女孩的头发一样红。似曾相识——露西一定见过他们好多次了,在那些昏暗的清晨,在矿上。然而他们肩上披着的是胡狼皮,散发出一股潮湿的恶臭。

和人一样，他们有枪。

他们破门而入时，爸还没来得及拿枪。暴雨掩盖了他们靠近的声音，发现时已晚了。褐狼命令爸在椅子上坐好。红狼把露西和萨姆驱赶到炉子边。妈躺在床垫上，上面盖着一堆毯子，没被发现。

"我们想吃点东西。"褐狼说。

想不到这野东西说话竟如此礼貌。他的话说得就像利老师家里的一位客人。红狼把炉边的锅和盘子打翻在地，爸在一边咒骂。他把手伸进冰冷的炖锅，嘎吱嘎吱地嚼着那一摊软骨，并把一块细长的骨头碎片吐在地上。他吃得满嘴都是，甚至流到了露西和萨姆身上。

从萨姆那小小的胸腔里，发出一声警告的低吼。露西紧紧抓住萨姆的胳膊，以防萨姆冲动行事。

"看来你这里的食物绰绰有余。"褐狼戳了戳他们的物资。那些土豆、面粉，还有猪油，都是罪证。"可我们好多人还在挨饿，不应该这样。你们舒服地坐着发财，我们却没有工作，不应该这样。为了买吃的，我们只好让家人都出去寻找金子。说到这个，我觉得你应该知道点什么吧。"

爸的咒骂声小了下去。

"我的女儿就是这样出去的。"红狼喊道，他的声音就像玻璃碎了一样。他把一只胳膊猛地甩向半开着的门。那积蓄许久的暴风雨就像灰色的唾沫，愤怒地从天上吐下，让露西想起操场里的那些孩子，想起那个曾朝她吐口水、欺负过她的红发女孩。红狼的目光刺穿了露西，仿佛在读取她的想法。

"真的太可惜了。"褐狼说着把他的来复枪压向爸的那条瘸腿，"如果我们知道当时捡的那粒金子是从哪里来的，这一切本来可以避免。我兄弟的女儿也不用没头没脑地到处去找了。"

爸的嘴紧闭着。萨姆的固执就是遗传自爸——他怎么都不会开口的。

"要我说，一命换一命才公平。"褐狼说。困惑的沉默过后，露西终于反应过来，这时红狼疯狂的目光已经锁定了萨姆。那个会发光的萨姆。

露西没出声，但她挪了挪脚步。是她的错。是她从家里拿了那宝贵的金子。她迈出了一步，不，半步。她的腿因恐惧而变得僵硬。但已足够。红狼转而抓了她。

红狼把露西往门口拖去。爸的脸上这时一半是愤怒，一半是恐惧。露西想知道哪个会占上风，爸又是否会开口。但她永远不会知道。因为萨姆这时猛地向红狼冲去，用那块他吐出的骨头碎片刺向了他。

红狼嚎叫着放开了露西，转而去抓萨姆。

棕色皮肤的萨姆个子娇小，在经过寻找金子的那些日子的历练后，变得敏捷而强壮。红狼挥舞着匕首，萨姆则用灵活的舞步躲闪着。褐狼挥了挥枪，但因怕射中同伴而无法出手。萨姆的目光穿过屋子，与露西相遇。不可思议的是，萨姆竟咧着嘴笑了。

可接着红狼便抓住了萨姆——不是抓住萨姆的胳膊，而是萨姆那重新长出的长发。

爸一声大喊。露西也发出了尖叫。但真正引起胡狼们注意的，却是第三个声音。一个像烈火般的声音，让冰冷的屋子热了起来。

"住手。"妈站起来说道。毯子从她身上滑落。她那巨大的肚子就像隆起的小山。接着她对爸说道，只对爸说："Ba jin gei ta men。Ni fa feng le ma？Yao zhao gu hai zi。Ru guo wo men jia ren an quan，na jiu zu gou le。"

这是一种其他人无法破解的语言。这些词语迅猛得就像暴雨落下时毫无意义的拍打和呼啸。这是露西第一次体会到，妈之前和他们分享的那些只言片语，不过只是小儿科。

爸的脸耷拉了下来，只见红狼迈着大步走向妈，上去就是一巴掌，直接把她的嘴唇打烂了。

"好好说话。"他恶狠狠地说。

妈不动声色地把一只手伸进胸口，从藏在连衣裙里的那个袋子内抽出一块皱巴巴的手帕，把它按在了流着血的嘴唇上。等她放下那块脏了的手帕时，她的嘴唇紧闭，右脸颊肿得像一只松鼠。

妈再也没有开口。那些人问钱藏在哪时没有；他们威胁要割掉爸的舌头时没有；他们割开行李，撕毁衣物，摔碎木衣箱里的药罐子时也没有。那苦涩又甜蜜的芳香和胡狼的恶臭混合在了一起。甚至在他们找到了第一袋金子，并为了搜寻其余的金子而将屋子和篷车都翻了个底朝天时，妈也没有说话。妈不看他们，也不看爸、萨姆或是露西。妈只看向那扇敞开的房门。

最后，胡狼们把一家人集中起来，搜他们的身。被扒光衣服拍打的妈又一次成了太阳和月亮，她那裸露的肚子投下可怕的光，日月随之变幻。胡狼们夺去她胸口的那个袋子，里里外外翻了一遍，发现是空的。爸闭上了眼睛，仿佛这一幕会让他失明。

"丘陵上还有金子。"当晚一家人坐在废墟般的屋里时，爸说道。家里已找不到一个完整的床垫。没有毯子，没有枕头，没有药，没有碗和盘子，没有食物，没有金子。新买的骡子和篷车也被抢走了。他们来这个镇子快六个月了，如今却比刚来时还要贫穷。"我们还能找到。我们需要的只是时间，qin ai de。可能是六个月，也可能是一年。那时候宝宝也还小。"

妈仍是沉默。

那晚，他们把两块被撕烂的床垫拼成一块，一家四口睡在一起。露西和萨姆挤在中间，妈和爸在两边。妈的脸背对着露西往外望。那晚，没有人再窃窃私语。

第二天，暴风雨愈加猛烈，露西把家里能收拾的收拾了，能缝补的缝补了，能找到什么吃的就吃什么——掉在黑暗角落的猪皮，费力拾起、烤后还夹杂着沙砾的面粉。

萨姆也来帮忙，主动帮着打扫、收拾、整理。萨姆用行动代替话语。除此以外，屋里只有沉默。妈的脸颊已经消肿，但她仍俯卧着一言不发。爸则来回踱步。

就在这时，捶门声再次响起。

这一次，爸带着手枪去开门。只见门把手上系着一张纸，几个黑影急匆匆地在雨中跑远了。

露西大声念着纸上的文字。念着念着,声音小了下去。

这是一项新法规的实施公告,已经在镇里批准了,很快会被提案至其他地方。爸边听边徒劳地发着脾气,把家里的破烂又撕了一遍。

胡狼们的力量不在于他们偷走的金子,也不在于他们有枪,而在这张纸上。这张纸让他们一家向往的未来胎死腹中。哪怕丘陵上全是金子,也不会属于他们。哪怕把金子捧在手中,吞下去,那金子仍不属于他们。那项法规剥夺了所有并非出生在这片土地上的人拥有金子或土地的权利。

他们是如何从几年前那场胡狼的袭击中全身而退的?

他们并没有全身而退。他们留下了那只骡子,没有击毙它,也没有埋葬它。那时妈也没提到银或水。

"Bie kan。"他们逃跑时妈命令道。可露西回头看了。十几双针尖般的眼睛从黑暗中闪现,狼群渐渐围了上去。那只活着的骡子被用来分散狼群的注意力,是一个牺牲品。这些露西都能忍受——当时她已见过许多的死亡了。真正让她不寒而栗的,是妈始终没有回头。家里所有人都回头了,只有妈履行了自己的命令。她紧咬着嘴唇,鲜血把她的牙齿染成了粉色。她应该很痛吧。可妈丝毫没有露出痛的样子,并且从未回头。

水

他是在暴风雨的第三天晚上出生的。

那条源自古老湖泊的溪流，回忆起了自己的历史，汹涌起来。自从第一滴雨降下，山谷里沉睡的生命都做起了同样的梦：鱼儿密密麻麻，把光都挡住了。海草比树还要高。

在山谷远端的高地上，妈躺在破烂的床垫上翻来覆去。六个月来，爸一直在夸耀宝宝那男孩特有的任性。可现在，他咒骂他的任性。他紧握着妈的手。她看他的眼神是如此充满痛苦，简直像是仇恨。

爸出门去找医生。萨姆看了一眼妈那起伏的肚子，说要去工具房取些东西，也走了。

"露西丫头。"妈在只剩她俩时低吼道。她翻着白眼，痛苦得龇牙咧嘴。这是她在胡狼走后第一次开口。她脸上的伤很快就恢复了，仿佛从未伤过。"和我说说话。分散我的注意力。说什么都行。"她的肚子又翻滚起来。"Shuo！"

"是我，"露西趁自己还没失去勇气，说道，"是我把金子从家里带出去的——我只是想让老师看一眼，给他的研究提供帮助——我本来要拿回来的——就只是一小粒——可是，可是我摔倒了，把金子丢了。"

面对露西吐露的秘密，妈像自己无数次做过的那样，保持着沉默。

"我是说，"露西在这可怕的寂静中又低声说道，"我觉得是那些闯进我们家的人拿走的。我摔倒的时候看见有人。都是我的错，妈。"

妈开始大笑。比起欢乐，那笑声更接近于愤怒。那笑声，就像是一种消耗。露西又想到了火。可是什么在燃烧呢？

"Bie guan，"妈喘着粗气，喉咙像刚怀孕时那样因恶心而抽动，"没关系，露西丫头。是谁又有什么关系呢？他们全都恨我们。Bu neng 因为我们的坏运气而责怪你自己。这是这个 gou shi 地方虚假的公义。"

妈指向了破败的房门，指向门外——指向这片丘陵地上的每一间房子，每一扇点着灯的窗，还有窗下每一个面目模糊的人。妈的恨意大到可以覆盖所有人。

"对不起。"露西又说道。

"Hen jiu yi qian，我无意中做过更坏的事。我年轻时，曾以为自己清楚什么是对大家好。你让我想起了当年那个满肚子怒气的自己。"

可那是萨姆才对。露西并不愤怒。她是个好孩子。

"Gao su wo，露西丫头，我的聪明孩子，那些人来的时候，你爸为什么不听我的话？我一直想不通。Zhi yao 给那些人几袋金子，他们就会收手了。我知道他们这种人，懒得很。你听到我和他说的话了，dui bu dui？"

第二部　XX59　　173

妈捏了捏露西的手。露西只能痛苦地说:"你说得太快了,妈。我听不懂你的话。"

妈眨了眨眼。"你——听不懂我的话？Wo de nü er。我自己的女儿,却听不懂我的话。"

又一阵疼痛袭来,妈的身体像拳头一样蜷缩起来。当她舒展开时,她的声音里少了一丝确信。

"Mei wen ti,"妈喘着气说,"现在学还不晚。Yi ding 让你进一所好学校。家乡的学校。"

"或者——妈,我们去东部怎么样？利老师说那里有更好的学校。那里很文明。而且我已经学了一些书……"

闪电划破天空。一下,两下,紧连着的两道闪电掠过。闪电过后,露西眨了眨有些眩晕的眼睛。屋里更暗淡了,妈的脸色也是。愤怒消失了。剩下的只有潜伏在妈的美貌底下的悲伤。那是她的痛。

"它的魔爪已经伸向你了。"妈的指甲挖进露西的手掌,说道,"这片土地已经把你和你妹妹都归为己有了,shi ma？"

爸也这么说。胡狼和他们的法律又是另一种说法。露西从未在别处生活过,她又怎么知道？她没法回答。

"你弄疼我了,妈,"妈的手比爸小,戴着手套时显得很精致,可那双手十分有力,"你弄疼我了！"

"Ni ji de,我们去拜访你老师时,你是怎么说的吗？"妈放开了露西。她捏了捏连衣裙里藏着的小袋子。尽管这明明是个空袋子,胡狼们也翻找过,里面什么都没有,可妈似乎从袋子里汲取了一些安慰。"当时你想一个人去。你说，你不需要——"妈的声音断了。她摸了摸露西的脸。这种触摸的感觉如此熟悉，不管过多少年，只要露西闭上眼睛，就能回想起来。妈捧着露西的脸许久，终于放手。她们听到工具房传来"砰"的一声巨响。

"去帮萨姆吧。"妈说，"Li kai wo，nü er。"

这是她对露西说的最后一句话。

爸没有请到医生。他回来时，妈已经完全说不出话了。露西和萨姆跪在床垫边上，浑身被汗水和奇怪的水浸湿，然而妈已经看不见她们了。

爸大喊了一声。他把露西和萨姆拖去工具房，让她们留在那里。两人互相抱着取暖，睡着了。狂风在她们的梦中呼啸，而妈……

她们醒来看到了不可思议的太阳。

露西站了起来。工具房的屋顶不见了。往下望去，山谷里诞生了一个湖泊。溪流不见了，其他矿工的棚屋也不见了。往南边望去，只露出了几个屋顶。人们都挤在屋顶上。他们家的棚屋，与其他人的隔绝着，位于没有人要的山谷远端的那块土地上，成了唯一未受影响的屋子。

这时爸迈着大步走来，伸手去拉她们。他的胸口有一片红色，混合着泥和血的气味。

"宝宝一出生就死了。我把他埋了。你妈她……"

露西张开了嘴。这一次爸没有叫她"da zui"，让她安静。他把一只手按在了她的嘴上。两人像湖水一样平静。他的老茧摩擦着她的牙齿。

"别再说了。别再问你那些该死的问题。Ting dao mei？"

爸把她们带到了湖边。他把她们推下水时，非常用力。萨姆满脸惊恐地在水中扑腾着。露西则很轻易地漂浮了起来；她就像是空心的。她去帮萨姆。爸没有看她们。他自己在水下待了很久、很久，像是在上一门课。大概是生存的课吧。或者恐惧。或者等待。他永远不会说出口。

最终浮出水面的爸，已是另一个人。露西要过几个星期才明白这点，直到爸的拳头向她挥来。

那三天的暴风雨让他们失去了：

工具房的屋顶。

连衣裙。

宝宝。

药。

那三本故事书。

爸的笑容。

爸的希望。

探矿工具。

屋里的金子。

丘陵里的金子。

所有关于金子的对话。

妈。

此外,他们还失去了萨姆心中属于女孩的部分,尽管他们要过几年才反应过来。那部分被清理、擦除得干干净净。像妈的尸体一样,消失了。从湖里游上岸的那个萨姆,没有把长发拧干,也没有小心翼翼地把它梳上一百遍。萨姆剪去了长发。"为了哀悼。"萨姆说。萨姆的眼中闪着光芒。雨后的太阳猛烈地照在萨姆剃了发的脑袋上。失去一个兄弟,又得到一个兄弟:那是萨姆诞生的夜晚。

第三部
XX42/XX62

风风风风风

露西丫头。

太阳正在丘陵的尽头沉落,你们也在沉落。我明白你和萨姆逃亡时必定感到的那种骨子里的疲惫。我明白那种想要逃离过去,却有魔爪在黑暗中伸向你,紧追不舍的感觉。不管你怎么想,我并非一个残酷的人。

露西丫头,多少次我想给你一个轻松、宽容的生活。可如果我这么做了,这个世界会把你啃噬得像那些野牛一样只剩下骨头。

如今,夜晚是我仅有的时间,而风是我仅存的声音。日出前我还能对你说话。现在还不算太晚。

露西丫头,现在只有一个故事值得讲述。

这片土地上的人都知道那一年,随着一个男人在河里发现黄金,整个国家深吸了一口气,吐出无数的篷车奔向西部。从小你就听说这一切始于四八年。可你有没有想过,他们为什么和你说这个故事?

他们这么说,是想把你排除。他们这么说,是想占有它,把它变成他们的,而不是你的。他们这么说,是想说我们来得太晚了。他们把我们称为小偷。他们说这片土地永远不会是我们的土地。

我知道你喜欢写在纸上、由老师念出来的东西。我知道你喜欢整齐、漂亮的东西。但是时候让你听到真实的故事了。如果这真相让你痛苦，那么至少你会因此变得更坚强。

听好了。你可以和自己说耳旁的只是风声，但我相信在你埋葬我的遗体之前，这些夜晚是属于我的。

你在历史书上读到的都是赤裸裸的谎言。发现黄金的并非一个男人，而是一个和你一样大的十二岁男孩。黄金也不是在四八年发现的，而是四二年。我知道，因为就是我发现的。

好吧，严格说来，最先摸到黄金的人是比利。比利是我最好的朋友。那时他大概四十岁，不过我说不准他的年龄，他自己也从不说起。今天的人会称他为杂种狗：他妈是印第安人，他爸则是来自南边沙漠的一个矮小、黝黑的巴克罗。他们给了比利两个名字——一个大部分人不会念，一个大部分人会念——以及像刚剥下的熊果树皮那样的肤色。他在河里捉鱼时，他的胳膊闪闪发光。

这时有什么东西的闪光映在了比利那深红色的皮肤上，比鳞片还要亮。我喊了出来。

比利递给我的是一块漂亮的黄色石头。这石头太容易弯曲，不便使用，而我那时又已过了喜欢这些小玩意儿的年纪。于是我让它从我的指缝中滑走了。它滚落时刚好被阳光照射，有一束光留在了我的眼中。几分钟后，我看到丘陵上到处是亮光。

我发誓，那是金子在向我眨眼，仿佛它知道我所不知道的事。

那一年是四二年，尽管我长大的那个营地的人并不管它叫四二年。正如我们不会称呼我们的丘陵为"西部"。哪里的"西部"？这里就是我们的土地，而我们就是这里的人民。我们的一边是大海，另一边是高山，我们就在这山和海之间漫游。

我长大的那个营地里有很多比利这样的人。我指的是沉默的长者，他们大部分都有不止一个名字。他们不喜欢谈论过去。据我了解，他们很可能是由三四个不同部落的老弱病残拼凑而成。当他们的部落选择去往更好的狩猎地时，他们不是过于固执，就是过于疲惫，而选择了留下。他们中的许多人年幼时曾遇见过一位牧师。那位牧师给了他们新名字，以及杀死了他们一半人口的天花病毒。牧师还教给他们一种通用语言，这也是他们教给我的语言。营地里都是些被抛弃的边缘人，也是你妈认为不应该与之来往的一群人。确实，在这群人中找不到一块干净的手帕。但是能找到善意，或至少是看起来近乎善意的那种疲惫。已经有太多人见过毁灭。

不过在我小的时候，丘陵里的物产还很丰盛。雨季里有罂粟花，旱季里有肥兔子。还有熊果树浆果、野生酸叶草、矿工生菜，以及河床里的狼爪印。丘陵里从不缺少绿色。至于我是怎么去到那里的——我对自己的身世知之甚少，正如我不了解那些长者。他们是在海岸边寻找食物时发现我的：一个刚出生几小时的新生儿，独自在哭泣。我的身旁是我死去的爸妈。海水在他们的衣服上留下斑驳的水渍。

有一次我问比利，他怎么知道那是我爸妈，他们俩都死了，而死人又不会说话。他先摸了摸我的眼睛，接着把手放在自己的眼睛两边，把它们拉扁。

露西丫头，我想说的是：和你一样，我也是在一群长得和我不一样的人中间长大的。但你千万不能拿这当借口。如果说我有爸，那他就是太阳，在大部分时候给我以温暖，其他时候则让我汗流浃背；如果说我有妈，那她就是草地，在我躺下时给我以怀抱。我在这丘陵上长大，是它们养育了我：溪流和岩壁，以及山谷里繁茂得仿佛连成一体的矮栎，灵活瘦小的我在树干之间来去，在树枝交织而成的华盖底下穿梭。如果说我有族人，那便是我在池中看到的倒影。那池水是如此清澈，映出另一个一模一样的世界：另一片丘陵和天空，另一个男孩，用一样的眼睛回望我。我从小就知道自己属于这片土地，露西丫头。你和萨姆也是，不管你们长什么样。不要让任何一个拿着历史书的人告诉你，说你们不属于这里。

不过我有点忘乎所以了。没必要老说这些漂亮的故事。以前我总和你说这样的故事，是因为那时你还是个孩子。

是的，现在情况变了。你之前觉得我严厉吗？现在你看到这世界的真相了吧：这世界比我要严厉得多。我知道这不公平，但你和萨姆已经没有几年的时间去成长了。有的也许只是这几个夜晚。有的也许只是我能告诉你的事。

几年过去了，我几乎忘了那块黄色的石头。直到四九年的一天，一声巨响将我们唤醒，接着是漫天的尘埃，接着我们营地旁的河变成了褐色，又变成了黑色。我们醒来看见一车又一车的人，树木倒下，建筑升起。营地里的长者们对此不闻不问，直到为时已晚。直到已无鱼可捞，无猎可捕，什么吃的都没有了。他们没有选择战斗，而是选择了逃跑。有些人去了南方，有些人去了高山的另一边，还有些人躲进了阴凉的草坑里等死。你知道，有太多的毁灭。

只有比利和我留了下来。我们涉水去寻找金子，就像四二年时那样。

但晚了。容易找的金子早被搜刮干净，剩下的需要有成队的人马和成车的炸药。我们找了些洗盘子和打扫酒馆的工作。比利之前教我写字也有些帮助。

我仿佛在四九年醒来，所有的梦都是关于金子，忘不了七年前它如何从我的指缝中溜走，对我眨眼。只要有机会，我就去淘金。我只淘到很少的细粒，都是白忙活。

我见过金矿主怎样使唤矿工。有人的腿被炸掉，还有人被石块压扁。在产出萧条的几周里，挨饿的人们偷窃，捅人，甚至向彼此开枪。每个月都有几十人转头回东部去。但替代他们的有几百人。少数人发了财，自己成了金矿主。

五〇年的一天晚上，当时拥有最大的几个金矿，也是最肥、最富的那个金矿主，在酒馆的一头喊话。

"你。过来。不，不是你。你，小子，眼睛怪怪的那个。"我走上前去，比利没有跟上。

"你这眼睛是真的吗，小子？还是说你是个弱智？"

我近距离观察着那个金矿主，尽管他肥胖无比，却并不比我年长多少。我攥紧身后的拳头，告诉他我不是弱智。那一年我已学会，别人用奇怪的眼神看我时，要用拳头而不是嘴巴回应，这样就不用重复我的话。但金矿主不是孤身一人。他身后站着一个穿黑衣、拿着枪的手下。

"那你会写字吗？识字吗？给我说实话。"

我告诉他比利教过我。我叫来比利，但金矿主根本不看他。金矿主说他有个活儿给我。那时的我还年轻、稚嫩，没想过问他为什么选择我。你要引以为戒，露西丫头。永远要问为什么。永远要清楚他们到底想要从你这得到什么。

金矿主说，有一天这些丘陵会被挖空。那时人们会携家带口来定居。他们将需要物资、房子和食物。金矿主打算铺一条贯穿西部的铁路，把平原连接至大海。为此他需要廉价的劳动力。他已经弄到了一整船的人。

没问题，我和他说，我可以去海岸，帮他训练工人。没问题，我可以代表他去和他们谈话。

可事实是，那个金矿主说的话我连一半都没听懂。我从没见过火车，也不知道他说的远洋航线，不知道那些工人是从哪里来的。但我知道他的实力。我没有提问。他说话时手上飞舞的金表有我的手掌那么大。他肥到我能像一只蜱虫那样依附于他的财富。通过他，我可以拿回年幼时从我指缝中溜走的东西，那本就属于我的东西——难道不是我和比利最先摸到金子的吗？

我请求把比利也带上。我和金矿主说了比利有多么忠诚和谨慎，还有他强壮的胳膊和丰富的追踪知识。我几乎把金矿主说服了，可比利自己却把机会糟蹋了。比利说他宁愿留在原地。

我从未真正搞清楚原因。比利不是爱说话的人。他只说他要留下，说我独自前行比较好。我问他为什么，他只是摸了摸我的眼睛。那晚之后我再没见过他。

露西丫头，我和你说过，我老早就明白了：家人排第一。其他人都不重要。

金矿主派了两个手下和我一同骑马先去接船。那是我第一次骑马，露西丫头，但我假装自己会骑。我流了几天的血，皮都磨硬了。

载着铁轨、行进缓慢的篷车队在我们的身后。他们要晚几个星期才能到海岸和我们会合。金矿主告诉我，在等待会合的那段时间，我要教那两百人。我没有问要教什么。

穿黑衣的那两个手下很少和我说话。到了夜里，他们会在远处露营，从不邀请我加入。我倒也不在意。我喜欢一个人睡。前往海岸的那两周路程我已没什么印象。我眼里只有未来的财富。我过了好一会儿才看清从船上下来的是什么人：两百个长得像我的人。

一样的眼睛，一样的鼻子，一样的头发。男人，女人，还有一些几乎还是孩子，拖着他们的木衣箱和背包，穿着奇怪的长袍。我开始数人数。

这时我看见了你妈。

你也知道你妈，我就不描述她的长相了。我想和你说的，是她从我身旁经过时，我心头涌起的那种感觉。那就像一个人在酷暑之中游荡了一整天，口渴得像喉咙上插了一把刀，这时突然找到了地下水。那是解救干渴的应许。我相信你小时候在草地上玩了一整天，回到家看到热腾腾的晚饭在等着你时，也是一样的感觉。知道有人会呼喊你的名字，那就是我看见你妈时的感觉。我知道我快到家了。

我不动声色地继续数着。数到一百九十三人时就没了。那两个手下看了看我，我看了看船员。船员走进船内，又往码头上推出六个人来。他说还有一个在路上死了。

最后那六个人非常老，背驼得像弯了的树。天知道金矿主能指望他们干什么活。其中一个老太太在过跳板时摔倒了。猜猜是谁跑去扶她起来？

没错。是你妈。

你妈径直望向了我。在她的凝视下，我让船员把那六个人和行李一起装上篷车。我从金矿主给我买物资的钱包里拿出一枚硬币给那个船员，让他行个方便。

他们本来想让你妈也坐上篷车，但她选择了和其他人一起步行。那两个手下骑上马后，我也下来步行了。

露西丫头，你总觉得是我在推着这个家，想要更多。可那推动力最初来自你妈。因为下船那天，她看错了我。她误以为我是那个能使唤人的金矿主。她误以为这艘船和这些工作都是我出钱提供的。她把我错看成了比我更厉害的人物。等我明白你妈的想法时，已经来不及纠正她了。

第一天晚上，我发现我们说的不是同一种语言。

金矿主事先找了一个谷仓来安置那两百人。我在门外站第一班岗，里面的人乱哄哄地不知道在说什么。有些人开始愤怒地捶门，透过门缝冲我喊叫。也许他们之前不知道会被锁起来，也不知道要睡稻草床。

金矿主的两个手下原本已经在远处的海滩上露营了，听到骚动声又过来了。

"他们怎么回事？"个高些的手下问，"让他们不要吵了。"

那时的我比他年轻，而且两条腿都是好的。我可以把他撂倒。但他有枪，所以我没那么做。

"干好你的活儿，"他说，"雇你就是干这个的。"

这句话让我眼中的怒气消了。我咽下了我的问题。我没有告诉任何人，我听不懂那两百人说的话。我把这个秘密深埋，正如我年幼时曾愚蠢地让金子从我的指缝中溜走，没有人知道这个秘密。

我走进谷仓，敲响了牛铃。

露西丫头，你知道一个好老师需要什么吗？不是华丽的辞藻，也不是漂亮的衣服。严格的老师就是好老师。Ting hao le。我给他们上的第一课，就是让他们知道不可以再用他们带来的语言。不能在这里用。一个男人刚开口，我立马握住他的下巴，把他的嘴给合上了。露西丫头，要做成任何事，都需要强力。

"嘴。"我说,指了指。"手。"我说,又指了指。"别。"我说。"安静。"我说。我们就这样开始了。

第一个晚上:老师。说话。谷仓。稻草。睡觉。玉米。别。别。别。

在路上的第一天:马。路。快点。树。太阳。天。水。走。站。快点。快点。

第二个晚上:玉米。泥土。下来。手。脚。晚上。月亮。床。

第三天:站。休息。前进。对不起。工作。工作。别。

第三个晚上,在我们抵达要建铁路的地方以后:男人。女人。宝宝。出生。

第三天晚上我不用站岗,正一个人待着时,你妈出现在了我面前。我到现在都不知道她是怎么找到我的。后来我问她,她只是笑着说,女人需要有自己的秘密。我不知道她是怎么绕过站岗的那个手下。我猜她有自己的办法。微笑的办法。那天晚上我没有细想,尽管后来我曾多次想起这件事。

我们当时在海岸附近找了块景色优美的地方安顿下来,等待篷车队的到来。起风的时候我们能闻到海水的咸味,远处可以看到弯曲得奇形怪状的柏树。那两百人睡在山脊上一座老旧的石屋里,入夜时会上锁。高处有一座生锈的钟塔,前方有一条小溪。那两个手下在半英里外的草坡上扎了营。在另一边有一个小湖泊,只要不嫌弃虫子和沼泽地,那里还算美丽。我把那个湖留给了自己。

你妈来找我的时候，我正站在湖边望着湖水。我期待可以在水中瞥见那闪闪发光的东西。

"教吗？"你妈突然说道，吓了我一跳。我差点掉进湖里。她没有像我教过的那样说"对不起"。她只露出了顽皮的微笑。

你妈渴望学习。不像那两百人中的有些人，总是面带怒气地看着我，把我当成敌人。比起那两个会拿树枝抽打他们脚踝的手下，他们更痛恨我。我想他们可能把我当做叛徒。因为我和他们有一样的眼睛、一样的脸，他们为此更痛恨我。他们会说我的闲话。当然，我听不懂他们的话。因此不管他们说什么，我都会惩罚他们。说什么都不行。不然我就管不住他们。

这也使得那两百人和那两个手下一样，密切注视着我的一举一动。因此我只能戴上面具生活，不能让人发现我有那么多不知道的事。

"你。"你妈指了指我，接着把两只手捧成杯状放在肚子上。她不断重复着这个动作。我摇摇头。她发出了像是沮丧的低吼声，然后握住了我的手。

我之前觉得她温柔而可爱。她对老人很好。她很爱笑。她的声音清澈高亮，就像一只会唱歌的小鸟。可握着我的那只手，能做的远不止铺枕木。我想起那两个手下换班时说的话："不要背对着他们。他们是群野人。"

你妈的手很强壮。但在她让我摸她的腰时，我发现她的腰比什么都要柔软。唯一能与之相比的，是比利送我的那顶兔皮帽，但我已经找不到了。她让我围着她的腰绕了一圈，接着又把我拉近，直到我们的身体贴在一起。她描绘着我们身体相接的那条线，又把两只手捧成杯状放在肚子上，指了指我。

我还是不明白。

你妈把一只手放在我胸口，另一只手放在自己的胸脯上。她的手顺着我的胸口往下滑，经过我的肚子，停在了我的裤子那里。我相信她一定看到我脸红了。

"怎么说？"她按着自己的胸脯说道，"怎么说？"她的两只手指轻轻地在我的裤子周围游走，再次说道。

我教她说"男人"。我教她说"女人"。她又把手捧在肚子上，这时我教她说宝宝。她又指了指我，这时我才明白她一开始的那个问题。

"我是在那边出生的。"我说。我的脸还红着。我迷迷糊糊地指向了我长大的丘陵。你妈的脸一下亮了。

一直到她走后，我一个人冷静下来了，我才意识到自己指错了方向。我指的是大海的方向。她以为我们是从同一个地方来的。而我当时也不知道要怎么和她解释。

我知道你把我当成骗子，露西丫头。但你绝对不要以为我很蠢。不要以为我不知道，在我喝醉了回家的那些夜晚，你是怎么看我的。那全然的傲慢，一副自己很明白的样子。一副对我感到失望的样子。

那样子和你妈太像了。

你妈在许多方面都和你很像。她相信只要穿着得体，说话得体，就可以让自己在这个世界生活得体。她会仔细观察我和那两个手下，问我们"衬衣"和"连衣裙"怎么说，问这里的女人都穿什么。你妈总在想办法改善自己。

你知道吗？你妈是来寻找财富的。那两百人都是。你妈还在家乡时她爸就死了，她妈则因为常年杀鱼把手弄废了。在她登上来这里的船之前，她原本已被许给了一个老渔民。

她在和我讲这些事时，还提到了港口上的那个男人是如何向她许诺大海的另一边有一座宏伟的"金山"，可以让他们都发财。那天晚上我们在湖边的草地上躺着，当我听到这里时，笑得差点断气：不知道哪个倒霉家伙把"丘陵"误传成了"高山"。

露西丫头，我为当时的笑后悔了一辈子。

我当然没法向你妈解释我为什么笑。我没法告诉她，为什么让那两百人发财的想法那么好笑。她那时还以为我可以帮他们实现这一切，以为那是我的船，以为在港口上向他们许诺的是我的手下，以为等篷车队来了以后要修的铁路是为我修的。

于是我说了一句蠢话。我说我笑是因为她发"金"的音时很好笑：厚重得像糖浆。你妈红着脸走了，那天晚上再没有理我。

后来我碰见她一直在练习："金，金，金，金，金……"

最后你妈的发音比我还漂亮。她长得也比我漂亮。大家觉得我粗犷，她温柔。我们配合得很好。彼此有一种平衡，就像你和萨姆。但是露西丫头，在我和你说你妈才是更执迷于财富的那个人时，请你相信我。

你妈开始让那两百人信任我。尽管她很年轻，还是个女人，但她有某种特质，可以让人听她的话。怎么说呢，萨姆可能会用"专横"来形容她。但她就像你一样，她很聪明，所以她总觉得自己最明白。大部分时候确实如此，并且她让其他人也相信了这一点。

在你妈的坚持下，我开始和那两百人一起吃饭，听他们在角落里用自己的语言闲聊。我假装没听见。只要他们不当着我的面说，我就不追究。

何况现在有大把时间闲聊。运送铁路建材的篷车队迟到了。丘陵上从未见过这么大的火，地平线都被火光照亮了，篷车已无法通行。

事实证明，当你把溪流都挖了，把河流都堵了，把树都砍了，没有树根能留住水土，土壤就会变干，就像被丢弃的面包那样，变得支离破碎。整片土地就像变质了。植物开始死去，草地被不断烘干——旱季一来，一丝火星就可以点燃这一切。

那两个手下骂骂咧咧地来回踱步。他们使劲擦着枪，简直像要把枪擦出洞来。不过我们没什么能做的。至少我们在海岸附近，空气还是湿润的。大火看上去还不会蔓延到我们这儿。我们等待着。

有一天，动物们开始出现。它们越过溪流，穿过石墙，朝着海岸奔去。惊慌干瘦的兔子，老鼠、松鼠和负鼠，还有遮天蔽日的成群飞鸟，纷纷到来。有一次，一只雄鹿从我头顶一跃而过，它的角还在燃烧。在沉寂了一段时间后，行动缓慢的动物们出现了：蛇，还有蜥蜴。整整一天一夜，没有人敢踏进草地，因为怕被咬。就连那两个手下也抛下自己的营地，睡进了石屋。

最后，尽管没人看见过，但老虎也来了。

有一天我醒来后在湖边的湿地上发现了爪印。那爪印太大了，不像是狼。尽管天空一片通红，看不清楚，但我可以发誓，我在芦苇丛中看到了一抹橙色闪过。

你妈打着哈欠向我走来。早晨的她最为迷人：凌乱的头发，还带着睡意和前一晚的温柔。我很少看到她那个样子。大火让她也闲散了下来，开始拨弄自己的头发。她一会儿把头发扎成辫子，一会儿用发夹别起，一会儿又把它卷起来，不停地问我这里的淑女爱留什么发型。她对穿着也是一样。你妈从木衣箱里取出针线，把自己的长袍改成不同的形状。她还让其他女人也加入。我没忍心告诉她，等篷车队到了，她们就要整天在铁轨枕木上挥汗如雨，根本用不上那些连衣裙。

你妈希望我和那两百人有更亲密的交往。她会取笑我的沉默寡言和独来独往。有些人天生就喜欢独处，并不因此更感到不快。我就是这样，我猜你也是，露西丫头，但是你妈不明白。她缠着我要问我的身世，直到我告诉她我父母双亡。她让我去和那些女人聊连衣裙，又拉着我加入那些围成一圈用稻草赌博的男人里。她总对我发号施令。

事实是，见到那两百人并不让我感到温暖。他们习惯的语言和闲话，他们随意说对方肥胖，还有互相扯袖子上裸露的线头的这些做法，都让我感到陌生。我们长得像又如何？我是在这片丘陵里长大的。而他们，他们听到胡狼的声音就要吓得屁滚尿流。他们是一群相信无稽之谈的弱者，我不需要他们。我加入那些男人的圈子，只是为了让你妈高兴。考虑到我总是赢，我怀疑那些男人让我加入也只是为了让她高兴。我怀疑在他们的船靠岸前，你妈有过一个情人。有一个男人经常和她争吵，还有一个男人经常给她额外的食物。她没说，我也没问。真正重要的是，她已经把她的木衣箱搬到了我的湖边，并且大部分夜晚都睡在那里，这就够了。

真正重要的，露西丫头，是曾经有一段时间，你妈的眼里只有我。

我生前的许多事都已忘记：比利的脸，罂粟花的颜色，怎么温柔地入睡来避免肩膀酸痛、紧握拳头醒来，用什么词形容雨后泥土的气息，清水的味道。在我死后，有一些事我也逐渐遗忘：挥拳时关节碰撞的感觉，走路时脚趾拍打泥巴的感觉，有手指和脚趾的感觉，饿的感觉。我知道有一天，我会忘记自己的一切，在你和萨姆埋葬了我以后——不只是我的身体，还有你们血液和话语中的我。但是，哪怕有一天我消失得只剩下一阵风在丘陵中游荡，我相信那风还是会记住一件事，并向每一叶草低声诉说：你妈的眼里只有我时，我是多么幸福。那幸福是如此耀眼，软弱些的人是无法承受的。

话说回来，那天早上你妈也看见了爪印。我伸出一只胳膊搂着她，心想她一定被吓到了。"老虎"，我边教这个词，边向她描述。

她甩开我的胳膊，哈哈一笑。"你竟然不知道？"她嘲笑道。接着她弯下腰，把一只手放在了虎爪印上。她用眼神挑衅着我。你可能不信，露西丫头，但是她开始亲吻那泥印。

"好运，"她说，"家。"她用手指在泥地上画了一个词。她边画边哼着一首歌，也就是后来我知道的那首老虎歌。"Lao hu, lao hu。"

你妈身上闪耀着顽皮的光芒，无所畏惧。她没有违反我不准他们说母语的规矩，但她游走在规矩的边缘，就像那只在湖边游走的老虎。她没说，但她写了，也唱了。在我想着要拿她怎么办的时候，她又开始取笑我。

大火在她身后，世界在燃烧，天空一片炙热，她的嘴边有泥，头发凌乱，猛兽的爪印曾离我们如此之近，它本有机会在夜里取了我们的性命——面对这一切，她竟然笑了。她的笑比这一切加起来都要狂野。

我胸中有什么东西动了。小时候，我曾在夜里被震醒过，那种震动直达骨头。比利说那是老虎的咆哮：远方的人听不到，却可以感受到。那天早晨在湖边，我的胸中也发出了咆哮。那个从船靠岸起就蠢蠢欲动的东西，那个在我将你妈抱入怀中的夜晚害怕过的东西，那一天终于向我扑来。它将爪子扎进了我的心。在我定下规矩几周后，我第一次开口说了你妈的语言。

我曾听过那两百人说话。最容易听到的是脏话。但我也听到过爱人之间的话。

"Qin ai de。"我对你妈说。我并不确定它的含义。直到我看见你妈眼中的表情,我才真正确定。

柔情攻克了我,正如腐病曾在我幼年时攻克过一片栎树。看上去没什么危害的绒毛般的东西从内部削弱了栎树。几年之后它们就裂开、枯死了。

我从小独来独往,需要的只是树荫和溪流,以及偶尔和长者们聊上两句。我的成长经历让我坚强,并得以生存。

但是你妈——她会轻抚我的额头,让我把头枕在她腿上,给我掏耳垢。她会仔细看我的眼睛,那是比那两百人要浅一些的棕色,然后说我的颜色里有液体。她最终认定我是"水",而不是她一开始以为的"木"。

我开始更多地使用你妈的语言。有爱称,也有脏话,我把它们像小礼物一样送给你妈。但只有我可以说。你妈用自己的语言时,我还是会皱眉头。我对那两百人仍很严厉。他们不可以随意说话,也不能独自外出,除了黎明和黄昏的一个小时。

这些规矩也是为了保护他们。在我们为火势所困期间,我发现那两个手下越发焦躁。他们拿枪的手开始痒了。

有一天傍晚,我和你妈手牵手从湖边回来。我们发现了一片栎树林,和我小时候的那片树林很像,它们的树枝交织出一片绿色的空间。你妈一边在我身旁跳舞,一边唱着老虎歌的最后一句歌词:"Lai,Lai,Lai。"她一边唱着,一边呼唤我到树下去。

我们回到石屋时,感到四周一片寂静。

那两个手下正把一具尸体拖到角落里。那是一个和我赌博过的男人，他很擅于避开霉运。好吧，他的好运到头了。他的胸口现在成了一个血淋淋的洞。

"他想逃跑来着。"高一些的手下边说边脱下血淋淋的手套。

可子弹是从前方射入的。

你妈挥舞着右手，猛扑向那个手下。"他不跑！你跑！"

那人反应很快，你妈的手从他耳旁擦过，但他的表情就像被打中了似的。

我赶紧抓住你妈。因为那两个手下在看，我比平时抓得更用力一些。

但你妈说的是真的：那两个手下经常离开岗位，有时会从那两百人里去找落在后面的女人。可露西丫头，很多时候真相不在于对错，而只在于是谁说的，或者是谁写的。那两个手下有枪，所以他们想说什么，就让他们说去吧。

"告诉他们，"你妈对我说，"你的手下。告诉他们。"

高一些的手下让我控制住她，然后就去溪边洗手了。

在我领着你妈回湖边的路上，她一直在我怀里哭泣。她滚烫的眼泪足以将我融化。在将秘密深埋了数月后，我开始告诉她真相。

我告诉她，他们不是我的手下。我告诉她，船不是我的，铁路也不是我的。我告诉她，修铁路的工作会很艰苦、令人厌恶，并且不会让他们发财。我幼年时曾将一只雏鸟的纤羽一层层地剥落，直到它只剩下一团粉红色的生肉，而我则吐在了草地上。我在告诉你妈真相时，感到了同样的恶心。

你妈听完我的话,整个人都僵硬了。她一把推开了我。我觉得她的力气大得能轻易把我的手折断。

"骗子。"她说。我第一周就教了他们这个词。"骗子。"

我在你妈眼中变得可憎。她过了两天才和我说话。那两天里她在为埋葬死者做准备。而她之所以搭理我,只是因为我给了她两枚用来盖在死者眼睛上的银币,并花钱让那两个手下同意他们在小溪中清洗尸体。

并且我还——

不。

不,不。好吧,露西丫头。我说过我会告诉你真相,时间不多了。我现在就告诉你真相。有时你要付出钱币。有时你则要付出尊严。

那天,那两百人被锁在石屋里,只有那个死去的人见证了我在石屋外做的事:我跪在地上,亲吻那两个手下的靴子,就像你妈曾亲吻老虎的爪印。我求他们允许你妈把死者好好安葬。我求他们不要因为你妈曾试图攻击他们而惩罚她。你能想象吗,露西丫头?我?

后来,我也亲吻了你妈的脚。接着是她的脚踝,她的大腿。我求她原谅我。她挺直腰板,低头看着我。

"Hao de。"她说。

那两个字改变了我们。她违反了我不让他们说母语的规矩,而我却无能为力。从那以后,她开始愈加频繁地使用她的母语词,我则要不断想办法去拼凑那些词的意思，模仿它们的发音，以蒙混过关。我本就有模仿鸟叫的天赋，而模仿她的语言也差不多。就算有奇怪的口音，我也可以推说是因为离家太久了。但从那以后我便生活在了恐惧中。

"别再骗我。"你妈这样警告我。

就在那时我意识到，我永远不能告诉她其余的真相。不然她就会离开我。我把我的身世，真正的身世，深深地埋进了我内心的最深处。在那里，我还是一个在丘陵上奔跑的男孩。我下定决心，永远不告诉她我来自哪里。我下定决心，只要我不说，就不算是欺骗。

你能怪我吗，露西丫头？

说来也怪，这个谎圆起来竟如此容易。没有人怀疑过我，因为没有人在看到我这张脸后，会认为我是在这里出生的。你不也亲眼见过吗，露西丫头？那些拿着法令文书的胡狼，他们根本不在意真相，他们只相信自己愿意相信的。

那天晚上你妈问了我很多关于铁路和金矿主的问题：他手下矿工的劳动强度有多大，工钱有多少，住在哪里，房子有多大，吃得怎么样，以及死了多少人。最后，她制订了一个计划。

露西丫头，你发现金块的那天晚上，在我们把金块带回给你妈后，你曾追问她关于过去的事，你还记得吗？

那天晚上我抱你去睡觉，是有原因的。回忆有时是一种伤害。你看我那条腿就知道了。其实你妈也一直有伤，只是你看不见。

她是在那次大火中受的伤。我们都有自己不能说的故事。而那次大火的故事是你妈埋得最深的一个。

问题是，那场大火是她的主意。

从一开始，你妈就和我共有某种公平的观念。我在第一周就教了他们"骗子"这个词，当时他们中有一个女孩想偷拿双份口粮，是你妈抓着她的头发把她押到我面前。

我决定扣掉那个女孩第二天的两份口粮。在我宣布惩罚时，你妈也点了点头。她认为这样是公平的。

你可记得，露西丫头，在你和萨姆争论时，她如何仔细倾听，并在下断定之前，权衡你们说的每一个字？你也知道她有多信奉诚实的工作。在制订大火计划的那天晚上，她权衡了那两百人的船费和已经死去并被埋在溪边的那个人的生命。她又权衡了在那遥远的港口有人曾给他们许下的承诺和金矿主真正的打算。最终她断定，让那两百人从铁路合约中逃离才是公平的。毕竟那合约是建立在欺骗之上的。

她说得多好呀。她多聪明呀。也可能是因为我太害怕让她失望，才对她言听计从。

她的计划很简单。要逃离，就要除掉那两个手下。

要除掉那两个手下，我们需要放一把火。

我不是轻易害怕的人，露西丫头。我也不想假装自己无辜。火气上来时动手打人的事我也没少干。但你妈说那些话时，是另外一个样子。非常冷酷。一命还一命，她说。在来的船上死了的那个老妇人的命，就算在矮一些的那个手下身上。你妈特别喜欢计数。她像积攒硬币一样积攒着怨愤，一有机会报仇，绝不犹豫。这也是为什么，在那场风暴来临前，一直是她掌管着我们的金子。这也是为什么，在风暴来临的那一夜——

这是后面的事，先不说。

你妈计划放火的那天晚上，她让我教会了她"正义"这个词。

那时的我已被你妈变得柔情，在我们决定了纵火计划后，我无法入睡。不管我怎么翻来覆去，都能感到那两个手下的命沉重地压在我身上。我离开熟睡的你妈，她的脸像湖面一般平静，决定一个人去走走。我碰见了那晚站岗的手下，是矮一些也更年轻些的那个，不是开枪杀人的那个。我向他点了点头。

他举起烟斗向我致意，并没有马上放下，而是把烟斗递给了我。

谁知道这些人的行为都是出于什么目的，露西丫头？我曾数次在脑海中回想当时的情景，却始终想不明白。他是在和他的同伴打赌吗？他是厌倦了烟草，准备戒烟吗？还是说他就像某些愚蠢的动物，在靠近陷阱时突然浑身僵硬，警觉地竖起寒毛？还是说他就像被困的胡狼，狡猾地垂下耳朵，发出像人类婴孩的叫声？他孤独吗？他愚蠢吗？他善良吗？这些人打量我们时，脑中都在想些什么？是什么让他们有时叫我们"中国佬"，有时放我们一马，有时又决定向我们施舍？我真的不知道，露西丫头。从没想明白过。

那天晚上我接过了烟斗,以免他起疑。他看上去有些不安,渴望和人说话。他说什么今晚的月亮很美,野火正在消退。事实也正如他所言。他又说到自己在老家有一个妹妹,听到这里我的心头一紧,几乎做好了准备,想去把你妈叫醒。我想收回承诺,把我的真相全告诉她,接受她的一切评判,直到那个手下说了一句:

"你是从哪来的?和他们一个地方?"

那晚我快被心中压抑的真相折磨疯了。不知为何,我和他说了。"我就来自这个地区,离这里不远。"

那人听了哈哈大笑。

我把他的烟斗放进嘴里,吸了起来。我的目光越过燃烧的烟斗,可以看到地平线上火势仍在持续。动物们在逃离,也许永远不会再回来。我吸着烟斗,脸上因激动而有些发热。我想对他说,他和成千上万个去年才来到这里的人,在踩躏完这片土地后,竟还宣称这里属于他们;而事实是,燃烧着的是我的土地,是比利的土地,是印第安人的土地,是老虎和野牛的土地。这时我脑中闪过了你妈的话。"正义"。我和那人道了晚安。

执行你妈计划的只有她和我两个人。那两百人还被困在石屋里。而且你妈说本来也不需要把计划告诉他们,说告诉他们会让他们良心不安,说应该让他们睡得安稳——接着她不耐烦地甩过头去,说不管怎样,她知道这样对他们更好,他们会感谢她。

她问我,不是"谎言",也不是"骗子",有一个更善意些的词是什么。我教了她:"秘密"。

我们手牵手溜了出去,还和站岗的人点头致意。我们往那两个手下营地外围的山丘走去。我们到了那里,先用干草和树枝铺了一条路,用来引导火苗。接着我们用灌木、草堆和蓟花头包围了他们的营地。草堆被压得很实,可以烧很久。在高大而又茂盛的草地掩护下,我们用易燃物搭建了一个圈,一道围栏,或者说一座监狱。到时候,升起的火焰将比围墙还要高。这一切,只需要一点火星。

我们又是如何做着这些杀人的准备的呢?我们趴在地上。我们轻声细语。就算那两个手下往这边看,也只能远远看见我们上方的草在摆动,就像恋人经过时那样。

轮到我站岗时,我就在石屋外守着。那两个手下回到他们的营地,开始吃晚饭。在他们看不见的地方,在那长长的导火线的起点,你妈用打火石点了火。

接下来的故事很难开口,露西丫头。哪怕是我。我已没有肉体,按说不会再痛了,但回忆却让我感受到了痛苦。

我们想的是用两条命偿两条命。可那火有它自己的想法。只见那火腾空而起,仿佛它不是火,而是一个活物:橙色的火焰伴随着阵阵黑烟,有如一头直冲云霄的巨兽。这是丘陵中生出的怪物,因这片土地的震怒而生,无法驯服。露西丫头,你见过困兽之斗吗?在被逼入绝境的最后关头,哪怕是一只老鼠都会调转头来,把你咬上一口。在大火燃烧的噼啪声和滚滚浓烟之中,露西丫头,我发誓这片丘陵上诞生了一只猛虎。

我看见火势沿着我们铺好的路往山下蔓延。我看见那两个手下的黑影在拼命逃跑,但他们跑得还不够快。火焰碰上了我们事先铺设的包围圈,一下就吞没了那两人的营地。

当时我还兴奋地大喊了一声。我看见你妈从藏身处跑出来,往我们的湖边跑去。

大火在吞噬完营地后,开始往小溪的方向去,正如我们计划的那样。我们想的是,让它在水中消亡,安静地死去。

就在这时,突然刮起了一阵大风,这是我们没想到的。这阵风把火焰煽得更猛了。只见那巨兽抬起一只燃烧的巨掌,竟跨过了小溪。

接着大火一分为二。一股咆哮着继续向前,朝着我和关着那两百人的石屋袭来。另一股则猛扑向另一边,舔舐着草地,向着你妈追去。

和你妈一样,我也相信公平。但我更相信家人。Ting hao le,露西丫头。你要把家人排第一。你要和家人站在一起。你不可以背弃家人。

我并不是一个残酷的人,露西丫头。石屋旁系了三匹马,我留下了两匹。我打开了石屋的门锁,并大喊着让那两百人快跑。我尽我所能地给了他们逃生的机会,然后骑马朝你妈飞奔而去。

谁能想到那石屋并非完全是石头做的。建造它的人偷工减料，在石块里面的中心部分竟塞满了稻草和马粪。这隐秘的内心多年来在太阳底下早已烘干，一遇上火，瞬间将火势喂旺。

在半英里外，我抱着你妈站在齐腰深的湖水中，看着石屋的火焰越蹿越高。

火势是如此凶猛，我在远处都可以感受到那热浪的冲击。任何企图逃亡的人都被它的魔爪攫去。你妈因为吸入黑烟昏迷了，是我把她拖到马背上，然后一起冲进湖里的。她没有看见那边的火势，也没闻见人肉被烤熟的可怕气味。但我看见了，也闻见了。我注视着那一切，我知道那两百人死的时候，她会希望我能见证。

从那以后我再也不爱吃肉，但你妈仍非常爱吃。

有一个问题困扰了我很多年，露西丫头，那就是：你能爱一个人，同时又恨那个人吗？我觉得可以。我觉得可以。你妈刚从灰烬中醒来时，她对我笑了。不是微笑，而是露齿的笑。是一个女孩在完成恶作剧后顽皮的露齿笑。她看上去充满了自信。她是如此笃定我们做了件好事，如此笃定自己最明白。

接着她咳嗽了一声，坐直身子——这时她才看见身后的景象。我们的湖面上火光一片，倒映着天空。幸存的马儿仍惊魂未定。石屋已被烧成了焦炭，大火仍在山脊上迅猛蔓延。

你妈哭得就像一只野兽，在浅滩上猛烈摇晃着身体。她仰着头嚎啕大哭。到了夜里，每当我想靠近，她都会对着我张牙舞爪。从她那被浓烟熏坏了的嗓子里传出来的，只剩下了沙哑的嘶嘶声，已不成人声。

你听我讲过变形的故事，露西丫头。男人变成狼，女人变成海豹和天鹅。好吧，那晚你妈也经历了变形，尽管她的脸和身体还是原来的样子。

她两次跑到湖的远端，往那两百人的废墟望去。她的身体颤抖着弯向他们，背对着我。我能看出她体内的那种野性。我能看出她想逃离的渴望。我把马留在了它原来的地方。如果她想走，就让她走。

在灰蒙蒙的黎明到来时，我感到她又依偎进了我的怀中。她的指甲锋利得足以刺穿我的肚皮和内脏。如果她要这么做，我也不会阻止她。但她撕破的却是我的衬衣和我的裤子。她的嚎啕并未消失，而是转变成了呻吟和呜咽。最后她蜷曲着身子靠着我，一遍又一遍地用她那沙哑的、被烟熏坏了的嗓音请求我，让我不要抛下她一个人。

接下来我们等待着大火熄灭，等待着你妈的喉咙恢复。在那几个星期里，有时我会发现你妈带着仇恨望着我。有时又带着爱。我是她仅剩的人了。我觉得我不得不同时承受她的爱和恨。她会愤怒地捶打我的胸口，也会安静地躺下，让我替她的喉咙抹药。

她的喉咙再也没有完全恢复。就像你的鼻子，露西丫头。你妈那沙哑的嗓音，并不是天生的。

我和你说过我曾遇见过老虎，我这条腿就是因此瘸的。你从未相信过我。我从你的眼神中可以看出来。有时这让我非常愤怒，因为这相当于我的女儿把我当做骗子,可有时我又对此感到满意。我不是告诉过你吗,露西丫头?有人向你讲故事时,总要问清楚他们的用意。

接下来我就告诉你,我遇见那只老虎的真相。

那时大火已经过去了几个星期,在被烧黑的世界里,仍旧只有我们两个人。还没有人,也没有动物踏足那片烧焦的丘陵——运送铁路建材的篷车队也不见踪影。金矿主如果听说了大火的事,很可能会以为我们和其他人一起死了。

当地面的温度降到能够踏足时,你妈想去看看。

我们先去了那两个手下的营地。你妈用脚开路,不去理会他们烧焦的尸骨和枪。我们从灰烬里淘出金和银,那些曾是钱币的东西。离开时她朝营地吐了口唾沫。

我们带着找到的东西,接着往山脊上的石屋废墟走去。

"怎么说?"你妈用手做出遮盖骨头的动作,问道。

我教她"埋葬"这个词,而她则教我怎么埋葬。要有银,流动的水,还有代表家乡的物件。她事先从自己的木衣箱里带了些布料来。那个木衣箱里的东西闻着还是一股香味,而不是烧焦的烟味,简直就是一个小小的奇迹。你妈把尸骨用布块捆好,然后在上面摆上银子。

"这样更好对吗?"她问我。

我说我相信那两百人是去了一个更好的地方。从某种意义上说,确实如此。我不知道他们在这片土地上能过什么样的生活。

你妈摇了摇头。我认识你妈以来,这是她第一次对自己的话不确信。"要不是我们,他们会更好吧?"

我安慰着她。我一遍又一遍地告诉她,不是她的错。

她的声音后来恢复了一些,她的自信也回来了一部分,最终她成了一个能告诉孩子们对错的母亲。但是我告诉你,露西丫头,那天在灰烬之中,她失去了对自己的确信。我眼见内疚和疑惑蚕食着她,比那火焰的危害更甚。

这也是为何我等到她睡着了,才独自返回石屋。

大火过后,丘陵的夜晚怪异而可怕,比前后所有的夜都要更黑暗。微弱的月光难以穿透烟雾,也没有东西能去反射月光。有的只是不变的黑暗。我偷偷溜进被烧毁的石屋,找到捆好的尸骨,然后拿回了银子。

我们比死人更需要它,露西丫头。

往回走的时候,我感到有什么东西盯着我,于是加快了脚步。我停下,它也停下。它似乎在紧跟我的脚步。很快我跑了起来,脚下的大地震动着,像是由比我更重的东西发出的。我听到身后传来一声咆哮,比风和火更响。黑暗中有个锋利的东西割开了我的膝盖。我跌跌撞撞地往前跑着,一边还流着血,害怕得没有再回头看过一眼。

这就是我的故事,露西丫头。我的真相。我告诉你,那个在我身上留下印记,导致我瘸腿的老虎——我并未亲眼看见。但我在骨子里感到这就是真相。第二天早上,你妈清洗并包扎了我的伤口。我不希望她承受更多的内疚——那段日子她非常脆弱——

于是我说我是在夜里上厕所时自己割伤的,只是运气不好。

可真的是这样吗?那个伤口虽浅,却非常巧妙地切断了肌腱,使我再也无法正常走路。伤口最终愈合了,可至关重要的东西却被夺走了。如此精准的一击真的是巧合吗?还是说,这来自一个无比聪明的捕食者,那个在一切都已覆灭后仍守卫着这片丘陵的猛兽?这是对我口袋里藏着的秘密,那叮当响的银子的惩罚吗?我从未看见那只老虎的脸,但我的故事会因此就更不真实吗?

要说的不多了,露西丫头。早晨快来了。

我曾向你妈许诺,我们会建立属于自己的财富。我向她许诺,这片丘陵里还有金子,只等着我们去找。就在地平线的那边,我曾向她许诺。下一个地方会更好。在她哭得面如死灰的那些夜晚,我曾向她许诺,实在不行,我还可以带她回去,带她回到大洋彼岸去。

她不再像从前那样健谈,因为她的喉咙还是会痛。当我们奔走在寻找金矿的路上时,她会在某些夜晚从床上起来。她会站在马旁,背对着我向远方望去,心中充满野性。

但她没有跑。是的,她没有跑。后来她的喉咙又恢复了一些。很快她就怀上了你。她开始能睡一整夜的觉了。她有时也会微笑了。在你出生后,露西丫头,你就像她曾提到的那艘船上的锚那样,把我们牢牢固定在了这片土地上。为此,我将永怀感激。

那场大火之后,你妈再也不是当初下船时神气地指挥着那两百人，并会亲吻老虎爪印的那个女孩了。她变得谨小慎微——你也见过，露西丫头，她对勘探金矿是多么不安。她对运气是多么恐惧。

你妈变成了一个爱恨交织的人。她会为你唱歌，给你缝衣服，帮我按摩瘸腿，也会开玩笑。同时她也会因为很多事和我争吵，比如探矿，比如怎么抚养你和萨姆，怎么样是正确的生活方式，该做什么样的人，还有我对富人的厌恶，对印第安人营地的偏爱，我和他们之间的赌博和交易，等等。她曾经将我误认为有权势之人，后来她非常注意辨别谁有权势，该和谁说话，该避开哪些人。如果说我是一个赌徒，那她就是一个记账员。她体内恨的一面从未停止对公平的考量，从未停止计算我的罪孽，以及我寥寥无几的成功。

但她还和我在一起。我想说到底是因为那两百人。他们令她怀疑自己，而我太懦弱，才会利用这点。有时我会出于恶意去提醒你妈那两百人的事。对此，我心里有愧。

再后来，那场暴风雨来了。

是的，我们被抢走金子的那晚，我在你妈眼里的价值降到了最低点。是的，我们失去了生活物资。但我觉得，真正对她起了决定作用的，是我们的宝宝。

我们是多么盼望他的到来。你的出生，萨姆的出生，都把我们紧紧团结在了一起。我想着，期待着，新的宝宝的到来也能这样。可当他一生下来就死了的时候，当我剪断他那小小的蓝色身体上的脐带时——还有什么也被剪断了。你妈看他的眼神，就和当初在灰烬中看那两百人的尸骨时一样。一样的内疚。我能看出，她在计算着我们这些年所做的选择——那么长的时间没有肉吃，总是颠簸的篷车，她肺部积累的煤灰——我知道，她把宝宝的夭折认定为是对我们这种生活的审判。

许多年前，在那座烧毁的石屋里，她想说的是，如果没有我们，那些人会过得更好。也许她觉得，如果没有她，你和萨姆，还有死去的宝宝，都会过得更好。

她没有死，露西丫头。我出去埋完你弟弟，回来后她已经不在屋里了。你妈从来都很顽强。至于她去了哪里，我永远不想知道。我心中泛起疑问时，我就拿酒将它们灌下。我将疑问淹没，正如那场暴风雨淹没了其他的一切。

等你再长大一些，露西丫头，你就会明白，有时不知道比知道要好。我不想知道你妈怎么样了。不想知道她做了什么，和谁在一起，以及她在看着其他男人的脸时，是什么感觉。我不想知道地图上有那么一个地方，可以让我痛苦。

要把故事完整地告诉你，那我还得告诉你，我希望是真的那部分故事。

事实就是，直到你妈远走高飞的那晚之前，我都还相信在自己坚硬的外表下，仍藏着一个更温柔的男人。我原本想的是，等我们过上了有钱的舒服日子，你妈再也不用干活，更不会想逃跑——那时我们在一块大到不会被任何人打扰的土地上有着自己的房子，我会从架子上取下几块闪闪发亮的金块，然后把它们放进你手中，放进萨姆的手中，也放进你们弟弟的手中，你们的手都非常柔软。而我，我会给你们讲一个故事，告诉你们我还是个孩子时，是如何与比利最早发现了这片丘陵的金子。

好了，露西丫头。现在你知道了一直想知道的事。几年前我就告诉了萨姆。为什么我没告诉你呢？可能是因为羞愧吧。也可能是害怕，怕你会追随你妈而去。我知道你最爱的是你妈。在我临终时，我看见你看我的眼神，那是我在你妈眼中看到过的：交织着爱与恨。

这很难承受，露西丫头。事实上，我对你的爱和对萨姆的爱是一样的，只是因为萨姆足够坚强，我才告诉了萨姆。也许，我甚至要更爱你一些，尽管这么说令人羞耻。耻于去爱，只因为你的温柔更需要被爱。我还记得你出生的那个早晨。你睁开眼，我看到了自己的眼睛。浅棕色，近乎金色。不像你妈和萨姆的眼睛。你身上有太多我的"水"。

也许我对你严厉是因为你越长越像你妈。

你听完这些很可能会恨我。如果到了早上你还能记得这一切，就算你把我的骨头扔进沟里给胡狼，我也不会惊讶。

露西丫头。

Bao bei。

Nü er。

我曾寻求财富，以为财富曾从我的指缝中溜走，直到我突然明白，我在这片土地上到底还是取得了一些成就——你和萨姆就是我的成就。你们都成长为很不错的人了,不是吗?我教会了你们坚强。我教会了你们刚毅。我教会了你们生存。看看你现在的样子,一边照顾着萨姆,一边设法让我得以安葬——我不后悔自己对你们的教导。我不需要表示歉意。我只遗憾,我不能留下来,教你们更多的东西。你只能随机应变了,正如你一直做的那样。你是一个聪明的孩子。只是要记住:你要把家人排第一。Ting hao le。

第四部
XX67

泥

夏天来了,带来了老虎出没的传闻。

空气闷热而又黏湿。蝉声,蟋蟀声,叹息声,昏暗之中的嗒嗒声。这是夜灯点亮后仍能在外徘徊的时节,是敞开窗户的时节——热气叫人慵懒、懈怠,在这本寻常的日子里。

可今年不同,老虎的利爪悬在镇子头上,整个甜水镇都为之胆颤。三天前,几只鸡和切开的半只牛不见了。看门狗被发现时,喉咙已被割开。昨天,一位妇人在晾衣服时晕了过去,醒来后十分慌张地说自己在床单后面看见了老虎。泥地上留下了脚印。这个夏天,对老虎的恐惧成了最激动人心的事,正如前一个夏天,大家为圈型耳环激动不已,再之前则是糖水冰沙。

而安娜,自然也想凑凑热闹。

"你说。"安娜说着把头往后一抬,露西正帮她打理鬈发,"养一只小老虎做宠物,是不是很可爱?我可以训练它,让它一叫就来。也许我该要一只。"

露西用梳子轻拍了一下安娜的额头。"我说啊,你不要乱动了。转过来。"

"或者要一只小狼崽。小胡狼也行。这些我知道爸爸是能找到的。"

露西记得胡狼，记得它们的尖牙能对一个女孩做什么。但面对安娜，她只是微微一笑，脸上保持着清澈、甜美的表情。

安娜不停聊着老虎的事，不管是当露西帮她扣上亚麻连衣裙背后的三十颗贝母扣时，还是安娜帮露西做同样的事时：同样的扣子，同样的连衣裙，同样的靴子。唯一的区别是露西的鞋跟增高了三英寸，以显得和安娜一样高。露西的头发最花时间，因为要先卷好然后加热。安娜因为要专心弄头发，终于安静了下来。

可当她们要出发去车站时，安娜却又轻抚着她园中一朵花的橘色花梗，说道："我决定叫它老虎百合。"她的绿眼睛因喜悦而睁得更大了。上周面包师把自家的双色长条面包更名为老虎面包，裁缝也重新命名了自家的条纹布料。"是不是很棒？"

花柄上的花儿和露西一同点着头。

她们穿行在安娜所在的这片街区时，街道异常地空旷。那些大宅子就像晒太阳的猫那样，懒洋洋地摊开着。行人也稀稀拉拉的，出现时也都是紧张地结伴而行。据说至少三个人同行的话，老虎就不敢靠近。

这时街上突然爆发出低沉的一声巨响，人们的肩膀僵硬了，脸色也苍白起来。原来只是一辆马车的车轮被卡住了。一阵尴尬的笑声过后，街上又恢复了常态。

安娜紧抓着露西说道："也许……也许今天去车站不安全。"

露西听后心头一跃，就连老虎的传闻都没能让她这样。她将这心情压了下去，正如她已学会将许多别的感情压下去。"别傻了安娜。你必须要去见你的未婚夫。"

可安娜又是求又是哄，软磨硬泡，简直叫人惊叹她怎么如此能说会道：从她口中说出的话语仿佛迅猛的河流，能绕过一切阻碍，永不停歇。尽管同样是十七岁，有时露西觉得安娜就像个小孩。她求着要先去另一个地方。

她们还没到那儿，老远就听到了声音：是那位声称自己遇到老虎的妇人家。已经有一群人在她家的草坪上聚集，正在议论纷纷。"它突然冒了出来，"那妇人说道，"我听到它咆哮了。"

安娜拉着露西往前挤。面对两个瘦弱的小姑娘，人们却纷纷让出路来，因为他们实际上是三个人：安娜家的手下也跟着。传闻安娜父亲雇佣的手下——这些沉默寡言、行踪隐秘的黑衣人，每一个的外套底下都有枪。对这种说法，安娜通常会翻个白眼。

这天安娜太入迷了，根本没有注意到别的事。她在泥地上蹲下，看着像要亲吻上面的脚印，或请求它赐福。她是如此充满希望和无限的可能，露西觉得自己像突然踩到了嫉妒的陷阱，被那冰冷的钢齿咬了一口。为了感受那样的希望，让露西怎样都行。

露西走近前去。那脚印其实只有一半：两个脚趾加一部分的爪垫，和茶碟差不多大。这应该是小一些的猫科动物留下的——猞猁或山猫，甚至可能是一只家养的胖公猫。

安娜不停在说自己的心跳得很厉害之类的话，露西则在一旁附和，仿佛她并不感到无精打采、索然无味，仿佛过往的失望不再让她痛苦似的。她可以转过身，把这脚印的真相告诉这群人，看着他们露出失落的表情。可她已在甜水镇说过自己的故事："孤儿。被遗弃在门口。不知道父母是谁。没有别的亲人。"那样的女孩不会这么了解老虎。

"我觉得你如果是一种动物,"安娜说,"那就是老虎。是最可爱、最漂亮的那种。"

露西吻了吻安娜的头顶。一阵令人心旷神怡的味道,像是花香,又像是热牛奶。她伸出一只手,准备拉安娜起来。

"当然,"安娜接过露西的手,说道,"我们得把你的爪子拔掉。"

高温让体液分泌更旺盛了。露西握着安娜的那只手因汗水而变得湿滑。这么热的天,又有谁能怪她手滑了呢?哪怕是那位手下,也不会怀疑是她故意松手,让安娜在泥地里摔个四脚朝天,让她的白裙子布满棕色的泥泞。

露西一把拉起了安娜,因动作太猛,两人的肩膀撞到了一块。安娜转身穿过人群,露西则擦着手心的汗,落在了后面。在离第一个脚印有些距离的地方,还有一个脚印。不是爪子留下的——而是一只尖头靴。

"你的姐妹要走了。"一个男人瞥了她一眼说道。快速的一瞥过后,他打量起她来。那目光剖析着露西:眼睛、鼻子、嘴巴、头发,他一样样地叠加起她们不同的地方。露西从他身旁走过,轻快地挽起了安娜的胳膊。从背后看,她们一模一样。

所以并没有老虎,也没有可怕的危机去阻止那件露西担心了一整周的事。伴随着汽笛的轰鸣,火车准点到达了车站。铁轨颤动着,将棉白杨的树叶抖落。安娜说了句什么,但被车轮声盖过了。

露西轻念着她希望听到的那句话:"我决定不结婚了。"

"什么?"安娜问。这时露西闻到一股鸡屎味涌进了车站。

露西看着货运车厢缓缓驶入车站,不断有羽毛从板条箱里飘出,同时她的一部分思绪却已飘回了位于山谷远端的那个昏暗的棚屋里。她感到安娜扶了她一把,问她是不是不舒服。

露西将苦水咽下。"我很好,只是火车让我想起了住在鸡舍时的日子。我的食物和床上可能都有鸡屎。""我只是渴了。"

安娜表示要叫一辆马车来。即便是这样的善意,这时也仿佛在夏日的高温中发酸、变质了。夏天是露西最不喜欢的季节。总那么闷热,那么潮湿,那么漫长。在这镇上生活了五年后,她仍怀念那两季分明的世界:旱季和雨季。她站起身,并不领安娜的情,说她可以自己走回去。

"不可以!"安娜喊道,"亲爱的,有老虎呀。你要是走了,我可要担心得什么事都做不了啦。你不应该,不可以——"

天热得露西不想再多说,何况安娜总能得偿所愿,再说也没用。露西坐下了。"看。我就坐在这张长凳上等你。"她忍住了想发出咕噜声的奇怪冲动。

在拥挤的车站,安娜成了车门打开后第一个上前的人。

查尔斯的浅色头发和安娜的深色鬈发很配,他的下巴和她的头顶很配,他的金表和她的金戒指很配,他的手下和她的手下很配。最重要的是，他们俩站着的方式很配：站在路中间，毫不在意周围被迫绕行的乘客，毫不在意应该收起自己的手肘，或缩小两人的脚围成的圈。安娜大笑着把头往后仰去，一位妇人急忙跳向一边，以躲避那挥舞的鬈发——露西知道，这些鬈发是在玫瑰香水中浸泡过的。

很快就只剩下安娜和查尔斯在空荡荡的站台上聊天了，还有他们的手下，以及露西。时间慢了下来。太阳斜照在长凳上。露西的裙褶因汗水浸泡而变得软趴趴。

最后一辆运货车孤零零地驶进车站，是肉铺的小伙子来取他的鸡了。他满脸通红，歪着衣领，正费劲地想要打开货运车厢的门。他站得离露西太近了，露西慢慢往边上挪动，想和他分开——这时车厢门一下开了。一阵飞沙瞬间袭向她的裙子。

在站台那边，查尔斯的一只手已经滑落到了安娜的腰部。两人都没注意到这边的动静。

露西拍打着裙子，可为时已晚。沙尘和汗水混合成了泥团似的东西，粘在白色的裙子上，就像之前露西想象中安娜的裙子会变成的那样，满是泥泞。她看上去一定和肉铺的小伙子一样肮脏。安娜仍在不停说着，说着。露西离开时，只有他们的手下注意到了。

水

露西迈进河里时，天边已染上了一片橙色的晚霞。

老虎的传闻使得河岸边空空荡荡。没有人能看见她把裙子打湿，接着小心翼翼地解开那三十颗贝母扣。她赤裸地漂浮在裙子周围。河水一视同仁地冲刷着、洁净着她的身体和衣服。

如果说安娜是她在甜水镇的第二个朋友，这条河便是她的第一个朋友。

五年前，她第一次走进这个镇子。熙熙攘攘的人群让她晕头转向，来往的运货车直往她身上撞。她迷路了。天空也帮不了她——她像之前在丘陵上学会的那样抬起头来，可高大的建筑遮挡了她的视野。云朵没有围着她旋转。她不是任何事物的中心，大地没有开口说话。她谁也不是。

她找到了一家餐馆的后厨工作，并在熟悉的事物中感到一丝宽慰：油腻的盘子，低矮的天花板，经常低头导致的脖子酸痛。还有三个女孩也在后厨工作。一个肤色较浅，两个肤色较深。露西低声说着："孤儿。""被遗弃。""不知道。""没有亲人。"浅肤色的女孩很快便不再多问。可那两个深肤色的女孩却很执着，一直窃窃私语，直到她们在小巷里和露西狭路相逢。

"你是什么人？"高的那个问。

"孤儿。"

"不。"矮的那个说着,又向她靠近了一步。露西仔细看了看她们的脸:大概率是印第安人。甜水镇上形形色色的人都有,也包括印第安人。"你是什么族的?"矮个女孩把一只手按在胸前,说出了自己部族的名字。

露西恍惚记得很久以前,她曾在阁楼上听到过另一个名字,但那记忆已碎成了尘埃。"正确的词是这样的。"可她想不起来。她感到口干舌燥。如果说她曾有族人,她已无法说出他们的名字。高个女孩也把一只手放在了胸前,这时露西意识到,她们俩一定是姐妹。

那两个女孩不断看向露西,不断问她问题,不断邀请她一起吃她们那奇怪的午餐卷。露西实在不胜其烦,终于有一天,她转身对她们说了一些关于肤色、水还有污秽之类的话。

那两个印第安女孩从此再没和她说过话。羞愧蚕食着她,她慢慢学会将空虚视作轻盈。这一次,她故意让那两个女孩的族名跌进记忆的深渊,消失在她自己族人之名消失的地方。至少,她们终于让她一个人待着了。

但她并非完全是一个人,还不是。每天中午和晚上,她会带着后厨剩的饭菜回到河边,哪怕萨姆对此嗤之以鼻。萨姆让露西把那两块银圆用了,露西则假装听不见,直到萨姆不再提起。还有一些话也不再被提起。萨姆变得越发挑剔和躁动,越来越难见到人影。萨姆一走就是几个小时,去通过其他方式获取食物。

山民提到的商品交易会终于来了。牛仔、捕兽人、牧牛人,还有各种游戏和表演,像一阵狂风席卷了甜水镇。当狂风散去,萨姆已不知所踪——内莉也不见了。

露西独自在河边又等了一个星期。水面是如此清澈。水底有好多碎石。最后,她把从西部带来的那些行李——那些磨旧、穿烂、满是凹痕、被晒褪色、臭气熏天的破行李——全扔进了河里。她只带着身上穿的那件连衣裙,搬进了寄宿公寓。

第一年,她观察着甜水镇的人群。成千上万张脸,各色各样的人群,有些是她前所未见的。一张熟悉的脸都没有。

第二年,她不再自讨没趣,只管低着头在街上匆匆行走。有时,会有声音叫住她。总是些她不认识的人。大部分是男人,大部分是在夜里。

第三年,她不断重复着"孤儿,被遗弃,没有亲人"这几句话,几乎给真相涂上了一层漆。这个空洞的故事正适合这个镇子,在这里她明白了文明的真正含义:没有危险,没有冒险,没有不确定性,在这个缺乏野性的地方,一只假老虎的传闻都能成为大事件。

肥皂水,皱巴巴的手,鹅卵石,整洁的角落,绿叶变成棕叶然后落叶接着又是绿叶,褶子锋利的连衣裙,杂货店柜台上滚动的硬币,白色的窗帘,上过浆的床单,盐,甜水,沉重的空气,路灯,抽筋的脖子,洗碗的肥皂水变成了洗衣服的肥皂水,一份在旅馆的新工作,更高的薪水,而那两个印第安女孩仍留在后厨,露西听说她们签了契约要再干八年才能把债还清,盐,甜水,疼痛的手,难以呼吸的沉重空气,一个人吃饭时刀叉的倒影,除了河水没有人会触碰她的身体。就这样过了三年。

接着，在第四年开始的时候，露西在河边遇见了安娜。

"你拿着那个在干什么呢？"那天一个声音从露西身后传来。一只手指向了露西手里拿着的那根树枝。一个奇怪的女孩从河岸那边向她走来。她拿着一根和露西一样的探矿杖。

"我叫安娜。"她的声音打破了露西的孤独。

在那之前，露西都是一个人来河边。在休息日，她会游泳，擦洗身体，或在水中寻找自己的脸投下的倒影：刀削般的脸颊，飞翼般的长发，细线般的眼睛。她会从河里捡东西——灰色的长石块，黑得像子弹的鹅卵石，像探矿杖似的、分叉成"Y"形的树枝——然后把它们凑到耳边，仿佛它们可以和她说话。因为没有人和她说话。

然后，安娜来了。

"我听说明天会下雨。"

"我喜欢你的头发。"

"我喜欢你的雀斑。"

"你能教我像那样游泳吗？"

"你多大？"

"十六。"

"我也是。"

露西开始怀疑，她的这位新朋友也有不愿告人的秘密。她们从不谈论过去。安娜只对未来感兴趣：她准备坐哪趟火车，准备定制怎样的连衣裙，准备等秋天来时吃哪种水果。她的生活仿佛有无限可能的花蕾，只等着成熟。

某个周日，河岸上结满了白霜，安娜带来了三颗她念叨了几个星期的秋苹果——那苹果红得让露西眼睛疼。安娜转动着探矿杖，少见地沉默了一会儿，然后说："我父亲是一个探矿人。"

露西口中满是汁水。香甜的滋味让她松了口："我的也是。"

出乎意料的是，安娜没有像平常那样说完就算了。"我就知道。"她紧握着露西的手说道。露西想把话圆回去，想知道这女孩知道什么，又是怎么知道的。手枪、银行、那些像胡狼的人，她知道多少？"我就知道你和我一样。爸爸让我不要告诉别人，他说我太天真了，他不喜欢我一个人不带手下来这里——但我知道我可以信任你。我第一次见你时就知道了。我们会成为最最好的朋友。"

安娜是探矿人的女儿，但她们的共同之处仅此而已。因为当安娜的父亲在这片丘陵上找到金子时，那金子就属于他。他有契据来证明自己的权利，还有工人为他工作。他聚敛着矿产、旅店、商店、列车，还有一栋位于甜水镇、远离已被他挖空的丘陵的大房子，以及一个女儿。

露西在甜水镇知道了一种叫"愚人金"的东西。那是一种不值钱的矿石，常常能骗过外行的眼睛。"愚人金"已经成了一种说法，用来表示冒牌货。尽管安娜是探矿人的女儿，但她却看走眼了，被露西所骗。

露西圆着自己的谎。"孤儿。不知道。没有亲人。但我怀疑我父亲是探矿人。"安娜原谅了她。安娜总那么轻易原谅别人，那么

第四部　XX67　229

轻易地笑，轻易地哭，而这让露西惊叹不已。对露西来说，这些事没有一件是容易的。她把自己的过往埋藏得如此之深，几乎不会流露出任何真实的情绪。可安娜却执意认为："说到底，你和我是一样的。"

安娜家的房子有二十一个房间，十五匹马，两个厨房，还有三个喷泉。有天鹅绒、锦缎、银器，还有大理石。最大的那个房间有着高大宏伟的拱顶，上面贴了蓝色的瓷砖后看上去就像天空一样。正是在这个房间里，摆着一张用纯金框镶起来的契据。那契据不过是一张边角布满灰尘的纸，其中一个角还破了，安娜父亲的签名像蛇一样盘踞在纸的底部。这是他最宝贵的东西，正是这张纸给了他权利去开采自己的第一个矿区。"你不舒服吗？"安娜在第一次带露西来看这张契据时问道，"你的脸看上去很——"安娜很可能没有体会过"绝望"这个词的真正含义。安娜过分热心地招待着露西，给她糖吃，带着她在大理石地板上来来去去，塞给她用银盒装着的盐，还有天鹅绒的连衣裙，同时不断说着："我们是一样的。"这句话在大宅子里回响。尽管这里有女仆，有马夫，有园丁，却暗暗透着一股空寂——安娜的母亲去世了，她的父亲又总是不在——露西觉得自己能听出这句话背后的含义。

这就好像安娜对着她的朋友挥了挥魔杖，露西就变形成了和她一样的女孩。只不过那魔杖其实是安娜父亲的探矿杖，而那魔法则是金子。

魔法一度成功了。她们甚至骗过了半瞎的园丁。园丁会说着"好的，小姐。"然后把露西要的花剪下给她。

她们穿着一样的裙子，留着一样的鬓发。露西会重复安娜的话，重复她那无忧无虑的笑声。露西的眼中充满了安娜，以至于当她经过一面镜子前时吓了一跳。镜子里的不是一张有着绿眼睛的圆脸，而是一张有着歪鼻子和警惕的双眼，陌生而又严肃的脸。

魔法在两个月前的一个午夜被打破。那天，露西在安娜房间里待得比平时都要晚。她们点上蜡烛，又偷拿了一些冷松饼，尽管厨师可以给她们做一顿大餐。花瓶中插着剪下的玫瑰，令人感到沉醉。两人紧挨着躺在安娜的床上，这栋大房子里的其他地方都暗淡了，变得无关紧要。安娜咯咯笑着，转过头来。她的脸挨得很近，泛着红晕。她问露西是否愿意在那二十一个房间中选一个住。她说："我觉得你就像我的姐妹。"

自从那天露西独自回到空荡荡的河岸以来，这是她第一次去想象醒来时能看见另一个熟悉的人，能闻到另一个人身上的动物气息。说出真相的冲动涌上了她的心头，她已准备好开口了。

这时煤气灯突然亮了。一个男人站在门口问道："你是谁？"

安娜的父亲出差回来了。露西赶紧拍去裙子上的面包屑，低着头，想把自己显眼的鼻子藏起来。

安娜是在这个温柔而富裕的地方出生的，可她的父亲却来自丘陵。他会分辨真金，不会被骗。在安娜上前拥抱他时，他问露西来自哪里。他说自己从同行那里听说过像她这样的人。他听完那些谎言——"孤儿"——"不知道"——"没有亲人"——便说要和安娜单独聊两句。露西拿上自己的东西走了。没有人喊她回去。

从那以后,安娜不再谈论两人共同的未来:她们本来要搭乘去往东部的火车,一直坐到最后一站;本来要在她父亲的果园里野餐;本来要一起去河里游泳;本来要用她父亲的钱买这样或那样的裙子。让露西从那二十一个房间中选一个住的事也不再提起。

那晚以后,不断有追求者上门。安娜取笑着他们,抱怨他们的种种不是,把他们比作动物和家具。但她选中了一个有着属于自己的豪宅和黄金家产的男人。

现在安娜谈论的是和查尔斯两人的房子,两人的花园,两人的旅行。当然露西也会被邀请同行。自己最好的朋友和未婚夫都围在她身边,安娜只顾得上高兴,却没看见查尔斯的手如何在露西的腰边晃荡,他如何称呼露西为"我们无比亲密的朋友",以及他如何往露西工作的那家旅馆送去礼物,还一身酒气地出现在露西的窗边。

露西会接受三人共进晚餐的邀请。她会称赞美食、鲜花以及他们的善意。她从不会提起,在安娜离开房间时,查尔斯会向她窃窃私语,让她单独陪他逛逛。安娜身边的空间——那一度宽广到能容下一个姐妹的地方——已经变窄了。

于是露西又像从前那样,独自沉浸在河中。直到她的皮肤皱得像潮湿的山脉,她仍不愿起来。她想象着有一天,她的皮肤在陆地上和在水里一样皱巴巴时,她仍坐在她朋友的身旁微笑。还会有别的未来吗?她已经成了自己口中的样子:"孤儿。没有亲人。"没有财富,没有土地,没有马,没有家人,没有过去,没有家,没有未来。

肉

黄昏下，露西顶着乱发、光着脚，湿答答地往回走，引得人们纷纷侧目。在寄宿公寓的台阶上，三个女孩与她狭路相逢。对老虎的恐惧让她们变得焦躁。一个女孩看到露西后吓了一跳——露西此时被一种像是本能的冲动占据，不想再给人让路，而是想一往无前，径直朝她们蠢兮兮的样子扑去。她可以让她们明白什么才是真正的恐惧，那个可以咬断一个女孩脊柱的东西。

但她最终露出了微笑，让她们通过。空气过于平静。她的嘴角不安地抽动。也许吃了饭她能平静下来。

她正要进门时被女房东叫住了，说会客室里有她的访客。一定是安娜急着来找她了。露西叹了口气，谢过女房东。

"是个**男**访客。"女房东上前拦住了露西的去路，她的唾沫星子横飞着。露西在这家寄宿公寓住了五年，很少见她如此愤怒。"把这门给我开着，记住了，还有不准把他带上楼。我会看着的。"

夜幕已降临。偷偷摸摸的时间到了。一定是查尔斯。

她第一次遇见查尔斯，也是在夜里。那是在三年前，远早于安娜。那时的露西仍会脚痒得在黑夜里醒来，那如鲠在喉的孤独感，喝多少水都无法浇灭。于是她从镇子的一头走到另一头。

白天，正经人都会避开靠近车站的那些街道，那里全是污秽的酒馆和赌窟，巴克罗、赌徒、印第安人、酒鬼、牛仔、骗子、名声败坏的女人，以及其他不受待见的人都会聚于此。晚上，正是那些街道召唤着露西。那里的人有一种露西熟悉的落魄。十三岁和十四岁那两年，露西的长相开始给了她一些安慰。她的四肢随着成长而不再显得笨拙，她的头发也变得柔顺。她发现人们也开始看她了。特别是男人。

那些肮脏的街道就像课本那样向她打开了。"等你再长大一些，就明白了。"妈曾这么说。露西学会在自己的脚步中融入妈的轻盈和萨姆的派头。这个游戏让她既兴奋又害怕。她学会了如何无视，如何回应，如何唾弃，又如何全身而退。她应对着这些穷困的男人，绝望的男人，粗野的男人，直到有一天，来了一个与他们截然不同的男人。

他是在从赌窟里被扔出来时撞上的露西。他身后充满了咒骂声，他昂贵的衣服也被撕破了——可他仍哈哈大笑，毫不在意，并保证下次要带更多的钱来。"你是从哪儿来的？"他问露西。与其他人不同的是，他并不会因露西的拒绝而恼羞成怒。他始终面带微笑。他始终会再回来。

穷人会放弃，会消失，他们的钱财和尊严会耗尽。可他有财富带来的傲慢。有一晚他拿出一把钱币要给露西，露西颤抖着转身离去。不是恐惧的颤抖——更像是一个男人在开枪之后，双手的那种颤抖。她检查着自己的胳膊，自己的胸脯，自己的肚子，想知道在那柔软的身体里，哪里藏着她的武器。

她很快便不再去那些街道。她已经学会了调整系带帽的角度,控制自己的步态,梳理额前的长发。她学会了屏蔽那些能勾起过往阴魂的画面:一个瘸腿的男人落魄地走进一条小巷,一个长脖子女人在酒馆楼上的卧室窗边一闪而过的回眸。她学会了怎么变得像一个正常的女孩,那个遇见安娜的女孩。

他再出现时已是在安娜的身边:打扮齐整,依然面带微笑,还有了名字。"查尔斯",安娜在介绍自己的未婚夫时说道,"这个姑娘对我很重要。你可不要忘了她。"查尔斯在和露西打招呼时凑得很近,近到刚好容纳那在狭窄的小巷和昏暗的夜里他们共同瞒着安娜的秘密。他说道:"我怎么可能会忘了你?"

会客室里等着的那个男人,有着黑色的头发和棕色的皮肤。他向露西转过身时,眯了眯眼睛。

露西猛地抬手捂住了鼻子。是爸。

尽管他的红衬衣上没有沾染坟土,也没有蛆从他的靴子里爬出,但某个深埋已久的东西破土而出了。露西感受到了热气和令人窒息的尘土。爸向她走来时,所有的时光、距离和清白的人生,全都消失了。站在会客室里的不再是甜水镇的露西,而是一个更年幼、弱小的露西,光着脚,将自己暴露无遗。那是一个她以为已被埋葬在西部的露西。

她想跑,但紧身的连衣裙束缚着她的肋骨。她无法呼吸。更何况爸的动作太快了——幽灵带着年轻时的样子回来了。没有瘸腿,也没有缺牙。他的两腿修长,颧骨尖得像刀锋。他站在她面前,咧着嘴笑。

然后他说,"砰。"

那声音,不像爸那般低沉,又有些像妈的沙哑。凑近看,那是一张十六岁的脸。

"你的头发,"露西惊呼道,"这么长了。"

上一次见时,萨姆的头发短得能看到头皮。如今那头发盖过了眼睛,在耳朵下方卷曲着。露西曾无数次将那头发扎成辫子。此时她伸出手,想摸摸那头发。接着她想起了什么。

"你在这里干什么?"她猛地收回手,"你抛下了我。"

萨姆的笑容不见了。萨姆抬起了下巴。"你那时老不在。是你先抛下我的。"

"我每天都有去看你。而你一句话不说就——你就完全没考虑过我吗?我以为你受伤了,或者死了。我没让你回来这里。我没法相信——"

有些东西能让她瞬间回到过去。鸡屎,死人的脸,还有萨姆身上那抵御住了时光流逝的固执。那是妈口中的闷闷不乐。那是爸口中的小子脾气。那也是露西口中,让她又羡慕又嫉妒的,萨姆的光芒。

门嘎吱一声开得更大了。是女房东在宣泄她的不满。露西转身去安抚她,用礼貌盖住了十二岁那年的创伤。

等到她回过头来面对萨姆时,她只剩下疲惫。她要怎么描述萨姆离开后的那种感觉呢?就像有什么东西从世界上消失了。她体内的一部分自我也一起被掩埋了,那是甜水镇的人未曾见过的部分。她已经变了,不再是萨姆认识的那个姐姐。

"我想你最好还是走吧。"露西说。

可这时萨姆说道:"对不起。"

这声道歉将爸的幽灵驱散了。此时站在那儿伸出一只手的,只有萨姆。

"休战?"

这是一只寻常的手,粗糙,长着茧子,在颤抖。露西想知道萨姆掩埋的又是什么。时间一秒秒过去,萨姆的手始终伸着。这是第一次,露西似乎有了萨姆想要的东西。可萨姆愿意为此等待多久呢?

她让那只手继续悬着。"我们去吃晚饭吧。你请客。"

露西选了一个不会碰见安娜的地方。这是车站旁一个布满油污的地方。萨姆没有看菜单就直接点菜了。"两份牛排",萨姆的笑容灿烂得让原本阴沉着脸的女厨师措手不及,并在转身离去时不由自主地也扬起了嘴角。而露西的胃口则在看到粘蝇纸的那一刻时便已悄然远去。她只要了一杯水。萨姆见她在擦拭肮脏的餐叉,于是向餐馆的另一头高喊起来。

"女士。"食客们纷纷转过头。"那位有着漂亮鬈发的女士。"有着灰色鬈发的女厨师放下手中的洋葱,惊讶地抬起头。"我们想要新的餐具,如果你有的话。非常感谢,女士。"

"别小题大做。"露西捋了捋脸上的头发,低声责怪道。

"他们不管怎么样都会往这边看的。"

萨姆就是有这样的能力，从来都是。萨姆悠然地倚靠在那摇摇晃晃的椅子上，就像那是安娜客厅里的大沙发一样舒服。如果说五年来露西学会了如何不引人注目，那么萨姆则是把天生的光芒打磨得更耀眼了。萨姆的步态变得更果敢，肩膀也挺得更直了。一块新方巾系在萨姆的脖子上，掩盖住喉结的缺失。仔细看的话，露西能看见当年那个漂亮的小女孩的痕迹：长长的睫毛，光滑的皮肤。但这就像在胡狼之时，试图紧盯着草丛中移动的那个动物。你的眼睛会让你怀疑。

大部分人看到的是一个英俊的男人。在生活的磨难在爸身上刻下印记之前，想必也是如此英俊。萨姆还兼具了妈的迷人和优雅。也许正因为此，女厨师才又一次笑得露出了牙龈，并这么快就把两份牛排端了上来。

萨姆像往日那样大快朵颐起来。露西转动着手中的水杯，回忆起挨饿的感觉。她的手指湿了，眼眶也湿了。萨姆在她心中激起的情绪，是她不想要的。浑浊而又昏暗。

萨姆误读了露西的凝视。"还有一份牛排，你要吃吗？"

"我不能吃。那会毁了我的裙子。"露西摸了摸身上的白裙，那是安娜父亲特别买的进口布料做的。她不想解释它有多贵，也不想解释安娜或安娜父亲的事。为了转移话题，她说："和我说说你都去了哪些地方。"

萨姆又咬了口牛排，接着把身子往后一靠。萨姆的嗓音对十六岁的人来说莫名地低沉，而且带着一种重复的旋律。在这炎热的空气中，不难想象萨姆在篝火旁编这些故事时的样子。它们听上去过于熟练，就像露西的孤儿故事，是反复练习过的。露西感到眼睛一阵刺痛：这些是萨姆用来说给陌生人的故事。

萨姆说自己曾结识一群牛仔，并和他们一同带领庞大的牛群往北方迁移；曾与探险者们一同前往南方，去寻找一座失落的印第安古城；曾只带着一名同伴徒步攀登高峰，并从峰顶俯瞰铺陈在脚下的世界。萨姆边嚼边说，边咽边侃，露西感到某种渴望也开始在她体内蔓延。渴望那蛮荒之地，渴望那曲折得看不到头的旅程，渴望那与蛮荒一同在甜水镇消失的恐惧。渴望上路，在路上不加盐的燕麦和冷豆子就是一顿盛宴，炙热的大地让身体灼烧、清醒。不像这里，一切都井然有序得让人提不起劲，每一条街道都已被在地图上标记。

"那你接下来要去哪？"露西在萨姆说完后问。餐馆已经安静了下来，可还有一个声音在荡漾——正如一个杯子在被另一个杯子触碰后会跟着动起来，露西的心里也发出了回响。她几乎没认出来，那种感觉就是希望。"和谁一起？"

萨姆在空盘上划着叉子。"这次我要一个人走。我结伴而行的次数已经够多了。这次我计划要走挺远的，我想我可能不会再回来。所以我想——我想来和你道个别。"

露西体内的渴望愈发强烈，她害怕自己将陷入其中、无法自拔。她给自己也叫了一份牛排。她本想细嚼慢咽，但只要她的眼睛和嘴专注在肉上，她便无需与萨姆对视或说话，无需担心自己内心深处的失望显露。她用盘子挡住脸，开始舔食带血的肉汁。

萨姆把另外两个盘子也推到了她面前。露西把它们也舔得干干净净。当她吃完低头看裙子时,才发现上面已溅满了粉色的小斑点,毁了。

萨姆说:"这样很适合你。"

怒火让她清醒。这是萨姆对她又一次的嘲讽,这个彻头彻尾自私的萨姆,来镇上把她的生活搅得一团糟。她伸手去拿账单,准备将这顿饭作为告别礼物。

但萨姆比她更快。只见萨姆猛伸出一只棕色的手盖住账单,当那只手举起时,账单上留下了一小块碎金子,就像变魔术似的。

露西赶紧伸出手去盖住眼前的金子。"你是去探矿了吗?"恐惧在她心中蔓延。她望向四周,但别的客人都没有什么动静,餐馆里的其他人似乎都处于一种麻木的状态。"你知道你不能这么做。法律——"

"我不是给自己探矿。我是给花钱雇我的金矿主探矿。"

"你到底为什么要这么做?"

"你就从来没想过吗?"萨姆说话时的那种派头不见了。这是萨姆第一次因在意其他客人而轻声地说话。"遭受不公的并非只有我们,还有其他人:印第安人,棕色人种,还有黑人。我们都认为他们不该这样夺走属于我们的东西。你就不想知道那些金矿主拿着我们这些人辛苦工作挖出的金子都做了些什么?"

在这么近的距离下,露西终于看清萨姆迷人的魅力背后被她忽视的东西。那是一种混合了暴力、忿恨以及希望的东西。正是同样的东西杀死了爸。这也是露西化身为孤儿所想要逃离的历史。

"那些金矿主竟然真以为这片土地是属于他们的。"萨姆鄙夷道,"这难道不是最大的笑话吗?"

露西不知道哪里好笑。但她知道,在镇上最大的那栋房子的墙上,挂着一张镶框的契据,如果把那金框熔化、卖掉,足以养活一百户人家。萨姆可以对此感到鄙夷,但它就在那儿,在一个萨姆永远无法想象的地方。露西假装在擦裙子。她知道萨姆问题的答案,而这令她羞愧。她知道那些金子都被用来做了什么,她亲眼见过。她是它屋里的客人,穿着它的礼物,她是它的朋友并和它手挽着手,在甜水镇里穿行。

他们刚从餐馆里走出,昏暗的街上突然有东西向他们冲来,露西赶紧将萨姆往回拉。原来只是一个孩子跑过,撞到了他们的手肘。橙色的路灯下闪过孩子们的腿。他们大部分有着棕色的皮肤,衣着褴褛,正在玩老虎的游戏。

最小的那个孩子把手指弯曲成爪子的形状,在追着其他人跑。他们边跑边嘲笑他那细弱的吼声。很快就只剩他一个人,愁眉苦脸地坐在街头。

这时露西身后突然传来一阵令她毛骨悚然的咆哮。那咆哮声如潮水般起伏汹涌,直到周围的空气仿佛被撕开了一道裂缝,从令人窒息的夜色中呼出恐怖的凉气。原本在笑的孩子们都僵住了。街边一个醉汉慌忙站起身,开始敲最近的一扇门。只有最小的那个孩子还坐着,眼里充满了惊叹。

露西转过身去。她心里除了惧怕,还有别的东西。那声咆哮勾起了另一段记忆的回声。

她的身后没有老虎，只有退到暗处的萨姆。萨姆那长长的喉咙起伏着，发出低沉得匪夷所思的声音。渐渐地，萨姆安静了下来。

露西沉默了一会儿，最后说道："最近传闻说有老虎。"

"我知道。"萨姆仍在暗处，但黑暗中闪现出了坏笑的眼神。"一只喜欢吃牛肉的老虎。"

露西低头看了看萨姆的靴子。靴头是尖的，和那妇人院子里留下的第二个脚印一样。"难道是你……"

萨姆耸了耸肩。"就是我。"

孩子们都散了，醉汉也躲进了酒馆。街道又恢复了平静——但和先前又不太一样。关键的东西缺失了。没有老虎了。夏天让露西变得迟钝、愚蠢。她真傻。这里根本就没有可能出现老虎。成千上万张脸里没有一张能让她颤抖。除了眼前这张脸，可它却要再次离开。

"如果真有老虎，他们应该活不成吧？"露西说。

"他们不像我们，"萨姆像哼歌似的说道，"没有人像我们。"

露西握住了之前在寄宿公寓时没有去握的萨姆的手。那手掌变大了，变得陌生。但在衣袖底下藏着的手腕，却仍是那么娇嫩。露西摇晃着两人紧握的手，情不自禁地回忆起那旋律，那是儿时的老虎歌。

"Lao hu, lao hu。"

萨姆也跟着唱起来。两人交替唱着，此起彼伏，正如歌里那两只你追我赶的老虎。萨姆唱歌时的声调比说话时要高，近乎甜美。露西唱到自己的尾声时停了下来，等到萨姆也唱到那儿时她再猛扑出来，两人同时唱出最后一个字。

"Lai。"

安娜像被召唤似的走上前来。"露辛达？是你吗？"

安娜让街道重新喧闹起来。她拥抱着露西的脖子，哗啦啦地开始在露西耳旁倾泻话语，声响充斥着街上的每一个角落。安娜说她看到露西没事就放心了，说都怪老虎，接着便回顾起了自己当晚的经历——查尔斯如何带着她甩开手下人，两人如何偷跑去赌窟寻开心，那里又是如何地可怕、奇妙而又不可思议。

"猜猜我输了多少钱。"安娜吃吃笑着，在露西耳旁轻声说出了那个数字。

萨姆的目光在露西身后像西部的太阳一样火辣辣地盯着。露西知道萨姆会怎么想。她把自己的名字拉长了，那又如何？萨姆也曾是萨曼莎。两者都和她们父母的初衷相违。可这羞愧感又是从何而来？她希望能重回安静，希望安娜不在这儿。她想思考。

"你这位朋友是？"安娜终于想起来问道。

萨姆从暗处迈出，暴露在路灯下，安娜不禁深吸了一口气。她的目光在萨姆和露西之间游走。她像其他人那样将露西的脸进行拆解：她看见的不再是露西，而是眼睛、颧骨和头发。

"你一定是——"安娜说。

"萨姆，"萨姆利索地握起安娜的一只手，"很高兴认识你。"这么一来，安娜要再追问就不太礼貌了。萨姆露出牙齿，散发着一种顽皮的迷人魅力。

安娜哈哈一笑。"很高兴认识你。"

她们正握着手,查尔斯说道:"你是怎么和露辛达认识的?"

"谁?"萨姆故意夸张地说道,"哦,露辛达。我们刚认识。"

"你们在这儿认识的?"查尔斯看了一眼赌窟,几年前露西就是在这里遇见他的。"你是说——"

"不,"露西说,"萨姆和我来自同一所孤儿院。他们托我带萨姆在甜水镇转转。"

"这镇子不错,"萨姆说,"非常——安全。"

"这么说你们俩不是……?"安娜的目光游走着。"我们还以为——"她微笑着,露出迟疑的表情。她的目光扫了一眼萨姆松开的那只手。

一阵尴尬的沉默。头顶的路灯吱吱响着,在他们脸上投下斑驳的倒影。安娜、查尔斯还有露西,都感到了不安。只有萨姆仍咧着嘴笑着。这一切就像一场按照萨姆的规则进行的游戏。在橙色的灯光照耀下,萨姆的颧骨和深色眼睛显得更好看了。不难想象几年后萨姆会长成什么样。通过吃牛排长肉,萨姆将变成自己一直想要成为的样子。萨姆十一岁时便宣称:"等我长大了,要成为探险家,成为牛仔,成为亡命之徒。"在消失五年后,整整五年的时间里没有人或地方可以去框定萨姆,可归来的萨姆非但没有变得陌生,反而更熟悉了——萨姆更像萨姆了。

"我有个主意,"安娜为了打破沉默说道,"要不我们带萨姆去漂亮一些的街区看看?查尔斯和我正准备回家喝厨师做的热可可。

要不你们也一起来吧？露辛达，我知道你爱吃甜食。"

露西想要的是空荡荡的街道，以及萨姆咆哮过后仍在她心里不停回响的那种感觉，仿佛一条杂草丛生的窄路，带她通往一个不可言说的世界。可萨姆却接受了安娜的邀请。

骨

安娜花园里的水果装饰着冰镇的可可饮料,边上还摆着饼干、奶油以及一个装有更多糖的瓷碗。露西看到这一切,胃里一阵翻滚。她的牙也开始疼了。萨姆却一勺接一勺地吃着。

查尔斯从口袋里取出酒瓶。"这酒就像黄金一样美好。"他说着给安娜倒了点威士忌,"我的未婚妻也是。"

萨姆脖子一转,就像老鹰。

只有露西拒绝了查尔斯的酒。查尔斯不依不饶,直到安娜让他不要像个恶霸一样,他才作罢。在露西眼中,酒是一种祸根。她担心萨姆喝了酒会胡言乱语或发酒疯。可萨姆只是越发耀眼。萨姆拉紧方巾,将金黄色的威士忌顺着修长的棕色脖子灌下,讲述起自己追踪一只狡猾的银狐的故事。安娜的脸在酒后泛着红光,当萨姆讲到自己无意中发现了一个秘密洞穴时,她紧张地倒吸了一口气。

"在那个洞里,"萨姆说着把手伸进了口袋,"我找到了这个。"

一块细小的头骨端坐在萨姆手上,那骨头被打磨得发出珍珠般的光泽。安娜凑近去看。

"这是龙。"萨姆说着把那头骨滑入安娜手中。她对此表示怀疑:这头骨太小了,太圆了,再说牙齿在哪呢?"这是龙宝宝。一窝里最小的那只。"

那明明是蜥蜴头骨。只要是篷车土路上长大的孩子都能看出来,但是安娜被骗了。她的惊叹声充满了整个房间,让露西感到很不自在。萨姆向安娜身后的露西使了使眼色。

"你真的觉得他可靠?"查尔斯来到露西座位旁问道。他的酒气朝她耳边袭来,接着是他那湿乎乎的嘴唇。她赶紧躲开。酒精让他变得不注意分寸。要是平常,她知道怎么回避他,可今天她自己也不在状态。"你知道安娜的父亲对陌生人是什么态度。"

"我知道。"露西说。

"你们俩看上去可不像刚认识的。"

萨姆正在说另一个夸张的故事。安娜笑得太猛呛到了,萨姆在给她拍背。会客室里有三个人时还好,现在有四个人,一下感觉挤了。露西站起身,让查尔斯陪她去走走。

为了让女儿开心,安娜的父亲把各种各样的植物从它们生长的土地上连根拔起。大片大片的土地被洗劫来填充他们的花园。有些植物原本有名字,如今被弃用了。安娜依着自己的奇思妙想给它们重新命名。老虎百合,大蛇尾巴,金狮鬃毛,巨龙之眼——在这个充满猛兽之名的花园里,所有带刺的植物都已被修剪,它们的根部被牢牢地深埋地下。有人称赞这花园代表着成功,但他们不知道这是靠多少植物的失败才换来的。

上周满园都是盛开的鲜花,这周它们已渐渐凋零。露西和查尔斯一路踩着脚下的花瓣,来到了花园的中心。这里植物繁茂,

第四部 XX67 | 247

足以隔音。

"你不要这么鲁莽,"露西说,"再说也不是你想的那样。"在这里,有足够的空间让露西后退一步去看查尔斯,再去判断怎么才能最好地应对他。

酒精涨红了他的脸,显露出他身上那娇生惯养的幼稚一面,正是这种幼稚让他像追求一个到手第二天就会抛弃的新玩具那样追求着露西。等他和安娜结婚并同床共枕之后,他的躁动便会停歇。必须这样。在那之前,他是安娜面前的未婚夫。而在安娜的背后,他则是露西的负担。

"别教我怎么做。"查尔斯在闹情绪。有时露西会把他晾在一旁,有时则通过恰到好处的玩笑来释放他的怨气。今天他摆着一张臭脸,不从她那得到什么他是不会善罢甘休的——一点好处,一句夸赞,或瞄一眼她的脚踝。与其连着几天看他那阴云密布随时可能爆发的脸色,不如给他一点好处。考虑到她有他的秘密,他也一定会为她保密。于是她把一个真相告诉了他。

"我是萨姆的姐姐。"

"那你是承认之前说谎了。"查尔斯得意地用拳头拍了拍手,"我早怀疑你们不对劲。"

露西叹了口气。"你猜得没错,查尔斯。"

"那你和我还能继续做朋友了?"

"可以。"

"那你亲我一下。"露西在他那凑过来的脸上飞快地吻了一下。他突然扭过头,往她的嘴凑去。她猜到他会这样,闪开了。

"这样可不行。"她试着用玩笑消解他的怒气,让气氛轻松下来。"好了,乖。以后别再带安娜去赌窟了。"

查尔斯抓起花园中央的那丛植物。那是一株高大的植物,长着肥厚的五叶草。"最亲爱的母亲",这是安娜给她最爱也最嗜水的植物取的名字。尽管家里有一群园丁,她却亲自照看它。露西第一次见到安娜对着那些叶子温柔地说话时,简直不敢相信。只有如此富有的女孩,才能如此慷慨地把自己的感情倾注在一个一周便能用掉普通人家整个旱季的用水量的植物身上。也只有如此富有的男人,才能把那植物像废纸一样糟蹋。

"我是去还一笔旧债的,"查尔斯生硬地说道,"我本来想一个人去的,但你也知道安娜的性格。于是我说是帮一个朋友还的债。要是她问起来,我相信你也会这么说吧。"

"当然。我一心只希望你们俩好。"露西犹豫了一会儿才说出接下来的话,"我很期待你们的婚礼。"

她以为这些好话能平息他的怒气,可查尔斯却恶狠狠地说:"你别装得好像**现在**又在乎我的感受了。我们看见你们两个手牵手了。告诉我真相。这是你欠我的。"

在这潮湿的花园里,在众多植物拥挤的包围下,查尔斯的声音变得愈发厚重。露西哈哈一笑,试图以此稀释紧张的气氛。"我可不觉得有欠你什么。"

他一把抓住她。不是往日那种安娜一转头看就立马收起的轻浮动作。这次他把指甲嵌进了她胳膊里,他的手指底下立刻泛起了血印。"别装了。难道我送你的漂亮礼物不够多吗?难道我对你不够好吗？你总装出一副正经的样子，现在呢？为什么他可以？为什么**我**不行？"查尔斯的声音此时变得像个哭诉的孩子一样单薄。他把脸埋进露西的胸口，呻吟道："我从来没遇见过像你这样的女孩。求你了，露辛达，你不知道你对我做了什么。"

可她知道。别的男人也和她说过类似的话，往往还有一句："你是从哪来的？"不是赞叹就是愤怒，对她来说都一样。她先拨开查尔斯的手指，过了一会儿才把他的头推开。她让他停留了一会儿。她不喜欢这样，可又有一点喜欢。她对他做的，是她唯一拥有的，她不会就这么放手。安娜已经拥有了其他的一切。

"他并不是真心喜欢你。"查尔斯在露西身后喊道。她继续往前走着。"他只是想利用你接近她。其他人也是，那些裁缝、面包师还有马屁精们——他们会在意你，都是因为安娜。"

顺着她心里的污泥往下挖，嫉妒会露出锋利的钢牙。

露西转过身来。她让绝望和羞耻显露。她低下头，这样查尔斯就看不见她眯着眼睛。"你说得对，查尔斯。我以前怎么就没发现？"

露西独自回到大房子里。她按了按被查尔斯抓过的胳膊，火辣辣的疼痛感向四周蔓延。她曾被矿井门夹过同样的地方。这时她把伤口捏得更红了。自从安娜父亲上次将她赶走后，露西终于又看见了未来的希望。

机会来了。

傲慢如查尔斯，只能想象出一个小气的露西，一个嫉妒的露西，一个受到了威胁、准备向安娜编故事赶走萨姆的露西。

但露西想到的是：只要她把受伤的胳膊展示给安娜，作为查尔斯骚扰她的证据，安娜就会将查尔斯赶出门外。查尔斯会失去立足之地，轰然倒下——成为被弃之人。露西想到安娜会伤心绝望，对此她也不无心痛。但这只是暂时的。很快安娜就会被露西的笑话逗笑，抬起头来。安娜将再次发出涟漪般的笑声。安娜会和露西一起去远方搭火车。在查尔斯和萨姆都离开后，安娜和露西会有属于她们俩的冒险。哪怕铁路沿线的土地是被驯化过的，哪怕它的美是被拔掉爪子后的温柔——那也足够了。

奇怪的是，会客室的门是关着的。露西推开了门。

两人的身体靠着墙缠绕在一起。安娜发出像是痛苦的抽噎声，她的右手还拿着那颗蜥蜴头骨。萨姆抓着安娜的另一只胳膊，就像查尔斯抓着露西时那样。安娜的胳膊、胸脯还有喉咙都泛着红晕——一直红到她的双唇，上面压着萨姆的嘴唇。

露西发出了声响。

两人分开时，蜥蜴头骨掉在了地上。安娜红着脸往后退了一步，将原本完好的头骨不小心踩了个粉碎。萨姆没有脸红。萨姆在咧嘴笑。

李

安娜总把露西和甜蜜联系在一起。"甜心""甜豌豆""甜蜜的朋友"。上周安娜送给露西一箱最新上市的李子。露西看到那箱熟得皮都快开裂的水果时,心头泛起一阵恶心。

那是瘀青的颜色。

原来安娜是想起了露西小时候摘李子的故事。可那其实是萨姆的故事,爱吃甜的也是萨姆。那天露西想再解释自己更喜欢盐腌过的干李子,已经太晚了。她只好一口接一口地硬吞下那甜得发腻的李子。

露西帮安娜捧着头发时,就在想那些令她作呕的李子。安娜此时正对着雕花玻璃缸呕吐。萨姆被打发到花园去了,查尔斯也在那儿。

"嘘。"露西说。

"你一定觉得我坏透了。"安娜啜泣道,抬起头来让露西抚摸,"对不起。"

"这不是你的错。错的是萨姆。"她晚点再找萨姆算账。

安娜的啜泣声消停了一会儿,接着又变本加厉。"我不知道自己当时是怎么了。我不应该喝那么多威士忌。只不过……不过……露辛达?你有想过变成另一个人吗?"

露西的手定住了。嫉妒的钢牙在啃噬着她的心。她重新抚摸起她的头发，答道："没有。"

"有时我希望能变成**你**。"

露西紧咬舌头。盐的滋味。

"我愿意用一半的财产换取行动的自由，而不是到哪都要被爸爸管着。你想去哪儿都行，没有人在意。只要你想，明天就可以和萨姆一起离开甜水镇。你真**幸运**。"

如果萨姆不是已决定要独自上路的话。如果露西不是已知道会被拒绝的话。她本想告诉安娜，但查尔斯在她心里挖出的嫉妒仍在撕咬着她。于是露西说："那我们交换吧。我留在你屋里，你可以远走高飞。"

安娜露出勉强的微笑，又擤了擤鼻子。"你的笑话真让我感到安慰。我知道自己是在犯傻。这一定只是婚前的焦虑罢了。对了，查尔斯在哪？"

露西说："我有些事要告诉你。"

她把三年前在赌窟外遇见查尔斯和他的所作所为都说了出来。她露出胳膊上的抓痕，娓娓道来，但也隐瞒了一些事——比如有一次查尔斯趁她不注意时吻了她，她也曾回吻了一会儿，当时她的心都要跳到了嗓子眼。她不想让她的朋友受太重的伤。一点皮外伤，出一点血，证明她体内流淌的并非只是金子，也许这就够了。

安娜没有像听老虎的传闻时那样一惊一乍。她的眉头微微一皱，很快就摊平了。

"我原谅你。"安娜说。

露西目瞪口呆。

"爸爸提醒过我,嫉妒会让人做出反常的事。没有必要在我面前编造查尔斯的坏话。亲爱的,结婚以后,我们的生活里还会有很多留给你的空间。"

露西被噎得几乎说不出话来。"我不是——我并不是想——"

"再说了,"安娜又发出了她那涟漪一般无忧无虑的笑声,"查尔斯哪里会看上**你**?"

露西感到嘴里一股金属味。她仍紧咬着舌头。

安娜对着她微笑。

露西可以解释,可以尖叫,可以把血淋淋的舌头吐到地毯上,可安娜仍然只会看到自己愿意看到的事。安娜认为老虎只是宠物,或者是用来和契据一起挂在墙上、两眼无神的漂亮装饰。那契据让他们一边宣称对土地的占有,一边糟蹋土地。安娜希望在她身边的是一个顺从的露西,坐在他们火车车厢的第三个座位上,穿着他们给的衣服,舔着他们给的可可饮料,睡在他们的床边,甚至可能要允许查尔斯在夜里对她动手动脚。安娜想要的是一个被驯服的、没有威胁的东西。安娜眼里的老虎和露西眼里的老虎是如此不同,正如两人眼里的查尔斯是如此不同。

安娜对露西的故事不屑一顾也没错。她根本不用担心查尔斯。有她的手下和她父亲的金子保护,她是无法触碰的。

露西往后退去,直到肩膀碰到了会客室的门。她把一只手放到了门把手上。

"过来吧，亲爱的，"安娜说，"没什么好生气的。"

露西低头看了看自己。白色的亚麻连衣裙领口高得包住了喉咙，这是当时流行的样式。蕾丝紧紧束缚着她的两肋。背后列着三十颗纽扣，如果没人帮忙，至少要十五分钟才能解开。除非……她往后背伸出一只手，使劲一扯。

贝母扣被扯得四处散落，撞在门上发出悦耳的声响。

露西脱下被扯坏的裙子，接着又脱下了高跟靴。她穿着直筒式的宽松长内衣站在门口，比刚才矮了三英寸。她一下就觉得变凉快了，空气也不那么沉重了。安娜来看看吧：两人不一样了，她不再是安娜可怜的倒影。露西变回了自己，光着脚，和刚来甜水镇那天一样。

露西跑下楼梯，往花园跑去。她的脚砰砰踩在地上，正如她的心怦怦直跳。花朵划过她的脸颊，花粉让她透不过气，五叶草扯乱了她的头发。她再也不烫鬈发了。"Lai。"她一边寻找萨姆，一边在这些恶心的绿植的包围下喊道。她希望这些植物全部死于干旱。她想要朴实的干草地。

黑暗中出现的那张脸显得恶狠狠。可在看见露西那衣衫不整的模样后，萨姆愣住了。

"你换发型了？"萨姆眯着眼问，"这样很适合你。你又像从前的你了。"

露西早前曾被此激怒，现在她才明白，萨姆这句话是赞美的意思。这时一阵沙沙声传来，露西吓了一跳。"你看到查尔斯没？"

"我们聊了两句。他跑了。这地方我待腻了。我们能走了吗?"

露西强打起精神,说:"你难道不想——先和安娜道个别?"

"不是很想,"萨姆走开了,声音在树叶间传播,"我以为她会更有趣些,毕竟她家这么有钱。可她实在太没劲了。"

露西笑得直往萨姆的胳膊上撞去。她紧紧抓着那只胳膊和那坚实的后背,她靠在萨姆的红衬衣上,笑声凝结成了打嗝声。曾经两人就是这样紧挨着坐在内莉的背上闯荡世界。萨姆警觉地问道:"什么事这么好笑?"

"你知道吗?"露西说,"她想把老虎的爪子拔了。"

"白痴,"萨姆哼了一声,"我希望她不介意连着七代人被诅咒。这是个什么地方?他们难道不知道——"

"——那些故事吗?他们一个都不知道。我们回……回我寄宿的地方吧。"

她差一点就要说:"回家吧。"

风

回去的路上，萨姆在镇上废弃的水泵附近停留了一会儿。往常的人群今晚都散去了，只剩下水泵把手转动的吱吱声，水流的汩汩声，以及萨姆把拳头放入溪水时发出的嘶嘶声。萨姆指关节上有一个深色的污渍，在水流的冲刷下逐渐淡去。

黑暗中难以看清那颜色。露西摸了摸萨姆衣袖上方一块小一些的污渍。她把湿了的手指放在鼻子上闻了闻，一股金属味。

是血。

"不是我的血，"萨姆让她放心，"我只是让他的鼻子出了点血。"

"你说你只是和查尔斯聊了两句。"

"他说你的坏话。我是在保护你，"萨姆抬起下巴，"我没做错。"

"你不能——"露西欲言又止。可萨姆就是这么做了。萨姆就是这么一个不屈从于世界的规则，反而将规则扭曲的人；一个来到镇上，化身成不可思议的老虎的人。"我希望你把他的鼻子打断。"

萨姆没有被这句狠话吓到，接着说："那个女孩也不是你的朋友，明白吗？不管她多有钱、多漂亮。"

"我明白。"露西小声说道。

"我希望你交其他朋友时,不会也这么糊涂。"

"这个你不用担心。"露西感到筋疲力尽,直接在湿漉漉的石板上坐下了。她的裙子被一点点打湿。她伸开双腿,往后躺去,用一只手盖住了眼睛。她没有看到,却能感觉到萨姆弯下腰,犹豫了一会儿,然后也躺下了。两人一度陷入了沉默。

"难道你在这里都不觉得腻吗?"萨姆说道。露西一下僵住了,但那种刺痛的感觉很快消失了,因为萨姆接着又说:"难道你都不觉得孤单吗?"

这一整天都热得令人窒息。此时露西却感到了一阵微风。那是来自西部的风,是诞生于海岸、属于丘陵的那种风。他们可以想象自己正躺在高高的黄草地上看星星。星星最好的一点在于,你可以把它们想象成任何样子,编任何故事。更好的是,你身旁的人眼中的星星完全可以是另一个样子。

露西坐起身。"你下次冒险把我也带上。"

"那会很艰苦。"

"我已经休息五年了。"

"你的脚看起来太娇嫩了。"

"你试着穿一下三英寸高的靴子,就不会这么说了。"

"如果你来的话……想回头可不容易。"

"为什么?"

萨姆说道:"我的目标是去大洋彼岸。"

他们去露西的公寓准备拿行李时，发现一个穿黑衣的男人正在门廊处来回踱步。

"不用管他们，"安娜在露西因第一次见到她的手下而不知所措时说道，"爸爸和他的朋友们雇手下只是为了防身，他们不会伤害你的。他们不会伤害任何人——至少不会伤害好人——我看他们最多不过是把醉汉推到一边，或者催欠债的人还钱。他们不过是高级一些的跑腿小弟。你看好了，我现在就叫他把茶给我端上来。"安娜哈哈一笑，因此露西也跟着笑了。

这些沉默的手下在露西眼中渐渐变得不易察觉，就像传闻中他们的枪一样隐蔽。除了吓唬人，她确实也没见过他们做更过分的事。但这个人有点不一样——这时她突然意识到，她从来没见过哪个手下在没有安娜命令的情况下单独出现。这个人怪异得就像一个没有本体的影子。

那人转过身来。萨姆赶紧把露西拉回拐角处，一只手牢牢捂住了她的嘴巴。

"肯定是误会，"露西小声说道，试图安抚萨姆，"安娜不会——肯定是搞错了。可能她只是让他来传个口信。"跑腿小弟。"我去和他聊聊。"

萨姆口中冒出一连串压低了声音的陌生词汇。露西只听懂了最后一句骂人的话。"Ben dan。他不是安娜派来的。"

露西正准备开口反驳萨姆，突然听见了那人的脚步声，是如此精准且不带任何感情。她体内沉睡已久的那部分苏醒了，终于反应过来：这人是在捕猎。她看了看萨姆袖子上那冲不掉的血渍。

"你是说，他是查尔斯派来的？"

萨姆甩给露西一个熟悉的眼神。她曾经用同样的眼神去看萨姆——那是被一个不懂事的孩子惹毛后的眼神。

"这可不是什么争风吃醋的事，"萨姆说，"他是来找我的。"

现在露西真的感到了恐惧。来自往日世界的风继续吹着。那是一个危机四伏的世界。

"可为什么——"

"他觉得我欠了一笔债。"

安娜说过，有时这些手下会被派去收债。露西松了口气。"仅此而已吗？那把钱还了就行。我有一些积蓄——"

"不。"萨姆低吼道，吓了露西一跳。萨姆的声音里带着强压的怒气，就像一个紧握在身后的拳头。她终于相信萨姆晚餐时说的那些故事都是真的了。她能在萨姆身上看到牛仔、登山者以及矿工的身影，一种让她感到陌生的冷酷。"我不欠任何债。你别管了。只要我独自离开镇子，你就安全了。"

"可是**为什么？**"露西可以一直问下去，但无济于事。萨姆绷紧了下巴，一如既往地固执。这些年萨姆一点没变——即便在又矮又胖的小时候，萨姆也常常固执得一言不发。

露西的目光转到萨姆那红肿的指关节上。它们标志着萨姆的勇气。今晚，有些东西变了，无法再回头：萨姆手上的伤，查尔斯鼻子上的血，还有安娜。风吹拂着，仿佛在问露西："你的勇气在哪里？"

她的心猛烈跳动着，但是萨姆听不见。露西强挤出微笑，把头一甩。"我管它安全不安全。这个镇子很安全，那又如何？我要跟你一起走。"

"你不明白。这不是闹着玩的。会——"

"会是一场冒险。再说了，如果你被人关进债务人监狱什么的，也需要有人救你出来。"

这句话她是当玩笑说的，可萨姆的目光始终紧盯着那个手下，他的脚步越来越近。萨姆似乎随时准备冲出去。

"求你了。"露西说，"我不在乎什么债务。只要你不想说，我就不再问。我们**走吧**。"

"你的东西怎么办？"

"只是身外之物而已。"露西边说边意识到确实如此。她想到散落在安娜家地毯上的那三十颗贝母扣，它们撞在门上时发出的声音就像轻轻敲打的爪子。"家之所以是家，靠的是什么？"

她觉得，无论如何，这句话总能让萨姆露出微笑。

血

在离开甜水镇足够安全的距离时,萨姆停下了脚步。他们从昨晚一直走到了今早。露西的脚果然像萨姆预料的那样起泡了。她两眼干涩,半睡半醒地想着自己的羽绒床垫。她想休息,想吃东西,可萨姆却在小溪旁蹲下,伸出双手去掏泥巴。

"现在可不是玩作战颜料的时候。"露西在萨姆往脸上抹泥巴时说。

"这是为了遮盖我们的气味,以防有狗追踪。"

露西昨晚在黑暗中做出的决定,迎来了早晨的考验。云朵在头顶疾驰。没有高楼遮蔽的天空,将她彻底暴露。这是一片脱离了框架、不受契约束缚的土地,它是巨大的、呼啸的、无法控制的。她任凭风和天气的摆布,不再如昨晚那么勇敢、狂热,而是感到渺小、疲惫、饥饿,以及被阳光暴晒后的眩晕。萨姆在出了甜水镇后,脚步越发放开了,而她只能匆匆跟在萨姆身后。

五年来,露西不断将自己掩埋,让自己沉入甜水镇缓慢的生活中,就像一头陷入流沙的蠢骡子,直到快溺亡时才反应过来。反观萨姆,在四处游历之后,已愈发接近自己理想中的样子,学会了如何奔跑,如何生存,如何逃离猎狗追捕,以及如何辨别心怀恶意之人。

"你现在还能回头。"萨姆说。

露西瞪了萨姆一眼，把双手甩进泥巴里。一股熟悉的气味包裹着她，让她想起矿区的水。她曾满腹牢骚地咽下那些水。如今她深吸了一口气：这是她自己选择的泥巴，也是她自己选择的生活。她已无法再逃避更残酷的现实。

她问道："那年在银行，你真的是故意射偏的吗？"

"不是。"

"那你为什么骗我？"

"我怕我说了你会离开我。"

这次轮到露西说："对不起。"光说似乎还不够。她想起萨姆在寄宿公寓时是怎么做的，于是也伸出了一只手。"搭档？"

她半开玩笑问道，可萨姆那张长大的脸很严肃。萨姆的手顺着露西的手掌往上，握住她的手腕，把手指搭在她的静脉上。露西也把手指搭在了萨姆的静脉上。她等待着两人的血液慢慢平复，她们的心跳变得一致。让一切重新开始。

"我保证不会离开你。"露西说。

"我现在知道了。只是——"萨姆咽了一下口水。"我曾经以为你也会跑掉。因为你和她长得太像了。"

"谁？"虽然没有风，露西脑中却响起一阵怪异的呼啸。她的手脚变得冰凉。她放开了萨姆。

"我本来想告诉你的。很多年前，在河边的时候，爸和我说了。我觉得也应该让你知道。妈抛下了我们。"

露西笑了。她装不出无忧无虑的笑声，只能硬挤出几年前那种"哈哈哈"的假笑。萨姆开口想说些什么,可露西用双手捂住了耳朵,往溪流下游走去。

露西独自往水里扔着石头。当她扔累了停下时,水中的倒影又让她重新开始。

她长得像她。

露西几年前就知道,爸在那场暴风雨过后成了行尸走肉。但现在她才知道是什么杀死了他:不只是威士忌,也不只是他肺里的煤尘,还有妈在他心里留下的那个溃烂了三年的伤口。

"对不起。"她说。就算爸的鬼魂听见了,它也没有回应。

"美貌是一种武器。"妈曾说。"不要心怀亏欠。"妈曾说。"我的聪明孩子。"妈曾说。"富有选择。"妈曾说。妈在拆分金子时,把这个家也拆分了。露西想起曾藏在妈胸口的那袋金子。当那两个胡狼搜到那袋子时,它已经空了——可它原本是装着金子的。

露西真是蠢钝,晚了八年才反应过来。胡狼来的那晚妈曾从那袋子里抽出一块手帕按在嘴上,之后她的半边脸就肿了。那晚她再没有张开嘴。那肿块没多久就消了:那是一个聪明女人藏在脸颊内的金块。胡狼们从未找到露西的金块,而那金块买一张船票绰绰有余。

这么多年来,露西把妈的爱像护身符一样背在身上,靠它抵御生活的艰辛。现在它却成了重担。难怪萨姆一直不告诉她真相。露西把头埋进了两个膝盖之间。为什么萨姆现在又要告诉她?

就在她低垂着脑袋,感到血液在她的两耳之间涌动时,她突然想到了妈的木衣箱。那箱子多沉啊,可萨姆却独自把它扛到了内莉背上。萨姆也背负了爸的爱的重担——而那天露西却没有帮萨姆扛。她本应该帮忙扛的,本应该坚持的,本应该留在萨姆身边的——不只是那天,还有五年前在河边时,还有今天。她本应该一直陪着萨姆的。她站起身,往水中扔了最后一块石头,将倒影打破。那只是水而已。她沿着来时的路往回跑去。

她差点没赶上。萨姆已经在收拾行李了。

"我还以为——"萨姆开口道。往日的自责,往日的愧疚,往日的秘密和往日的幽灵又再泛起。如何才能埋葬它们呢?

露西从萨姆的背包里取出一把匕首,问萨姆能否帮她把头发剪了。

露西背对着萨姆跪下时,感到了害怕:并非害怕匕首,而是害怕她自己。过去的几年里,她那原本又粗又硬的头发就像妈说过的那样,终于变得柔顺而光滑。万一她也变得像妈那样虚荣、那样自私,怎么办?

她闭上眼睛不去看它。随着一大片头发落地,她感到脖子周围一下空旷了。一种轻盈感。

她开始看到,在爸追求的世界和妈想要的世界之间,另有一个地方。爸的世界是失落的世界,注定让现在和未来都失去光彩。妈的世界则狭隘得只能容下一人。但有一个地方,一片几乎是新的土地,也许露西和萨姆能一同前往。

萨姆剪到一半停下了。"还要继续吗？我看不清了。"

天彻底黑了。胡狼之时，迟疑之时，已经过去。露西记不太清现在是属于哪个动物的时辰。

"接着剪。"

萨姆剪完后，露西站了起来。她感到头顶如释重负。最后一撮剪下的头发从她腿上滑落。她想起来了：这是蛇之时。她的头发软趴趴地落在地上，远没有她曾以为的那么重要。她正要把它踢开，萨姆拉住了她。

萨姆开始挖土。

露西反应过来后，也跟着挖起来。妈的话不算错，也不算对。美貌是一种武器，是一种会扼杀其使用者的武器。它曾害了萨姆，也曾害了露西。她们把妈希望传给两个女儿的闪亮的长发埋进了墓中。在把土填平之前，萨姆投下了一枚银币。

露西早早醒了。她猛地伸出一只手捂着头，往溪边走去。

她的头发被剪到耳朵往下一英寸的位置，四周一样长。这不是男人的发型，也不是女人的发型，甚至不是小女孩的发型。这个发型就像一个倒扣的碗。这是露西和萨姆五岁之前的发型，在她们开始留女孩的辫子之前。

她笑了。她的倒影也跟着笑了。她的脸看起来不一样了，下巴显得更刚毅了。这是一个孩子的发型，性别特质尚不明显，有无限的成长可能。她明白萨姆的用意了。

露西摇晃着新发型，开始准备早饭。萨姆的背包里有肉、马铃薯、果干和一些糖果。还有两个惊喜。

第一个惊喜，是一把手枪。那枪和爸的太像了，露西差点没拿稳。她伸出手，比画着手中的枪，惊讶地发现它握起来是如此顺手，让她感到平静和安心。她小心地把它放了回去。

第二个惊喜，她用来做早饭了。

萨姆看到喂马的燕麦被煮成粥时皱了皱眉头，但也没有抱怨。两人分享着那没有味道的糊状物。

"我又在想大洋彼岸的那片土地了。"露西在两人吃完饭后说，"家之所以是家，靠的是什么？给我讲一个能让我继续做梦的故事吧。"

如果露西是个赌徒，她会打赌两人的血液正以同一节奏跳动。

"那里有高山，"萨姆犹豫片刻后说道，"但和这里的高山不同。我们要去的地方，高山温柔而青翠，古老而朦胧。高山周围的城市，遍布着低矮的红墙。"

萨姆的声音变得抑扬顿挫起来。就像一个原本密不透风的房间，突然打开了窗户。有一次，安娜给露西看了一件她父亲送给她的乐器。那是一件开头很细、末尾像一朵花那样打开的管乐器。乐器上有按键和开孔。露西吹出的第一个音符非常刺耳，就像火车汽笛。后来安娜摆弄了几下按键，又拔出一个落了灰的塞子，这时再吹出的音符就变得高亢而又清澈，非常动听。萨姆的声音也是一样，被打开了。

"他们的提灯不是玻璃的，而是纸做的。因此他们的街上总是泛着红光。他们把辫子留得很长，男人也不例外。他们也有野牛①，不过体形小一些，被驯化来运水。而且他们也有老虎，就和我们的老虎一样。"

萨姆此时说话的声音高亢而甜美。五年强硬的伪装下的那个孩子，如今浮出水面。

"你为什么要伪装？"露西说。

萨姆咳了两声，又用力拉了拉方巾，接着用再次变得低沉、沙哑的声音说道："这就是我的声音。不这样那些男人就不会严肃地对待我。"

"但这样真的很可惜。你不应该被迫伪装自己——肯定不是所有的男人都这样，还有好的……"

"一个好的都没有。"

"和你一起旅行的那些男人呢？那些牛仔、冒险家们，还有我们之前遇见的那个山民。"

"在他发现真相之后，他也是一样。"

"萨姆？"

"他不过是对我做了查尔斯想对你做的事，"萨姆耸耸肩，"男人对女孩做的事。我不会再犯这样的错误了。"

露西记得那个山民是如何饥渴，以及他打量她的身体时，那让她感到像被针扎了的眼神。她拍了拍萨姆的肩膀。如果说萨姆在谈到那片新土地时打开了一扇窗，那么现在那扇窗已经关上了。萨姆突然起身去收拾早饭，以掩盖自己的颤栗。

---

① 北美野牛和中国的水牛英文均为buffalo。

"反正也无所谓了,"萨姆边说边把锅碰得叮当响,"我们要远走高飞了。这些年来我四处奔波,一直在寻找可以定居的地方,却始终没找到合适的。我花了好久才想明白原因。我已经做好准备,要去一个属于我们自己的地方。不是一个需要我们处处提防的地方,不是一个偷来的、属于野牛或印第安人的地方,也不是一个被人糟蹋殆尽的地方。这一次,我们要去一个没有人质疑我们能买下它的地方。"

萨姆解开红衬衣最上方的几颗扣子——能瞥见萨姆狭窄的胸口上绑着绷带——接着取出一个钱包,将里面的东西倒出。

萨姆的秘密,和他们家的所有秘密一样,是金子。

有的像萨姆在甜水镇时用来付账的碎金子一样大。有两块和露西多年前发现的金块差不多大。还有其他各种大小的金子。萨姆的金子买两张船票绰绰有余。对大部分人来说,有这些金子就意味着拥有幸运。可露西知道没那么简单。

"这些金子是哪来的,萨姆?"

"都和你说了,是我工作换来的。"

可他们工作了半辈子,身上至今还留有老茧和蓝色的煤斑。那些印记和伤痛,是半辈子的工作换来的。

"萨姆,我知道我说过不再多问,可这件事……我必须问清楚……"

萨姆扭过头去。不——萨姆是突然缩紧了身子,仿佛挨了一记巴掌。山民带来的颤栗仍未平息。抛开装束不谈,此时的萨姆比以往任何时候都更像妈:坚强的外表下暗涌着哀愁,就像看不见的地下河流。难道露西通过提问造成的伤害还不够多吗？她把话咽了回去。不管萨姆现在长多高了，她看见的只有萨姆的软肋。那遮盖着细嫩的喉咙的方巾，那藏着秘密口袋的裤子，那不管多热都把扣子扣得老高的衬衣。萨姆只能靠着衣服来掩饰自己，看上去是如此不堪一击。

于是露西选择了沉默。她们再次出发时，萨姆的双手已归于平稳。她们让那个问题深埋地下，正如抛在身后的那两个墓穴。只要她们走得够远，这一切又有什么关系呢？到时，这片土地，以及她们如何离开这片土地的故事，都将成为历史。

金

最后一次向西行。一样的高山，一样的山口。

接着便是丘陵，成片的丘陵。

她们倒着走当年的路线。那些金矿区，那些煤矿区，像变了又像没变，正如她们自己。

旧矿区像断了的串珠那样散落在草地上。她们比上次走得快。也许是因为这次她们抛下的东西不同，也许是因为她们的腿变长了。也许是因为这一次，她们是在奔向自己想去的地方。家之所以是家，靠的是什么？骨头，草地，被烈日炙烤得边际发白的天空——这一切熟悉又陌生，就像翻阅一本多年前读过的书：书页乱了，纸张在经年累月的日照下褪色，里面的故事也变得和记忆中有所出入。因此，每一个早晨都同时包含着已知的和意外的风景：一个冒烟的矿，一个只有一个十字路口和两个男孩在晃荡的镇子，白色的骨头，一个烧成灰烬、留有老虎脚印的镇子，另一个有着一高一矮两个女孩的十字路口，一条被阻塞的溪流，又一个十字路口，一个叹息的草地上的坟堆，一条发黑却仍在流淌的溪流，一个歌唱的草地上的坟堆，那里也许埋着什么，一个野花生长并覆盖了破碎的土地的矿区，又一个十字路口，又一个酒馆，又一个早晨，又一个夜晚，又一个她们眯起的眼睛被汗水刺痛的正午,又一个十字路口,又一个黄昏,风儿吹过哭泣的草地上那没有标记、也许埋着东西的坟堆时,似乎在窃窃私语,又一个十字路口,又一个十字路口,又一个十字路口,金子,草地,草地,草地,金子,草地,金子——

也许这次走得快,是因为萨姆偷的那两匹马。一匹叫"姐妹",另一匹叫"兄弟"。当时萨姆急匆匆拐进商栈,又急匆匆出来了。她们骑了半天的路程后,露西才发现萨姆的钱包仍是鼓鼓的,没有任何变化。

"这本来就属于我们,"萨姆策马在风中喊道,"这是我们应得的。"

露西连着咒骂了几句。草儿围着她们,点头表示同意。她明白萨姆的意思。她们怎么可能心怀亏欠?她们怎么可能还怕违反法律?那如此狡诈的法律,千方百计地扭曲自己,只为狠咬她们一口。不如像萨姆那样,自己来制定规则。无论如何,她们要走了。

金子,草地,金子,草地,金子,草地,金子,草地,金子。

也许这次走得快,是因为她们在逃离追捕。地平线上热浪翻滚,大地仿佛在准备飞升。剪短后的头发拍打着露西的两颊,阳光照得她几乎睁不开眼:她只能看到一些轮廓,并不完全真实。眼角处那是一辆篷车?一个人在招手?一个黑影?正眼一看,什么也没有。萨姆一只手按在枪上,眯着眼寻找穿黑衣的追债者。她们曾两次与印第安人不期而遇。萨姆下马与他们交谈后得知,他们被逐出了家园,也在寻找新的居所。露西做了一件妈绝不会做的事：她害羞地和他们打招呼，并跟在萨姆后面，与他们一起分享少得可怜的食物。是的，他们伸入炖锅的双手饱经风霜、满是尘埃，可如果说露西最初有所犹豫，那么她很快就发现，自己的手也没有多干净。他们疲惫的脸上，有着一种熟悉的困顿和希望并存的神情。她也一起吃了起来。

还有些时候，明明只有她和萨姆两人，她却听到了风中传来孩子们玩耍的尖叫声。鬼之所以是鬼，靠的是什么？一个人能被自己的鬼魂纠缠吗？

金子，草地，金子，草地，金子，草地，金子，草地。

也许这次走得快，是因为萨姆在篝火旁讲的那些故事。萨姆的冒险故事不再总一帆风顺，而是一天天地接近真相。萨姆说，南方沙漠曾有一个男人被"龙蜥蜴"咬了，伤口溃烂最终浑身发黑而死——刚死时那尸体就像已经死了几个星期之久。又说，那些男人是如何洗劫他们找到的那座印第安古城，打碎罐子，在坟地上小便，而萨姆又是如何在悬崖缝里发现了某种白色的花，晚上开花时将整个营地的人都香醒了。又说，在北方时，他们曾遭遇冰雪暴，一半的牛群当场被冻住了，在茫茫大雪之中，有些男人发疯了，光着身子跑出去，有些男人在雪地里画出美丽的图形，而还有些男人叫萨姆"中国佬"。萨姆偶尔也会提到帮金矿主做的工作，这份工作让萨姆学会了探矿的新方法，即用武器将丘陵炸得粉碎，也让萨姆结交了黑色、棕色和红色皮肤的男人和女人，并学会了他们部落和土地的名字。不过，讲述到这些与金矿有关的故事时，萨姆就会变得脸色阴沉、目光游移，仿佛仍在因爆炸的巨响而心有余悸,最终话音渐弱,开始大口灌威士忌。

金子,草地,金子,草地,金子,草地,金子。

也许这次走得快,是因为两人比露西记忆中的还要相像。像变了又像没变。有一次露西的裙子破了,萨姆拿出针线的速度比拔枪还快。露西很欣赏萨姆脖子上那块方巾的巧妙针法,不仅盖住了喉咙,还让衬衣上的纽扣不会弹开。萨姆虽然不屑穿裙子,却很注重衣着,每拨动一下针线仿佛都在说:"别人怎么看你,就会怎么对你。"同时露西也开始学习捕猎的技巧。她会毫不害臊地把内衣高高撩起,因为没有人能看到,然后追着兔子、松鼠和山鹑到处跑。有几次她还套上了萨姆的裤子。只要她跑得够快,就能摆脱自身的重量,就像在河里漂浮时曾感受到的那样。她们捕了好多野味,只吃优质的深色肉,而把瘦肉留给胡狼。她们身后常会响起感恩的嚎叫声。

她们慢慢谈论起抵达大洋彼岸后要过的生活。两人就像玩扑克似的,在漫长的牌局接近尾声时,终于战战兢兢地把梦想摆上台面,要摊牌了。露西想住在一个只需要与风和草说话的地方。萨姆则想到闹市去冒险,品尝鱼的味道,和商贩砍价。"你难道还没被人看够吗?""可到了那边,他们并不只是**看我**。他们会真正**看见我**。"

金子,草地,金子,草地,金子,草地。

也许这次走得快,是因为萨姆教的那些用来打发时间的赌博游戏。萨姆对靠运气赚钱的这种喜好,本该引起露西的担心。但她决定把往日的担忧先放在一边。她学着玩扑克和下棋,学习如何把牌凑近胸口同时往前探身，以让对面的男人把注意力放在她的胸上而不是牌上。

金子，草地，金子，草地，金子。

也许这次走得快，是因为野牛。前一刻她们还在骑马，下一刻半边天就黑了。她们在阴影之中抬头望去，就在那儿：仿佛一部分丘陵挪动到了她们面前。它会呼吸吗？连风都静止了。这古老生物的毛皮边缘颜色已变浅，棕褐色的身躯仿佛镶上了金边。它的蹄子比露西的手还宽。露西举起手来对比，并一直高举着向它致意。之后野牛开始移动，呼出草地的芳香气息，它的毛皮轻掠过露西的手掌。在露西身旁，萨姆也伸出了一只手。野牛从他们身旁走过，再次与颜色、形状都与之相同的丘陵融为一体。"我以为它们已经灭绝了。""我也是。"

金子，草地，金子，草地。

也许这次走得快，是因为脚下的土地变得愈发熟悉：每个早晨醒来，丘陵的模样都愈发接近露西梦中的样子。有一天她们正走在一段篷车土路上，露西突然像肚子上挨了一拳，预感到下一个拐角的景象：一片岩层露头，阴影处有野蒜，一条溪流的弯头，她曾在那儿发现一条死蛇。

露西下了马，让萨姆步行跟着，一起走到一座小山丘顶上。萨姆一路流着汗骂骂咧咧的。到了那儿，她让萨姆抬头看天。云开始围绕着两人旋转。曾经有人这么教露西，是怕她迷路。如今露西这么教萨姆，只是为了欣赏它的美。随着萨姆的不耐烦逐渐变成惊叹，大地也随之变幻。像变了又像没变。

金子，草地，金子。

也许这次走得快，是因为露西感到了一种近乎于爱的悲伤。虽然这片枯黄的丘陵地里产出的只有痛苦、汗水和错付的希望，可她熟悉它。她有一部分的自我在此埋葬，部分在此失散，还有部分在此寻见和诞生——她有太多的自我属于这片土地。她感到胸口一阵疼痛，仿佛有一根探矿杖在她心头拉扯着。大洋彼岸的人虽然长得像她，但他们不会知道这片丘陵的形状，不会知道风吹过这片草地时的声响，不会知道泥水的滋味——这一切塑造了露西的内心，正如她的眼睛和鼻子塑造了她的外表。也许这次走得快，是因为露西已经开始缅怀这片即将离开的土地。

可她还有萨姆。

金子，草地。

也许这次走得快，是因为萨姆的不安在催促着她们前行。萨姆有两副面孔：一副大胆地咧着嘴笑，一往无前；另一副则焦躁不安，眉头紧锁，四处张望。这第二个萨姆会欲言又止地看着露西，就像一个男人在他害怕进入的房间门外徘徊时的样子。"怎么了，舌头被老虎扯住了？"① "没什么。"这第二个萨姆听到一点风吹草动，比如她们的马在夜里休息时发出的响鼻声，就立刻紧张起来。这个萨姆坐着睡觉，并且睡得很少。这个萨姆刚走进酒馆没多久，就会睁大眼睛跑出来，说后面坐着的男人不对劲。那是

---

① 英文里有时会用 "Has the cat got your tongue?（你的舌头被猫扯住了？）" 来问一个人为什么不说话，出处不详。

一个秃顶的胖男人，看上去并无恶意。等到萨姆不再会因为一些话而害怕、颤栗时，露西一定要问问萨姆，为什么要过得如此小心翼翼。不过这些话可以等她们上了船，置身于辽阔的大洋中时再说。那时她们将有无数的时间，来学习一门新的语言，一门还没有伤害过她们的语言。

金子。

盐

西部的尽头，到了。这片土地像一记挥向大洋的拳头，人们在上面建立了一座巨大的镇子，大到有些人称之为"城市"。

这片土地和露西见过的所有土地都不一样。迎接她们的是大雾缭绕的朦胧世界。海岸成了一个潮湿、灰色的梦。一切柔软而又坚硬。野花，被风吹弯的柏树，脚下的卵石，头顶的海鸥，还有露西一开始以为是野兽咆哮的巨响——直到萨姆告诉她那是海浪拍打峭壁的声音。

不一样的不只是这里的土地，还有这里的水。萨姆带着露西下到潮湿的海岸边，徒步在沙滩上穿行。大洋是灰色的，在雾的笼罩下，显得丑陋。使劲看能看到一点蓝色和绿色，以及远方的一丝阳光。这片海水大部分时候与美丽无关。大部分时候它只管肆意拍打峭壁，直到它们坍塌，将那些未加警觉的生物拖入死地。海水侵蚀着码头的柱子，让木头向其屈膝。海水并不映射倒影。它就是它自己，无边无际的海平面。

雾钻进了露西的嘴里。她舔了舔，又舔了舔：咸的。

"一直以来，"她对萨姆说，"一直以来，我竟以为自己属于甜水镇。"

以后她就会知道生活在西部的尽头有多艰难。有时海洋会夺去一条生命,有时大雾会遮挡灯塔的光。大多数时候致命的是丘陵本身。这座城市共有七座山丘,每隔几年,它们会像狗抖落身上的跳蚤那样,抖落丘陵上的房子。以后她就会知道,海沫之下掩埋的枯骨比野牛骨更难以计数。以后她就会知道,当大雾散去,阳光将是如何猛烈而又清澈。

她们越接近城市,萨姆越紧张。着急赶路的她们早早到了——她们的船要第二天早上才开。

这天剩下的时间在她们面前摊开。灯光在雾色中闪烁,露西想起萨姆讲过的这座城市的故事:像豪宅的赌场,男人装扮成女人、女人装扮成男人的表演,迥然不同的音乐,还有美食。

"还有时间,"露西说,"我们去吃点东西吧。"

萨姆皱了皱眉头,接下来肯定会说她们要小心,别引人注目。

"哎呀行了,"露西劝诱道,"我们总不能一整天都躲在黑暗的角落里吧。再说雾这么大,没人会发现我们。"她伸出一只胳膊进行演示,指尖消失在雾中。"看见没?我们去尝尝海鲜炖汤吧?我想吃点热的。或者洗个热水澡。"

"你真的想洗澡?"

露西没想到,让萨姆动摇的竟然是这件事。赶路时她们只能在浑浊的溪水中清洗身体,而萨姆每次都只洗上匆匆数秒,仿佛怕被打湿似的。露西甚至没见过萨姆的裸体。

露西点了点头。她感到这个简单的问题底下还有一个问题。空气中的秘密像海盐一样刺鼻。

"我们不该这么做。"萨姆说着,脸上却忍不住露出了渴望的神情。一路上带头不断努力前行的萨姆,已经越来越少流露出自己的柔情。"不过——"

"我们也该歇歇了。"露西把一只手搭在了萨姆的胳膊上。

萨姆的头猛地一甩,不完全是点头。接着萨姆调转马头朝一个山谷奔去,那里雾色浓重得仿佛一碗冒着热气的牛奶。露西急忙跟上。

大雾环绕着她们。潮湿的风轻抚着她们的头发。低地世界窃窃私语,如转瞬即逝的旧梦,断断续续地回忆起自己:一座房子上写着"571",一颗弹珠在树干上闪耀,黄色的花朵靠在蓝墙上飘摇。一扇裂开的门。一声渴望关注的猫叫。一辆等待的马车,车夫蜷缩着在睡觉。一扇点亮的窗户,凝结着水珠。一个孩子的脚踝,不知往哪里逃。

萨姆在一座红房子前停了下来。那房子很长,长到在雾色中看不到头。那是一座奇怪的房子,没有窗户,除了一扇高高的门,看不出其他特征。萨姆转头望向露西,不是眯着眼的审视,而是近乎恳求的目光。

"记住,是你要来的。"萨姆话音刚落,门开了。

以后露西会试图回忆这第一眼。那红房子是如此富丽,如此无穷无尽。染成深色的木地板,长长的帘子和地毯,还有为了不让烛光照到天花板而在低矮处摆放的蜡烛。正如在雾色中看不到房子外部的尽头,在暗淡的烛光中也看不到房子内部的尽头。屋里没有窗户,却传来一阵窸窣声。

没有窗户，但有姑娘。

七个姑娘靠着远端的墙站成一排。每个姑娘身后的墙上都画着一个方框。她们看上去就像故事书里画的公主，带着镶金的画框。她们的裙子——

露西往前走去。她从没见过这样的裙子，就连安娜那些来自东部的杂志上也没有。这些裙子不是用来走路、跑步、骑马、坐下或保暖的，而只是为了美。离她最近的那个姑娘简直像从历史书里走出来的。仿佛一幅庄严的插画，底下配着文字："最后的印第安公主"。一样的庄严，一样雌鹿般的眼睛，一样勇猛的脸颊，一样乌黑的秀发。她头戴羽毛、身披鹿皮，露西不禁想伸手去摸一摸。

屋里有一种苦涩而又甜蜜的沉闷气味。这种气味在一个一身黑衣的女人向她们迎面走来时更浓了。她弯下腰去亲吻萨姆的脸颊，因为她身材高大，并且穿着宽下摆的伞裙。在这座房子里，在这个女人周围，仿佛永远是边界模糊的胡狼之时。

女人叫了声："萨曼莎。"露西惊讶地发现萨姆并未因此生气。两人亲密地一边交头接耳一边走远了，留下露西一个人看着那些姑娘。

印第安公主边上，是一个有着像南方沙漠来的巴克罗那样深色皮肤的姑娘。她纤细的腰身上穿着一件刺绣白裙，露出她棕色的肩膀。接着是一个白皮肤的金发姑娘，有着兔子似的粉色眼睛。她的裙子比露西的内衣还薄，薄得露西都脸红了。接着是一个肤色比墙还深、闪着蓝色微光的姑娘。她的脖子上套满了尊贵的金颈环。接着是一个有着浓密的小麦色头发、扎着两条辫子的姑娘,她的脸颊像苹果一样粉嫩,她的眼睛仿佛知更鸟的蛋,她的脚边放着一个奶桶。这些姑娘全都一动不动。要不是她们的胸口轻微起伏着,简直让人以为她们都是雕像。再接着是一个——

"她们都很漂亮,是不是?"高个女人说着走到了露西身旁,"姑娘们,给客人秀一个。"

七朵裙子齐刷刷绽放开来,但她们脸上没有任何表情。

"她们让你想到什么?"女人问。

她那强势的语气让露西无法抗拒。也可能只是因为她身上散发出的气味。露西和她讲了妈书里的那些故事,还有书上画的那些公主。

"你果然像萨曼莎说的一样聪明。我叫艾斯柯。你也来一个吗?"

"我想洗个澡。"露西说。

艾斯柯露出了一个非常勉强的微笑。她让露西挑一个喜欢的姑娘。姑娘们又转了一圈。只要,艾斯柯说,露西出得起钱就行。

这时露西懂了。这个地方也许看上去富丽,可它和甜水镇酒馆楼上的那些房间并无不同,只不过那里能听到火车的汽笛声,那里的床会吱吱作响。黑暗遮盖了露西的脸红。她趁萨姆再次和艾斯柯商量着什么时,退到了一旁。萨姆带着一个姑娘上了楼。露西庆幸这一次萨姆没有回头看她。

露西边等边打起了瞌睡。一阵叮当响吵醒了她,是一个姑娘给她端来了一盘食物：有面包、肉干，还有一碗菜叶，上面摆着一朵奇怪的橙花，咬起来脆脆的、甜甜的，又有点像木头。

那是一朵用胡萝卜雕的花。

多年以前，露西曾烧水帮萨姆清理身上的呕吐物。当她在萨姆的裤子里发现那根胡萝卜时，萨姆看她的眼神中充满了恨意。那根胡萝卜后来被换成了石块。现在替换石块的又是什么呢？露西不知道。可在楼上的某个房间，一个陌生人解开了萨姆的方巾，让萨姆的喉咙尽显。一个陌生人脱下了萨姆特别缝制的衬衣和裤子。一个陌生人把萨姆的秘密暂时放到了一边。一个陌生人，比露西更了解萨姆。

露西在萨姆上楼前无意中听到了一些她们讨价还价的内容：选哪个房间，时间多久，哪个姑娘，还有价格——几乎要花掉萨姆四分之一的金子。萨姆撒了谎。洗什么澡会这么贵？

露西迈着大步朝方框中的姑娘们走去。她见她们仍旧站着一动不动，便一把抓起离她最近的那条裙子。裙子撕裂的声音在一片寂静中像尖叫般响亮。那些美丽的脸庞纷纷转向她，第一次失去了老练的镇定。迎接露西的是愤怒，还有侮辱、恐惧、嘲笑和轻蔑。这些姑娘在她进门时像在看她又像没看到她。这时她想起萨姆在路上时说的话：被看和**被看见**是有区别的。

她举起被撕下的那块布料。她要见艾斯柯。

艾斯柯的私人房间很朴素。两把椅子、一张桌子，没有蜡烛，但有灯。还有好多书，一直堆到天花板。露西从没见过这么多书。

"萨曼莎说过你不好惹,"艾斯柯在露西拒绝坐下后说,"我们这样的人一般都这样。"

"我可不——"

"我是说和金子打交道的人。这座城市到处是这样的人。这些场所就是为富有钱财和欲望的男人建的。他们追求最好的餐厅、最好的赌场和最好的烟馆,做着最美的梦。我最早也是最大方的投资人就是金矿主。他们在那方面的思想非常开放。他们只关心价值。"

"告诉我萨姆在这里都做些什么?"

"萨姆和我说过你很会读书。你能读懂这个吗?"

艾斯柯从书架上取下一本书,露西想都没想就接了过去。蓝布封面上点缀着白花。书页皱巴巴的。大洋的记忆从书页中渗出:海水。

露西打开了它。

第一页没有字,只有一些奇怪的图案。她翻了翻:更多的图案,但小了很多,像字一样井井有条地排列着。这时她意识到,这些**是**字。每一个图案都是一个字,有直有勾,有点有线。她的目光停在了一个她认识的图案上。妈的老虎。

这时艾斯柯把那本蓝书又拿了回去。

"这书你是从哪得来的?"露西已经忘了生气。

"这是一个客户拿来抵账的。有些信息就像金子一样值钱。因此,对于你的疑问,我可没有无偿解答的习惯。但我可以和你交易。"

露西犹豫后点了点头。

"说点什么，"艾斯柯探过身子，"用你和萨姆的家乡话说。说什么都行。"

露西没有告诉她"我们是在这里出生的"。真话满足不了艾斯柯脸上的贪婪。她知道这个女人在她身上看中的价值是什么，那也是查尔斯看中的——只因为她与他们不一样。她说了一个最先想到的词："Nü er。"

艾斯柯叹了口气。"多么美。多么宝贵和稀有呀。"她把头往后仰去，露出喉咙。她的表情近乎猥琐。接着她才又挺直了身子，说："萨曼莎曾为一个金矿主工作过，据说还挺成功。后来他们好像闹翻了，不过我没细问。许多金矿主现在还是我的客户，我不喜欢掺和到他们的恩怨里去。我告诉你，成百上千的人花钱来我们这儿找姑娘。这些姑娘个个价值不菲，且都受过很好的教育，包括绘画、诗歌还有谈吐等。你知道竖琴吗？这个地区仅有的一架竖琴在我这儿。我的姑娘们都很可爱，也很有修养。她们价值连城，可不是普通的——"

在这封闭的房间里，原先那股气味更浓了。艾斯柯的声音像潮汐般起起落落，让人昏昏欲睡。这一切就像一个魔咒。而要打破魔咒，唯一的办法就是记起自己的愤怒。

"妓女，"露西打断道，"你想说她们不是普通的妓女。我不是你的顾客。有什么话你就直说吧。"

"很好。你问我萨曼莎在这里都做些什么？萨曼莎在这里要求的服务只有一项，那就是洗澡。"

艾斯柯一脸得意。她早知道这笔交易不公平。她给到露西的信息就像一个被掏空了的盒子——里面的内容露西早就有了。萨姆不会隐藏。萨姆一直都是萨姆。

露西觉得自己像个傻瓜,转身要走。

"我曾经是一位老师。"艾斯柯温柔地说。好奇心让露西留了下来。"萨曼莎说你曾经是一个优秀的学生。请允许我问一个老师会问的问题——之前你为什么说我的姑娘们让你想到了书里那些故事?"

"她们都很木然。"露西又看了眼那本蓝色的书。如果她的回答能勾起艾斯柯的兴趣,也许她能再看它一眼。她想到那些姑娘们静如止水的脸,虽然相貌各异,却又如出一辙。"她们让我想到了书页。"或者清水。露西在自己的倒影里也曾看到过那样的表情。

她等待着,期盼着,接着艾斯柯又问了一个问题。

萨姆回来时精神很好,但也警惕地绷紧了下巴。这一次露西微笑着直视萨姆,直到萨姆不好意思地回以微笑。

"下次再见了。"艾斯柯吻了吻萨姆的脸。

当艾斯柯也去亲吻露西时,那股气味前所未有地强烈,仿佛那女人将其咀嚼并吞咽了。那苦涩而又甜蜜的气味,混合着艾斯柯的体温,让她整个人散发出一股麝香味。露西终于认出了那气味。那和妈木衣箱里的味道太像了。那是远方的记忆,在很久以前。也许艾斯柯的客人不仅带来了那本书,也带来了那香味?

"不管是不是和萨曼莎一起,你都要回来。"艾斯柯在露西耳边说道,萨姆则在一旁好奇地看着,"别忘了。"

但是风和盐将她们冲刷干净。当她们抵达港口时,露西的鼻子里只剩下了海洋的气味。

一艘又一艘的船在底下铺开。

露西这一生都把船想象成某种奇幻之物。她听说帆是船的翅膀,海岸会像被魔法召唤般浮出水面。因此她从未质疑过船的真实构造,正如她从未质疑过龙、老虎和野牛。她从未预想过船会是这个样子:宏伟,但是平凡。

"船之所以是船,靠的是什么?"她问。她自己大声喊出了答案,一遍又一遍,像个孩子那样,踮着脚来回晃动:"木和水。木和水。**木和水**。"

金

脚下湿滑，码头在摇晃。露西想象着自己被抛进灰色的海水中，从港口的底部往上看：海草在飘扬，密密麻麻的鱼儿把光都挡住了。

露西和萨姆踉跄着向船长要两张票时，已经落了下风：船长站得很稳。他数了数她们的钱，然后看了看她们。艾斯柯说得没错：这座城市只会看一个人有多少价值。

"等你们钱够了再来。"

萨姆脸色一沉。"我上个月才问过你价格。"

"海上无常。修理费很贵。"

萨姆把钱包掏空了。最后那部分金子原本要用于今晚过夜，以及到了大洋彼岸后的住宿。可船长仍是摇头，并把那袋金子扔回给了萨姆。一个金块掉到了码头上，萨姆赶紧去捡。船长此时已望向别处。露西顺着他的目光看到岸边有一个高大的身影。那人很可能也想坐船。除了钱，她还能提供什么？

这时她想到了：她有故事。

她脚下一绊，顺势抓紧船长的胳膊来保持平衡。她笨拙地往后退着踩到了自己的裙摆上，将胸前的衣服拉紧。

"对不起，"露西说着跟跟跄跄地撞向船长，"这是我第一次见到真船,简直头晕目眩。我从小就梦想着能坐一次船。这艘船实在太宏伟了,是不是?"

她热忱地望向那艘船。当她把目光转回到船长身上时,并未完全收起那份热忱。她说自己害怕海洋,希望有一个强壮又老练的男人来带领他们。她又说自己乐于帮忙,会做饭,萨姆的力气也很大。"我们可以帮忙干活。"她微笑着说道,然后等待着,让他的目光在她的沉默中徜徉。

艾斯柯的姑娘们并未真正震撼到她。她见到的东西并不新鲜,而是她老早就明白了的。早在甜水镇时,不,还要早得多,在某个遥远的会客室门前,她从自己最早的一位老师那里就学到过:"美貌是一种武器。"

岸边那个身影已经远去。

最后,当露西提到她们的马时,船长终于给了她两张船票。票是湿的,但上面的字迹很精美。有人已经细心地给那些字镶上了金边。

在沿着港口走了一段路后,萨姆一拳打在了艾斯柯给她们的那袋食物上。

"今天她多收了我钱,"萨姆说,"该死的女人,她总是知道怎么给人施压。不然我们也不用那样讨价还价。"

露西耸了耸肩。她在想那本蓝色的书,以及到了那边后,她将怎样能有更多那样的书。她把一条肉干扔给萨姆,然后开始咬自己那条。萨姆拧着肉干,直到把它拧断。

"她有没有教你要这样拧?"萨姆问。

露西慢慢地嚼着肉干。"她教我的不过是大部分女孩原本就知道的事。不过她也不完全是个坏人。你知道吗……她还向我提供了一个工作机会。"

萨姆露出了惊骇的表情。

"不是那种工作,"露西赶紧说道,"不是像其他姑娘那种。她想让我讲故事。和男人说说话就行,别的都不需要。"她没告诉萨姆,艾斯柯还补了一句:"除非你还想做点别的——那会有额外的收入。"

她以为萨姆会大怒。但萨姆却垂下了头。

"我第一次去的时候,她也向我提供了类似的工作机会。"萨姆非常小声地说道。露西知道萨姆又想起了那个山民。

"Bao bei。"露西刚开口,又打住了。现在不是温情脉脉的时候。不是去揭旧伤疤的时候。她把手猛插进了硬邦邦的面包里。当她撕下一块面包时,指甲里全是面包屑。"之前发生的事根本不重要,好吗?一旦我们扬帆起航,这一切就会像——像——"久远的应许涌上她心头。甜蜜而又苦涩。"像一场梦。我们会在彼岸醒来,到时这一切就会像一场梦。"

"你真这么认为?"萨姆的声音依然微弱,"我们之前做的一切都没关系吗?"

露西盯着手中的面包,它已经半馊了。她们应该逼自己吃下去。她们应该为仅有的一点食物感恩。可是。可是。

她把面包丢进了大海,激起的浪花比她预想的大得多。一群海鸥立刻俯冲过去，但抢到面包的却是一条跃起的大鱼。那鱼的身长甚至要超过露西。如果从水里往上看的话，它足以遮挡住太阳。

她们的船明天正午起航。在那之前，还有一个漫长的夜晚。萨姆的口袋里只剩几枚硬币，不够吃饭，也不够住宿。最后一次在野外过夜，这座城市的丘陵将她们包围。

最后一夜，她们成了游魂。她们一半已经在船上了，已去往那个将被她们称为家的朦胧之地。还有一半，消失在了码头的雾色中，从人世间的沉重中解脱：失去的金子，失散的五年时光，两枚银圆，爸的手，妈的话。那晚她们达成了共识：从前的事已成过眼云烟。雾色让一切变得朦胧。只有硬币在叮当作响，那是她们坐着玩赌博游戏的声音。

多年以后，露西仍会在心头回味这一夜。一段私密的历史，只为她自己而写。

陆续有人加入了赌局。所有人的脸都在雾色中变得模糊，因此没有人问"你是谁？你从哪里来？"。这些生活艰苦的男人女人，肩膀熟悉地耷拉着，身上混合着汗水、威士忌和烟草的味道。那是工作与绝望的味道。但又有希望。那潮湿的码头上，有多少希望在闪耀呀。

那一夜，没有人说话。这座城市有一种语言，叫叮当作响。她们的硬币开启了赌局，她们的运气让她们继续下去。露西坐在圈内，萨姆在她身后。露西伸手去抓盖着的纸牌时，有一种沉重的感觉,召唤着她的手,拖拽着她的心,就像有一根探矿杖在牵引着她,一次又一次抓到对的牌。她闭着眼睛,脚轻拍着地面。她已不在码头上,而是行走在清晨的金色丘陵上,那是在几年前,最好的那些年,那时爸的手中还握着探矿杖和满满的希望。不管他们走多远,妈烧饭的炊烟总指引着他们回家的路。爸教她要等待被拽住的感觉。因为金子是沉重的,她心里也要有一个沉重之物,才能召唤它。"想想你觉得最悲伤的事。不要告诉我。把它埋在心里,露西丫头。让它生长。"露西坐在赌徒中时就是这么做的。萨姆把双手搭在她肩上,将自己的重担也给了她。两人都是探矿人的孩子。"你能感觉到它在什么地方,露西丫头。你就是能感觉到。"她们吞下过悲伤,也吞下过金子。两者都未曾离开,反而在她们体内生长,给她们的发育提供养分。那一夜,它们召唤着纸牌。露西抓的每一张牌都是对的。别的赌徒一个接一个投牌认输,无话可说。他们就像在墓碑前致敬。他们在雾色中看这两个陌生人,因为看不清脸,反而看见了。可以说这是幸运,也可以说这是某种阴魂不散。

夜晚结束时,她们赢的钱堆起了一座小山。

在未来最艰难的日子里,露西会想起:至少有一个夜晚,她们让丘陵留住了金子。

一束银光将露西唤醒。有那么一瞬间,她仿佛回到了十二岁那年,那晚的银色月光曾照耀在老虎头骨上。"家之所以是家,靠的是什么?"

她抬起头，一张纸牌从她脸上滑落。银光来自昨晚赢的一堆银币。萨姆在码头上挨着她打呼噜。除了停泊的船只，港口上空空荡荡。离正午还有几个小时。露西看着萨姆嘴角的唾沫泡，露出了坏笑。她探身去戳那泡泡。

震天动地的一声巨响。

码头被轰开了一个洞，一个不规则的木嘴，饥饿的海洋在底下翻滚。萨姆急忙起身，但一条腿陷进了口子里。露西惊叫着去拉萨姆，差点掉下去，最终还是将萨姆拉了回来。

雾已消散。天空换了模样。阳光猛烈而又清澈。码头尽头出现了两个男人。一个身材高大，穿着黑衣，拿着刚开过的枪。那把铮亮的枪在阳光下如此耀眼，露西不禁心头一紧。她总算看见传闻中黑衣人携带的枪了。安娜曾说这是谣言——可有些东西是安娜这样的人不会看到的。

萨姆没有去看那个手下和他的枪，而是看着从那人身后缓缓走来的身影。那是一个年长的男人，缓慢、肥胖、秃顶。他一身白衣。唯一的色彩出现在他的脸颊上，在他戴着的金戒指上，低垂在他的马甲上。

"有什么事可以商量。"露西对那个手下说。

根本没有人理她。胖男人从马甲里取出一个沉甸甸的金怀表。他敲了敲表盘，目光越过了露西，直勾勾地望向萨姆。"昨晚我的人告诉我你回来了，你知道我有多高兴吗？我们现在把账结清吧。"

她们昨晚赢的硬币在白天失去了光彩，上面覆盖着火药，污秽不堪。在金矿主说出的数额面前,那些硬币变得无足轻重。

露西大笑起来。

金矿主终于看向了她。这慢悠悠的目光,仿佛全世界的时间尽在他的掌控中。他看向她那剃短的头发,那肮脏的内衣,最后看向了她的喉咙。他的目光将她肢解。他没有微笑也没有皱眉,没有解释也没有恐吓。她终于明白萨姆为什么在酒馆里看到秃顶就跑了。这个金矿主是块密不透风的磐石,求情是没有用的。

因此当露西再次开口时,她决定用钱说话。她用昨晚赢来的钱,换取了与萨姆独处的一点时间。

当那两个男人退到港口的另一边后,露西握紧了萨姆的脸。

"你都做了什么,萨姆?"

"我只是拿回了他们从正直的探矿人那里夺去的金子。我们有一个共同的团体,大家都同意了。"

金矿主说的数额足以买好几艘船,好几个煤矿,远远超过露西原先的想象。

"你用那些金子买了什么?"她们可以拿它作为谈判筹码。不管萨姆买了什么,肯定比让萨姆在码头上血溅当场要有价值。

"我没有买什么。"

"你把金子藏起来了?"一丝希望燃起。萨姆可以带金矿主去藏金子的地方。然后露西再好好给他们道个歉,也许还能补救。她们会错过今天的船,但就算要再等一个月,甚至一年,船总还会再有。她们可以在城里工作。露西可以接受艾斯柯的提议,去她那里讲故事。她们总能凑合过下去。

"那是纯金,非常重,没法带着。"萨姆抬起下巴,变得激动起来。"我和其他人分了一部分,就是你之前看到的那些。然后我有了一个主意——把剩下的金子抛入大海,大家都同意了。我们把它交还给这片土地去守护,不过我们留下了一些痕迹。"萨姆的脸上又闪过往日的坏笑。"我们每个人都刻了一块金子。有人刻了自己母亲的名字,有人刻了古老的河流名,还有人刻了自己部落的标记。我刻上了我们的老虎。那块金子要过许多年后才会被冲上岸。也许到时它会被某个像我们一样正直的人发现。也许那时的情况会有所改变。无论如何,那时金矿主肯定已经死了。而那块金子将会带上印记,会**属于我们**。"

"你也属于这里,露西丫头。永远不要让他们告诉你不是这样。"

萨姆忍不住在码头上笑得前俯后仰。"他会像野牛那样,死透了!"

不管如何讨价还价,不管想什么聪明的计划,都已无法让那些金子失而复得。可她们还是得努力尝试。露西说:"我们可以再争取点时间。我们可以——"

笑声停下了。"他们已经杀了我的两个朋友。他们还杀了内莉。我逃跑时他们开枪打死了她。"萨姆提到内莉时有些凝噎。"这可不是闹着玩的。不要这么幼稚了。他们会杀了我的。不过只要你不大吵大闹,他们应该会放过你。"

"要是你早就知道——"露西哽咽了。"要是你早就知道他们这么可怕,为什么还要冒险大老远跑去甜水镇?你几周前就可以

第四部　XX67　｜　295

独自乘船走了。"

固执如萨姆是不会回答的。萨姆只是看着露西,用眼睛说话。在沉默中,露西想起萨姆在甜水镇时问的那个问题。"难道你都不觉得孤单吗?"她一直说萨姆自私,结果只想到自己的人却是露西——她都没有问过萨姆是否孤单。

她在赌博时学会了什么时候该放下手中的牌认输。她不再继续追问。她本可以问萨姆,为什么一定要独自背负重担,为什么不在还有机会的时候告诉她,为什么要这么骄傲,这么固执。但这一切都是萨姆的一部分,就像方巾和靴子。萨姆是靠着不同的准则生活的,并且决不妥协。萨姆可以在获得财富后又将其抛入大海。露西放下了她的愤怒,她的恐惧。留下的只有旧日的疲惫,那种长途跋涉后最终抵达一间破房子的感觉。

这时最后一个值得一问的问题浮出水面。"你为什么要去洗澡?"

萨姆耸了耸肩。露西猛地拽下萨姆的方巾,底下露出的皮肤是如此娇嫩,比别的地方要白两个色号。而正是这让她差点落泪。"你原本很讨厌洗澡。告诉我为什么,萨姆。"

"她会看我。她的名字叫蕾娜塔。她们从不去看那些花钱和她们上床的男人。你知道吗?她们不会吻他们,或真的去看他们。可她在给我洗澡时会看我。她看见了我。以像样的方式。"

露西闭上眼睛试着去看见。

她看见萨姆在闪耀。

七岁的萨姆,穿着裙子,扎着辫子,在闪耀。

十一岁的萨姆，失去亲人，满身尘垢，仍在闪耀。

十六岁的萨姆，在这长大后的身体里，仍如此坚定。

她看见了金子。不是萨姆丢弃的，而是另外一种。这些丘陵，这些溪流，全都在闪耀。无论历史如何，它们的价值都胜过金属。这个地方失去的太多。被盗取的太多。可这片土地在她们看来仍是那样美丽，因为这也是她们的家。萨姆当时是想以自己的方式，给这片土地一场像样的葬礼。

这一切露西都能接受。死去的丘陵，死去的河流。只要能救萨姆，她可以一枪打穿最后一头野牛的心脏。

萨姆不能有事。

在露西的一生中，萨姆从未暗淡。那是她不能看见的：一个没有萨姆的世界。

露西睁开了眼睛。她重新系好方巾，将萨姆最柔软的部分再次隐藏。

"让我试着再和他单独谈谈，"露西说，"我是聪明的那个，你忘了吗？我会想出办法的。"

金

　　她独自和金矿主讨价还价。

　　他们先故意提一些对方不可能接受的条件。

　　她提议，日落时把债还清，只要他放她们去取金子。

　　他提议，把萨姆的皮扒了，做成披风。

　　她提议，宽限到明早，债务双倍奉还。

　　他提议，把萨姆的手脚打断，扭成一团。

　　她提议，两人当场来一局扑克，输了就还他三倍的债。

　　他提议，把萨姆那谎话连篇的舌头割了，让她吃下去。

　　她提议，把自己的忠诚、才智和干净的双手献给他。

　　他提议，把萨姆的双手剁了，当成项链戴在脖子上。

　　她提议，作为探矿人的女儿，她将用自己对这片生养了她的土地的知识来为他服务。

　　他提议，在这片土地上挖两个深不见底的坟墓，没有人能找到她们。

　　接着，他们沉默地坐着。一种熟悉的沉默，仿佛老朋友之间交换着彼此都听过的故事。她打量着自己的手脚和身体，仿佛第一次看见它们。"永远要问为什么，"她想起有人这么和她说过，"永远要清楚他们到底想要从你这得到什么。"

金矿主当即接受了她接下来的提议。他仿佛比她自己还要早知道她会这么提议。用艾斯柯的话说，他看见了她的价值。

在原有债务的基础上，露西用与之相比微不足道的代价，为自己又买了撒谎的权利。

她独自和萨姆在船的影子下见面。再过几分钟就到正午了。再过几分钟船就要起航了。

她告诉萨姆，她和金矿主达成了约定。她会为他工作，类似于秘书，做一些算术和书写历史的工作。过上一两年，最多三年，她就能把债还清了。之后她就乘下一班船去找萨姆。

萨姆高扬起下巴，固执的萨姆——

只有一个办法了。

露西回忆起过去的岁月，然后一巴掌打在了萨姆脸上。海鸥在猛烈而又清澈的阳光下尖叫着四处飞散。它们的翅膀投下阴影，让萨姆的脸颊和双眼蒙上一层暗色。海鸥飞走后，那印记却还在。露西是从最厉害的人那里学到的：如何转动身体，如何挥舞手掌，如何压上自己全身的重量，压上健康的那条腿和糟糕的生活，是的，以及那像淤泥一般积压在腹部、最终变得像金子一样沉重的悲哀——如何将这一切重量都压在那一个巴掌上。接着如何怒吼，并用语言摧毁一个人，让那个人感到渺小而愚蠢。"你以为你比我聪明吗？我才是他需要的那个人。你一点用都没有。走吧。你这个废物。"如何再轻抚一个人的脸。"Bao bei。"

这时她发现，比手掌上火辣辣的刺痛更伤人的，是看见眼前的那人在你伸出手时害怕得往后退的样子。她不禁想，当萨姆登上船后，是否每次再想起她都无法摆脱这一巴掌的阴影。

当露西被金矿主的手下押着走进那扇红色的大门时，艾斯柯一直在观察她的脸。艾斯柯听着那个手下向她解释他们之间还债的约定。这一次，艾斯柯没有向露西提问，而是去摸她。

用力地摸。艾斯柯的手使劲往下压，透过露西的皮肤去感受她骨骼的形状。她薅起露西的头发用力一拉，撕开她的嘴唇露出牙齿，就像在检查一匹马。艾斯柯侧着头喃喃自语，又猛拽了一下露西的歪鼻子。艾斯柯不再是温柔的老师——那不过是她的一个谎言，逼真得让露西相信了。

"她算合格吧，"艾斯柯最终对那个手下说，"当然，我要抽一部分提成。而且我们得等她把头发长好。"

在等待露西把头发长到肩膀的三个月里，艾斯柯改写了露西。艾斯柯给她选了一件绿色的裙子，露西的肤色在故事中不再是黄色，而是象牙色。裙子的口开得很高，以凸显她修长的腿。艾斯柯从书本中寻找灵感，不是那本她读不懂的蓝书，而是旅行者们用她自己的语言写的书。这些书再加上她从露西那摘取的妈的故事里的只言片语，艾斯柯编织出了一个新的故事。那里有倒好的茶和轻快的言语，有低垂的目光和温柔的甜蜜。那个故事有别于露西自己的故事，正如愚人金有别于真金——可这些都不重要了。

有一次，露西提起了艾斯柯最初的提议。艾斯柯甚至懒得微笑。"那是之前，而且是我们两人之间的事。现在这笔交易的条件可不一样。"

三个月过后,露西的头发盘成了圆髻,迈进了属于她的方框里。

她站在墙边时想起了自己和萨姆之间有过的所有愚蠢的争论,一个相信历史,一个相信故事。那时的露西还太年轻,以为真相是唯一的。她默默道了一声对不起。

她还债的速度快得惊人。这不难。几年前,她就已挖好了一座坟墓,现在她把过去的萨姆和露西一点一点地丢进去。她所有柔软的、腐烂的部分。

她只留下能作为武器的部分。

这是一份简单的工作。所有男人的渴望,都是一样的渴望。男人指着她时她就让自己变得木然。有人想要一个会倾听的妻子。有人想要一个能教导的女儿。有人想要一个能抱着他们的头、摇晃他们身体的母亲。有人想要一个宠物,一个奴隶,一座雕塑,一次征服,一次狩猎。他们只看见自己想看的。

在她学会如何回应他们的目光后,一切都更简单了。他们的脸模糊成了几张相同的脸,就像一副扑克牌里会重复出现的花色。有些人是查尔斯,对这些人她会挑逗、纵容;有些人是利老师,对这些人她就装成学生;有些人是需要奉承的船长;有些人是需要认同的山民;有些人,有些人,还有些人。他们的欲望就像篝火旁的故事一样老套。直到有一天,她已可以预判他们的每一句话,每一个动作,一张嘴,一投足,都不出她所料。

在她的鼻子被打断后，一切都更简单了。她曾误读过一个男人，立马被打出了鼻血。可她没有像艾斯柯那样哀号，而是开始反思自己的言行，当时应该要顺着他往前，而不是躲着他后退。下一次她会更聪明。没有人可以说她没有长进。

她鼻子断的部位正是多年前的那个部位。但这一次鼻子长直了，将她过去的痕迹彻底抹去。艾斯柯对此惊叹不已，在之后为露西编的故事里，她把"幸运"也加了进去。露西的头发缠上了金箔。选择她的男人越来越多了。

她欠的债越来越少。

在有一次她认错人后，一切都更简单了。小眼睛，高颧骨，她一度满眼看见的都是自己，直到她看见他那犹豫的脚步和疲软的下巴。她搞错了。不过她还是一边慢慢帮他脱去衣服，一边观察着他。她把头凑近，听他说话，这是新的声音：不是查尔斯，不是老师，不是水手，不是金矿主，不是山民，不是矿工，不是牛仔。不一样的声音。一个新的可能性。当他在梦中喃喃自语时，她颤抖着把耳朵凑近他的嘴唇。那些她听不懂的话语，于她是一种安慰。

那人是坐船来的，同船的还有数百个像他这样的人。这些人有着和露西一样的脸，他们经常选她。"幸运。"艾斯柯再次说道。因为金矿主重启了某个废弃多年的工程，那是一条大铁路线的最后一段，将把西部地区和其他地区连接起来。他用船从大洋彼岸运来了一批批的廉价劳工，全是男人。

露西一度对他们要更温柔些。她对他们的语言了解甚少，正如他们对她的人生了解甚少。因此,她可以随意书写自己的故事。"我今天感觉很棒。"她这样回应那些她听不懂的话。"你怎么知道红色也是我最喜欢的颜色?"有一天,一个男人花钱来洗澡。只是洗澡。"哦。"她一边倒洗澡水一边说,"我早该猜到你在你们国家是一个王子。"她用肥皂擦洗着他的后背,他那宽阔的肩膀,接着——不知怎的,她亲吻了他的头发。他抬起头来看了她一眼。他张开口,她的心怦怦直跳。她确信,虽然他们有着不同的语言,但她一定能明白他接下来要说的话。

可他却把自己的舌头伸进了她嘴里。他打翻水桶和脚蹬,肥皂水洒得地毯上到处都是。当艾斯柯带着手下来郑重提醒他额外服务需要额外收费时,露西身上已经留下了不少的淤青。他边吐口水边骂骂咧咧,最后湿淋淋地被人拖出去,就像变了一个人。这时露西意识到:尽管他的头发、眼睛让她感到熟悉,可他和其他人并无不同。他不过是另一个查尔斯,另一个山民。

她久久地坐着看水排干。她感到自己也在被抽干。她开始明白,即便身在长得像她的那群人中,她仍可能是孤单的。

在那之后,一切都更简单了。

船来了一艘又一艘,铁路越建越长。为了开路,丘陵被夷为了平地。西部的干草被连根拔起,随风飘扬。关于沙尘暴的传闻开始甚嚣尘上,尽管露西在红房子里看不见、闻不到也不会吸入那些沙尘。而这一切,都是为了服务那条贯穿大陆的大铁路。

在最后一根枕木被敲下的那天,她听见欢呼声响彻了全城。一颗金色的道钉将铁轨固定在大地上。一幅画被画下,作为历史的见证，可画上没有一个长得像她的人，那些建造了铁路的人。

多年前那个山民曾说，这个国家没有人能完成那条大铁路。最终也确如他所说。

那天，露西声称自己病了。她躺在床上，双目紧闭，试着唤起往昔的景象：金色的丘陵，绿色的草地，野牛，老虎，河流——试着回忆起她每天重复的故事以外的任何一个故事。这些景象如海市蜃楼般忽隐忽现，她一靠近就消失了。她尽可能长久地注视着它们，希望在它们消逝前加以缅怀。

火车杀死了一个时代。

在艾斯柯送了她一件礼物后，一切都更简单了。与其说是送，不如说是露西赚来的。十二个月的努力工作，换来一把装满书的房间的钥匙。整整两天时间，露西坐着阅读、搜索，脚敲打着地面，目光在书页上飞驰。尽管她并未离开红房子，但曾经的漫游又在她心中蠢蠢欲动。她阅读着一段又一段的历史，不同的大洋彼岸，不同的领土：丛林密布的山丘，冰天雪地的高原，沙漠、城市、港口、山谷、湿地、草原，还有不同的人民。而记录下这些广袤而遥远的土地之人，与她认识的那些男人无异。甚至还有关于这片土地的历史。那是一本落满尘埃的书，拙陋的封面上显眼地写着一个老师的名字。她寻找着他承诺过的那一章，却只找到寥寥几行文字，她在其中被简化成了某种粗鄙的、几乎无法辨认的东西。

两天过去，她双眼模糊，书上的字也变得模糊。她把书都放回了书架，感到四肢麻木。她沉沉地睡了一个没有梦的觉，之后再没回过那个房间。她的怀疑已得到了验证：哪怕有新的地方，新的语言，却已没有新的故事。世上已无荒野：没有一片土地不曾被人踏足。一而再地踏足。

她不再试着去阅读那本蓝色的书。再去读它已没有意义。

许多个月过后，那时她的债已还清，金矿主躺在她的床上一边给手表上着发条，一边说要送她一样礼物。什么礼物都行，他说，就好像他有多么大方，就好像他不是已经榨干了她的价值。

他问她想要什么。

她最先想到的，是一面镜子。她想看看自己——不，看见自己。她觉得自己的鼻子很陌生，正如她那张消瘦而平静的脸。她再也无法像一个发光的女孩那样美了。她的美只能是女人的美，是那种会让某些男人看后心痒得像吊着一根探矿杖似的美。她剪了头发，可那头发又阴魂不散地长了回来。她回头看了看，但那里并没有人。那白色的脖颈，是她自己的。那完好无损的脸，也是她自己的。现在已没有人能伤害她。她的身体已变得不朽。更确切地说，她已经在那么多男人的故事里死了那么多次，她已不再畏惧。她已成了一个住在这身体里的幽灵。她想知道自己还能否死去。

金矿主第二次问她，想要什么。

过去的那个词到了她嘴边。她有一年没说过那个词了。她试着回忆大洋、船只、星星果、灯笼以及低矮的红墙，试着想象自己也能拥有这一切。可故事书里的画面已被她认识的男人们的脸所取代：过于靠近，过于清晰，他们脸上的纹路、痘痕和残酷。她看见自己站在那红色的街道上，迎面撞见那些男人，撞见他们的老婆和孩子。他们的恐惧。她的恐惧。那片土地再辽阔，也已无她的容身之地。她想象着萨姆在那片土地上长得更高了，步子更大了，也更加耀眼了。萨姆可以尽情施展自己。萨姆说的语言，也不再是露西的语言。她让萨姆的画面在脑中又停留了一会儿，多么灿烂呀。之后她便放手了。她放手了。就让萨姆和萨姆想要的族人一起吧。那些人从未曾真正属于她，从今往后更不会。

她让到了嘴边的那个词又离她而去。她没有说出口。

金矿主第三次，也是最后一次问她，想要什么。

她想到了另一个方向：她出生的那片丘陵，还有那染白天空、照亮草地的太阳。她想到自己曾经站在一个枯竭的湖边，手里拿着许多人拼了命都想得到的东西。她觉得与正午时照在草地上耀眼的阳光相比，那东西根本算不上什么。放眼所及之处皆有光在闪烁。谁能真正把握那巨大的、令人疯狂的光芒，那总在变幻的海市蜃楼，那拒绝被占有、被压制，反而随着光照的角度不断变化的草。对不同的人而言，那片土地到底意味着什么。生或死，好或坏，幸或不幸，无数的生命在此诞生又在此毁灭，皆因它的慷慨与可怕。这难道不是旅行的真正原因吗？一个比贫穷、绝望、贪婪和愤怒更重要的原因。难道他们不是从骨子里就知道，只要他们还在行走，只要陆地还在展开，只要他们还在探索，他们就将永远是探索者，并且永远不会真正迷失吗？

有些人会宣称这片土地属于自己，就像爸曾想做而萨姆拒绝做的那样。而有些人会宣称自己属于这片土地。那是一种更为平和的方式。永远不知道金山的成色，也算是一种恩赐。因为只要你走得够远，等得够久，在血脉中积蓄足够的哀愁，那么，也许不久你就会走在一条认识的路上，那里的岩石看上去就像熟悉的脸，那里的树会和你打招呼，花蕾绽放，鸟鸣婉转，又因为这片土地已在你心里刻下动物般的归属感，是任何话语与法律都无法理解的——吸血的干草，瘸腿上老虎的印记，蝉虫与破了的水疱，风吹后毛糙的头发，日晒后干裂的皮肤——这时，如果你奔跑起来，可能会在风中听见，或从你自己干渴的嘴里涌出，某种像是回声又不像回声的东西，来自身前或身后，一个无比熟悉的声音，呼唤着你的名字——

她张开嘴。她想要 ①

---

① 原书即以未完的句子作结。——编者注

致谢

感谢北加州丘陵以其壮丽的景色拥抱我。曼谷及其独处的功课。席隆路①上 Luka 咖啡馆里半明半暗的座位。夫拉特布什大街②上 Hungry Ghost 咖啡馆的吧台。High Ground③咖啡馆的壁炉。汉比奇中心④绿意盎然的 Foxfire 工作室。佛蒙特工作室中心的简·奥斯丁工作室⑤。

感谢《遥望》⑥里的回响和拼贴。《宠儿》里浓郁的爱。《船讯》⑦里的那种干脆利落。《小木屋》⑧《孤独鸽》,以及《高文爵士与绿衣骑士》⑨里的漫长旅歌。

感谢 Mariya 和 Mika,知心怪朋友。Will 和开普街⑩,值得信

---

① Silom,又译是隆路,位于曼谷。
② Flatbush Avenue,位于纽约。
③ 位于美国艾奥瓦州的艾奥瓦城(Iowa City)。
④ 位于美国佐治亚州的雷本加普(Rabun Gap)。
⑤ 位于美国佛蒙特州的约翰逊镇(Johnson)。
⑥ 迈克尔·翁达杰的小说,原作名 *Divisadero*。
⑦ 安妮·普鲁的小说,原作名 *The Shipping News*。
⑧ *Little House*,《小木屋》系列是美国作家罗兰·英格斯·怀德创作的儿童文学作品,包括《草原上的小木屋》等。
⑨ 14世纪后期的韵文传奇叙事诗,原作名 *Sir Gawain and the Green Knight*,作者不详。
⑩ Capp Street,位于旧金山。

赖。Mai Nardone，耿直暴脾气。Jessica Walker 和 Tiswit。Brandon Taylor，我的外星双胞胎。Lauren Groff，女性权利的拥护者。Bill Clegg，Sarah McGrath，以及 Ailah Ahmed，坚持信仰直到最后的人。Longreads 网站的 Aaron Gilbreath，以及《密苏里评论》团队。Riverhead 出版社以及利特尔 & 布朗出版社的所有人。

感谢我的妈妈和 Ruellia，有些感情难以言表。再次感谢我的爸爸。我的奶奶和大洋彼岸的家人。Avinash，我的家。

还有 Spike，猫中的王子，在这艘船下水之前，一直陪伴着我。

C Pam Zhang
How Much of These Hills Is Gold
Copyright © C Pam Zhang, 2020
First published by Riverhead Books, an imprint of Penguin Random House LLC
Translation rights arranged by The Grayhawk Agency Ltd. and The Clegg Agency, Inc., USA
Simplified Chinese edition copyright © 2024 Archipel Press
All rights reserved.

图字:09-2023-0058 号

图书在版编目(CIP)数据

金山的成色/(美)张辰极(C Pam Zhang)著;陈正宇译. —上海:上海译文出版社,2024.3
书名原文:How Much of These Hills Is Gold
ISBN 978-7-5327-9433-1

Ⅰ.①金… Ⅱ.①张…②陈… Ⅲ.①长篇小说-美国-现代 Ⅳ.①I712.45

中国国家版本馆 CIP 数据核字(2024)第 058367 号

金山的成色
[美]张辰极 著 陈正宇 译
特约策划/彭伦 郭歆 责任编辑/徐珏 封面设计/吕袭明

上海译文出版社有限公司出版、发行
网址:www.yiwen.com.cn
201101 上海市闵行区号景路 159 弄 B 座
上海颛辉印刷厂有限公司印刷

开本 889×1194 1/32 印张 10 插页 2 字数 146,000
2024 年 3 月第 1 版 2024 年 3 月第 1 次印刷
印数:0,001—8,000 册

ISBN 978-7-5327-9433-1/I·5900
定价:69.00 元

本书中文简体字专有出版权归本社独家所有,非经本社同意不得转载、摘编或复制
如有质量问题,请与承印厂质量科联系. T:021-56152633-607